「可幸或可嘆，年少時光，我沒讀見這些，但也因此今日重逢，掩卷大哭。文學竟是死者留給生者最溫柔的手心。」——賴香吟〈舊書〉

府城文學

散文卷

文學想像力大作戰

臺南青少年文學讀本

全系列

小說卷	李若鶯／主編
散文卷	王建國／主編
現代詩卷	吳東晟／主編
臺語詩卷	施俊州／主編
民間故事卷	林培雅／主編
兒童文學卷	許玉蘭／主編

每一時代與土地，都有屬於斯土斯民心靈上的「原鄉」，這個原鄉有如藏寶盒，珍藏了屬於那個時代與土地的情感印記、生活記憶和吉光片羽，這是留給後人最美好的資源。將此資源記錄下來，然後再彙編成冊，這就成了美麗動人的文學篇章。

臺南青少年文學讀本

散文卷

王建國◎主編

《臺南青少年文學讀本》局長序 7
《臺南青少年文學讀本》顧問序 11
《臺南青少年文學讀本》召集人序 15
主編序 19
許地山〈我底童年：延平郡王祠邊〉 28
蘇雪林〈真假張愛玲——聞張愛玲噩音憶起以前一件可笑的騙案〉 36
吳新榮〈憶亡妹〉 54
郭水潭〈穿文官服的那一天〉 62
林修二〈草之上〉 72
陳之藩〈現代的司馬遷——談今日的資料壓縮〉 76
葉石濤〈府城瑣憶〉 84
郭　楓〈獨坐夕陽裏〉 96

葉　笛〈米糕粥〉102
馬　森〈追尋時光的根〉110
王家誠〈科幻外一章〉118
趙　雲〈幸福〉136
何瑞雄〈江湖客〉146
陳益裕〈臺灣稀有動物——穿山甲〉160
許達然〈家在臺南〉172
林佛兒〈從雨中的北源部落歸來〉（節錄）178
丘榮襄〈最後一堂課〉204
梁惠蘭〈和母親一起閱讀〉212
阿　盛〈姑爺鄉里記事〉222
袁瓊瓊〈眷村過年〉236
羊子喬〈青青茎葉晚風斜〉250

鄭文山〈古堡歲月〉264
許素蘭〈舊巷〉278
蘇偉貞〈租書店的女兒〉286
王浩一〈樹蘭〉298
王美霞〈那一個小孩〉310
費啟宇〈安平擺渡人〉320
呂政達〈郁永河的歷史課〉330
周靜佳〈故事〉336
連泰宗〈稻米香〉348
林美琴〈老街紀事〉364
賴香吟〈舊書〉372
楊富閔〈我們現代怎樣當兒子〉378

《臺南青少年文學讀本》局長序

藝文輝光無不照，文學花果正豐茂

提升生活品質，乃是人類社會無止境的追求，其動力則來自文化的陶冶。而文學正是文化陶冶的重要途徑之一，也是表現文化內涵的精髓和根本之所在。福樓拜曾說：「文學就像爐中的火一樣，我們從人家那裡借得火來，把自己點燃，然後再傳給別人，以致為大家所用。」現在，我們所推動的青少年文學讀本編選工作，正是追隨文學先賢的步履，點燃文學薪火，再一代一代傳遞下去。

有些書只須淺嚐低品，有些書可以囫圇吞下，有些書則值得咀嚼細品。這些值得咀嚼細品的書，就是本局出書所懸的標準，也是本局所欲達到的目標和臻至的境地。對青少年而言，最值得咀嚼細品的書，自然非文學書莫屬了。因此，我們秉持著「植根臺灣鄉土，擷取臺南文學」的原則，編輯了這套適合青少年閱讀鑑賞的叢書——《臺南青少年文學讀本》。此書一套凡六冊，主要目的是讓文學及文學教育能「向下札根，向上開花」，最終開創「藝文輝光無不照，文學花果正豐茂」的境界。

追本溯源，文學乃起源於我們對人間生命的熱愛，對幽微人性的探索，對廣大社會的關注，對鄉土情懷的摯愛，因而加深了文學悠遠的意境、雋永的哲思和智慧的火花，也加深了文學的感動力、感召力和感染力。文學，由於注入了活生生的生命和感情，因而使文學具有「將抽象事理化為具象敘述，將平實文字變成波瀾文章」的魅力。但每一種文類創作時，卻又有自身的特質和要求。如以本套書文類為例，短篇小說卷重在生動故事的敘述，散文卷重在聞見思感的描寫，現代詩卷和臺語詩卷重在文采節奏的抒情，兒童文學卷重在童稚語言的表現，地方傳說卷重在口頭傳聞的紀錄。以上所述，即見出文類寫作的不同旨趣。

為了透過文學讀本積極落實國民教育的語文學習工程，讓青少年認識本地的作家作品，再透過作品了解自己的土地。一〇五年三月陳益源教授在臺南市文學推動小組會議中提案，編輯《臺南青少年文學讀本》，由陳昌明任召集人，各卷主編人如下：

・小說卷　李若鶯主編
・散文卷　王建國主編
・現代詩卷　吳東晟主編
・臺語詩卷　施俊州主編
・兒童文學卷　許玉蘭主編
・民間故事卷　林培雅主編

文學讀本選文時，凡本籍、出生地為臺南，或長期居住臺南者，均視為臺南籍的作家。我們選文重點之一，特別重視時代性，此即「文章合為時而著，詩歌合為事而作」。從日治時代以至當代為止的作家作品，尤其注重從年輕一輩新創作家挖掘，以更符合這個時代年輕人閱讀的作品。這些作品經過時間的選汰、淘洗、精煉，自然而然就成為我們社會共同的記憶和資源。所選作品基本上以符合青少年的閱讀為主旨，並不只以臺南名家作品為依歸。作品如有不適合青少年閱讀者，則加以調整，儘量選擇能表現或彰顯臺南地理環境、歷史源流、民情風土、文化底蘊、人文風貌的作品。本套書體例是每篇選文包括「文選」、「作家小傳」、「作品導讀」三部分。

每一時代與土地，都有屬於斯土斯民心靈上的「原鄉」，這個原鄉有如藏寶盒，珍藏了屬於那個時代與土地的情感印記、生活記憶和吉光片羽，這是留給後人最美好的資源。將此資源記錄下來，然後再彙編成冊，這就成了美麗動人的文學篇章。如此代代傳承下去，或成為懷舊的故事，或成為經典的作品，永遠給人們帶來無可取代的感動。也正是這些感動，生發出世世代代美不勝收的人文風景。此情此景，何嘗不是我們的目標和憧憬呢！

臺南市政府文化局局長　葉澤山

《臺南青少年文學讀本》顧問序

陳益源

臺灣以縣市為單位的區域文學讀本，稍早有《苗栗文學讀本》（六冊，苗栗縣文化局，一九九七）、《臺中縣國民中小學臺灣文學讀本》（七冊，臺中縣文化局，二〇〇一）、《彰化縣國民中小學臺灣文學讀本》（九冊，彰化縣文化局，二〇〇四）、《高雄縣國民中小學臺灣文學讀本》（五冊，高雄縣文化局，二〇〇九）等。

二〇一六年四月，《雲林縣青少年臺灣文學讀本》（五冊）又由雲林縣政府文化處出版，本人忝為該項計畫的主持人，當時正被文化部借調國立臺灣文學館擔任館長，因此特別在五月十四日於臺文館安排了一場新書發表會暨各縣市青少年臺灣文學讀本的編纂理念說明會，邀請《雲林縣青少年臺灣文學讀本》的顧問（吳晟、路寒袖）、各分卷主編和學者專家、各縣市文化局代表齊聚一堂，進行經驗分享與意見交流。

「了解是關懷的基礎」，詩人吳晟當天在接受民視新聞訪問時說：「你對我們自己所賴以安身立命的地方不了解，那你要從何去培養你的關心？」所以他不斷大聲疾呼應該編纂在地文學讀本，落實文學教育；又因「臺灣各縣市的人文、地理、產物……，各有不同的特色、不同的動人故事，因而孕育了多樣的文學現象」，所以各縣市的文學讀本都可以有適合當地文學現象的彈性編法。我們一致希望能推動更多縣市編纂自己的青少年臺灣文學讀本，讓各縣市子弟從小就有機會接觸自己家鄉的作家，了解自己家鄉的文學，進而真正關懷自己的家鄉。

這樣的理念，很快得到了一些迴響，二〇一七年三月，屏東縣政府與國立屏東大學合作出版了《屏東文學青少年讀本》的新詩卷、小說卷、散文卷三冊。於此同時，臺南市政府文化局葉澤山局長亦已委託陳昌明教授召集《臺南青少年文學讀本》編輯會議。經過了近一年的精挑細選，《臺南青少年文學讀本》現代詩卷、臺語詩卷、兒童文學卷、民間傳說卷、散文卷、小說卷即將於二〇一八年七月問世。

臺南市政府文化局積極打造府城為文學之都，每年盛大的臺南文學季活動內容精彩，同時也有計畫地要讓府城文學走向世界（例如文學大老葉石濤短篇小說的越南文譯本，二〇一七年十二月他老人家逝世九周年前夕要在河內隆重推出），現在又有了《臺南青少年文學讀本》的在地向下扎根，我們相信此舉必能讓府城子弟透過在地文學的閱讀而更加了解臺南、肯定自我，並且可望再為府城文學開更多的花，結出更多的果來。特撰此文，以申賀忱。

二〇一七年十一月於成大中文系

《臺南青少年文學讀本》召集人序

陳昌明

點燃閱讀的樂趣

臺灣文學近二十年來，在研究、整理、出版上都有豐碩的成果，但在青少年文學讀物的領域，卻是長期的匱乏。這是因為國小進入中學以後，升學壓力日重，學生無暇顧及課外讀物，而家長重視子弟課業，也不鼓勵小孩閱讀課本以外的書籍。於是我們的教育，長期陷入閱讀貧乏的窘境，學生只能注視課本裡的作者、題解、注釋，長期記憶背誦為考試而讀書，終讓閱讀成為學子的畏途。所以我們的學生閱讀興趣低落，閱讀素養不足，離開學校以後，再也不閱讀。

因此，臺灣青少年文學缺乏市場，本土青少年讀物嚴重不足，已經形成嚴重的閱讀危機。青少年找不到閱讀樂趣，影響的是終身的品味。編選優良的青少年讀物，固然有助於推動青少年的閱讀，但如何在家庭與校園產生影響，才是推動閱讀成敗的決定性因素。

近年來從高中到大學的學測，逐漸重視「素養」，不再以課本語文教材為範圍，正是新一波推動閱讀的契機。如果家長與教師能體認此新趨勢，讓青少年的閱讀擴大眼界與範圍，那麼此時編選臺灣青少年讀本，正得其時。葉澤山局長去年提出編選臺南市青少年文學讀本的構想，我與陳益源即著手規劃此套叢書的架構，以及選擇各冊適當的主編。我們邀請了林佛兒、王建國、吳東晟、施俊州、許玉蘭、林培雅擔任編選委員，分別負責主編短篇小說、散文、現代詩、臺語詩、兒童文學、民間故事等各卷工作，各卷內容大抵從日治時期新文學興起，以至當代青年文學家的作品。此套書並特別規劃了臺語文學與府城地方傳說，突顯臺南文學的特色。系列作品不僅可讓學子們同時觀賞臺南文學的優雅、清新、華麗、通俗等各種風格，更讓讀者初探臺南文學的歷時性發展，是一套豐富可讀，有其深度的作品集。去年林佛兒老師意外仙逝，文壇咸感悲痛，林老師短篇小說卷原已初編完成，後續工作則感謝其夫人李若鶯教授接手。

府城作為臺灣文化的發源地，《臺南青少年文學讀本》的出版，不僅供臺南市青少年可以閱讀，也適宜做為臺灣青少年文學的共同讀本。所以本套叢書在選材上，有幾個條件：

一、選文具代表性，難易程度適合青少年閱讀。

二、內容具教育意義，文學特性讓讀者有潛移涵養的功能。

三、選文能讓讀者了解臺灣歷史社會背景，充實相關文化知識。

各卷主編在選文過程，都投入相當多時間與精力，每篇選文之後，都加上適度的解說，對於讀者有基本的導讀功能。希望這套經過各冊主編精心編選的讀本，能夠啟迪讀者，重新點燃青少年的閱讀樂趣。

主編序

文學的陽光，從臺南昇起——「臺南，不只是一個適於作夢、幹活、戀愛、結婚、悠然過日子的好地方」

王建國

「起初，神創造天地。地是空虛混沌，淵面黑暗；神的靈運行在水面上。神說：『要有光』，就有了光。」（《創世紀》一：1-3）

臺灣歷史上，每道光的出現也都代表一個全新世界的到來。

一直以來，對於清代臺灣八景之一的「東溟曉日」心嚮往之，雖然迄今其所在位置仍然撲朔迷離、引人遐想，但有可能就在臺南一帶，若然，這道光的出現逐漸讓此地脫離「迺有不日不月、不官不長、裸體結繩之民（中略）至今曆日書契無而不闕」（陳第〈東番記〉語）自然純樸的世界，而隨著這道光在甲午戰爭中殞落，臺灣歷史上又昇起了另一道光——日本（號稱「朝陽升起之地」），這道光完全開啟了臺灣近現代文明的重要里程，楊熾昌〈毀壞的城市 Tainan Qui Dort〉第一首〈黎明〉：「為蒼白的驚駭／緋紅的嘴唇發出可怕的叫喊／風裝死而靜下來的清晨／我肉體上滿是血的創傷在發燒」與第四首〈毀壞的城市〉：「簽名在敗北的地表上的人們／吹著口哨，空洞的貝殼／唱著古老的歷史、土地、住家和／樹木，都愛馨香的瞑想／秋蝶飛揚的夕暮喲！／對於唱歌的芝姬／故鄉的哀嘆是蒼白的」（陳千武譯）正揭櫫臺南經此「日本天年」丕變後的故鄉風景；這大抵也是此讀本第一篇作品許地山〈我底童年：延平郡王祠邊〉的重要時代背景，只不過許地山用散文的形式，追溯更早之前童年時代一段兵荒馬亂與家族／國族離散的記憶……

臺灣歷經荷蘭、明鄭、清朝、日本、國民政府等不同政權的統治，而臺南向來因位居重要地理樞紐，早年即曾接受原住民、荷蘭、漢、滿、英

（蘇格蘭）、和……等多重文化的洗禮，人文薈萃、文風鼎盛，是臺灣文化與文學的重要發源地。大抵而言，十七世紀之前，臺南是西拉雅族（Siraya）的主要活動範圍。一六二四年，荷蘭東印度公司（VOC）以臺南為其大本營：分別以大員（後築有熱蘭遮城〔Fort Zeelandia〕）與赤崁（後築有普羅民遮城〔Fort Provintia〕為其貿易據點與行政中心。）一六六一年，鄭成功來臺，以臺南為其政治中心，設立承天府。一六八四年，臺灣納入清帝國版圖，設一府三縣，臺南即為臺灣府治及臺灣縣治之所在。一八六五年，英國長老教會首任駐臺宣教師馬雅各醫師（James Laidlaw Maxwell），千里迢迢遠從蘇格蘭來到臺灣，也選擇臺南作為其醫療傳道生涯的起點。不唯如此，乙未割臺的高潮戲碼與最終平和落幕，也都發生在臺南：臺灣民主國／臺南第二共和根據地在臺南大天后宮，而當日軍揮兵南下，並準備集結圍攻府城時，巴克禮牧師（Thomas Barclay）與宋忠堅牧師（Duncan Ferguson）接受臺南士紳請託，前往與乃木希典將軍交涉，才使日軍得以由小南門順利入城，結束政權和平轉換，並劃下歷史句點。準此而言，明（明鄭）清臺灣歷史的發展幾乎以臺南為主要舞臺，而「臺灣文學」也幾乎以「臺南文學」為主要基底。

再退一步而言，一八九五年以降的新舊文學發展，「臺南文學」的表現也不遑多讓，如跨越新舊文學的賢喬梓，即有許南英、許地山；吳萱草、吳新榮；楊宜綠、楊熾昌……等人，倘再以新文學為例，水蔭萍成立「風車詩社」並提倡超現實主義詩風、鹽分地帶文學的崛起……在臺灣文學史上皆極具重要意義，此外，今臺南大學（前身臺南師範學校）與成功大學（前身臺灣總督府臺南高等工業學校）兩所歷史悠久的高等學府，不僅培育出許多文學作家，而且「振葉以尋根，觀瀾而索源」，往往可見其執教者不乏搦管操觚的文學大家，臺南文學是臺灣文學極重要的一環，由此更可見一斑。而這正是本書編纂的一個重要緣由。

本書主要是針對臺南市的青少年（「暗含讀者」），期使其能對臺南／臺灣的人文與歷史發展有更進一步的理解與認識，甚或培養其具有獨立思考的「自由主體」（the liberal subject）；唯好的文學作品應該超越地域與年齡限制，故其應為所有對臺南文學／臺灣文學發展有興趣的文學愛好者（「理想讀者」）所共享。

本書選文在文學性的前提下，將盡可能凸顯臺南人文歷史的發展變貌，並呈現這片土地的多元豐富面貌。當中所選錄33位作家的33篇散文內容，可以說是每位作家立足在這塊土地生活的點點滴滴，主題圍繞其個人成長經驗（求學、閱讀、書寫……）、生活體驗（眷村生活、農村生活、府城街頭巷尾、校園風光、江湖賣藝、夜市人生……）、親情倫理、家族記憶、身份認同、殖民傷痕、歷史反思、地景變貌、環境生態、鹽分地帶的文學發展、人文與科學的對話、幸福人生的追問……等。

不論就作者個人生平或是各篇作品時空環境而言，都與臺南有極為深厚的淵源。就前者而言，各篇作者多半出生於臺南，其中更不乏是數代世居於此的大家族（或許曾經短暫離開，後來也都重回故鄉的懷抱；即使後來他遷，也都仍然心繫斯土斯民），而原本來自外地的作家，最後也都選擇在此長期落腳。就後者而言，其多半以近百年來的臺南為主要背景，並可上溯清朝、明鄭與荷蘭等不同時期，且書寫範圍不斷向南（高雄、屏東、臺東……）向北（臺中、臺北、基隆、宜蘭……）擴展延伸，幅員之廣幾乎涵蓋了整個臺灣，甚至遠到汕頭、東京、摩羅泰島……等地，而形成以臺南為主要核心的重層書寫，某種程度上，可謂透過文學「再現」臺南百餘年的時代風華，尤其，這不只是文學，同時也是歷史，故藉由這些不同時期的書寫，也可以看到臺南的歷史變遷——一座古老的城市如何經歷現代化的洗禮與蛻變過程……，從而也構成臺南文學／臺灣文學與閱讀臺南／閱讀臺灣的深刻辯證與重要意義。

府城世家葉石濤先生的名言：「臺南，一個適於作夢、幹活、戀愛、結婚、悠然過日子的好地方」，幾乎已經成為臺南人朗朗上口的流行語，而緣慳一面的張愛玲（如果當年她不是到了花蓮而是來到臺南，又會怎樣書寫臺南這座「邊城」呢？不免令人好奇）曾說：「像我們這樣生長在都市文化中的人，總是先看見海的圖畫，後看見海；先讀到愛情小說，後知道愛；我們對於生活的體驗往往是第二輪的，借助於人為的戲劇，因此在生活與生活的戲劇化之間很難劃界」，臺南是一座有海也有愛的城市，而書中也正充滿對於這座憑山俯海可以誓海盟山城市的深情書寫。對於老臺南人而言，透過本書的內容適可以重溫她昔日的繁華盛景；對於新臺南人而言，本書則不失為是一個好好認識她豐厚底蘊的開始：不論是第一輪的親歷務實，還是第二輪的神遊蹈虛，甚或是第三輪的遊走在虛實之間……，期待有朝一日，當文學的陽光灑滿這座城市的街衢巷弄，也捺印在老臺南人與新臺南人的臉龐上時，「臺南，不只是一個適於作夢、幹活、戀愛、結婚、悠然過日子的好地方」能成為對這座虛實相生城市的新詮釋。

本書得以順利編纂完成，承蒙許多人的支持與協助。特別要感謝召集人陳昌明教授的推薦，才有機會參與這項深具意義的工作，期間更惠賜編選方針及寶貴意見，讓編輯作業得以順利進行；王三慶教授、陳昌明教授、林朝成教授、陳雪美師母、蔡蕙如教授、李若鶯老師、陳高村先生、林煜幃副總編輯、蘇佳欣小姐、史欣儀小姐、陳品儒小姐……等人幫忙居中聯繫；文化局申國豔小姐提供行政上的協助與各方面的相關的資料；蘇雪林教授學術文化基金會、臺南市學甲戶政事務所、臺南市政府文化局……等機構之協助；同時要感謝各篇作者及其家屬慨允同意授權轉載，讓這些篇章有機會以不同的形貌面世，相信其對於斯土斯人的眷愛與書寫，將使本書更具有深遠的人文關懷與開闊的文學視野，嘉惠莘莘學子與廣大文學愛好者。唯本書礙於篇幅限制及其他各種原因，有些作家的作品未能選錄在這本集子中，難免有遺珠之憾，期待未來能有重新增補的機會。本書是認識臺南與臺南作家及其作品的一個嘗試，拋磚引玉，祈請海內方家，不吝郢正。

王建國謹誌於二〇一七年十二月二十五日

許地山

我底童年：延平郡王祠邊

【作者簡介】許地山（1894-1941）

本名贊堃，字地山，筆名落華生。出生於臺南府城延平郡王祠邊之窺園（馬公廟許厝）。父許南英為前清進士，曾參與臺灣民主國。三歲時臺灣淪為日本殖民地，舉家前往廣東汕頭。燕京大學畢業後，留學美國哥倫比亞大學、英國牛津大學。返國後，歷任燕京、北京、清華及香港等大學。中國新文學運動初期，曾加入「文學研究會」。著有《空山靈雨》（散文）、《綴網勞蛛》（小說）等。楊牧先生稱其為「臺灣新文學的先驅人物」。

我底童年：延平郡王祠邊

許地山

小時候底事情是很值得自己回想底。父母底愛固然是一件永遠不能再得底寶貝，但自己的幼年的幻想與情緒也像靉靆的孤雲隨著旭日昇起以後，飛到天頂，便漸次地消失了。現在所留底不過是強烈的後像，以相反的色調在心頭映射著。

出世後幾年間是無知的時期，所能記底只是從家長們聽得關於自己底零碎事情，雖然沒什麼趣味，卻不妨紀紀實。在公元一八九四年，二月四日，正當光緒十九年十二月二十八底上午丑時，我生於臺灣臺南府城延平郡王祠邊底窺園裏。這園是我祖父置底，出門不遠，有一座馬伏波祠，本地人稱為馬公廟，稱我們底家，為馬公廟許厝。我底乳母求官是一個佃戶底妻子，她很小心地照顧我。據母親說，她老不肯放我下地，一直到我會

豬」，臨出門底時候，她到欄外去看牠，流著淚對牠說：「公豬，你沒有福分上天公壇了，再見罷。」那豬也像流著淚，用那斷藕般底鼻子嗅著她底手，低聲嗚嗚地叫著。臺灣底風俗男子生到十三四歲底年紀，家人必得為他抱一隻小公豬來養著，等到十六歲上元日，把牠宰來祭上帝。所以管牠叫「天公豬」簡稱為「公豬」。公豬由主婦親自豢養底，三四年之中，不能叫牠生氣，吃驚，害病等。食料得用好的，絕不能把污穢的東西給牠吃，也不能放牠出去遊蕩像平常的豬一般。更不能容牠與母豬在一起。換句話，牠是一隻預備做犧牲底聖畜。我們家那隻公豬是為大哥養的。他那年已過了十三歲，她每天親自養牠，已快到一年了。公豬看見她到欄外格外顯出親切的情誼。她說的話，也許牠能理會幾分。我們到汕頭三個月以後，得著看家的來信說那公豬自從她去後，就不大肯吃東西，漸漸地瘦了，不到半年公豬竟然死了。她到十年以後還在想念著牠。她嘆息公豬沒福分上天公壇，大哥沒福分用一隻自豢的聖畜。故鄉的風俗男子生後三日剃胎髮必在囟門上留一撮，名叫「囟鬃」，長了許剪不許剃，必得到了十六歲底上元日設壇敬禮玉皇上帝及天宮，在神前剃下來。用紅線包起，放在香爐前和公豬一起供著，這是古代冠禮底遺意。

還有一件是嫗養的一雙絨毛雞，廣東叫作竹絲雞，很能下蛋。她打了一雙金耳環帶在牠底碧色的小耳朵上。臨出門底時候，她叫看家好好地保護牠。到了汕頭之後，又聽見家裏出來的人說，父親常騎的那匹馬叫日本人牽去了。日本人把牠上了鐵蹄。牠受不了，不久也死了。父親沒與我們同走。他帶著國防兵在山裏，劉永福又要他去守安平，那時民主國的大勢已去，在臺南的劉永福，也沒有甚麼辦法，只好預備走。但他又不許人多帶金銀，在城門口有他的兵搜查「走反」的人民。鄉人對於任何變化都叫做「反」。反朱一貴，反戴萬生，反法蘭西，都曾大規模逃走到別處去。乙未年底「走日本反」恐怕是最大的「走」了。嫗說我們出城時也受過嚴密的檢查。因為走得太倉卒，現銀預備不出來。所帶的只是十幾條紋銀，那還是到大姑媽的金鋪現兌的。全家人到城門口，已是擁擠得很。當日出城的有大伯父一支五口，四嬸一支四口，還有楊表哥一家，和我們幾兄弟的乳母及家丁等七八口，一共二十多人。先坐牛車到南門外自己的田莊裏過一宿，第二天才出安平乘竹筏上輪船到汕頭去。嫗說當時我只穿一套夏布衣服；家裏的人穿的都是夏天衣服，所以一到汕頭不久，很費了些事為大家做衣服。我到現在還髣髴地記憶著我是被人抱著在街上走。看見滿街上人擁擠得很，這是我最初印在我腦子裏的經驗，自然當時不知道是什麼，依通常計算雖叫做三歲，其實只有十八個月左右。一切都是很模糊的。

我家原是從揭陽移居於臺灣的。因為年代遠久，族譜裏的世系對不上，一時不能歸宗，爹的行止還沒一定，所以暫時寄住在本家的祠堂裏。主人是許子榮先生與子明先生二位昆季，我們稱呼子榮為太公，子明為三爺。他們二位是爹早年的盟兄弟。祠堂在桃都底的圍村，地方很宏敞。我們一家都住得很舒適。太公的二少爺是個秀才，我們稱他為杞南兄，大少爺在廣州經商，我們稱他做梅坡哥。祠堂的右邊是杞南兄住著，我們住在左邊的一段。嫗與我們幾兄弟住在一間房。對面是四嬸和她的子女住。隔一個天井，是大伯父一家住。大哥與伯父的兒子們辛哥住伯父的對面房。當中各隔著一間廳。大伯的姨太清姨和遜姨住左廂房，楊表哥住外廂房，其餘乳母工人都在廳上打鋪睡。這樣算是在一個小小的地方安頓了一家子。

祠堂前頭有一條溪，溪邊有蔗園一大區，我們幾個小弟兄常常跑到園裏去捉迷藏，可是大人們怕裏頭有蛇，常常不許我們去。離蔗園不遠的地方還有一區果園，我還記得柚子樹很多。到開花的時候，一陣陣的清香教人聞到覺得非常愉快；這氣味好在現在還有留著。那也許是我第一次自覺在樹林裏遨遊，在花香與蜂鬧的樹下，在地上玩泥土，玩了大半天才被人叫回家去。

嫗是不喜歡我們到祠堂外去的，她不許我們到水邊玩，怕掉在水裏；不許到果園裏去，怕糟蹋人家的花果；又不許到蔗園去，怕被蛇咬了。離祠堂不遠通到村市的那道橋，非有人領著，是絕對不許去的，若犯了她的命令，除掉打一頓之外，就得受締佛的刑罰。締佛是從鄉人迎神賽會時把偶像締結在神輿上以防傾倒的意義得來的，我與叔庚被「締」的時候次數最多，幾乎沒有一天不「締」整個下午。

【導讀】

這是許地山個人的童年往事，也是一段家國離散的記事。許地山誕生於臺南府城延平郡王祠邊的窺園，出生不久後，臺灣即遭逢甲午戰爭與乙未戰爭，而在乙未年底「走日本反」（臺灣民主國大勢已去後）過程中，舉家（族）離開故里，前往廣東汕頭。

【作品出處】

許地山著，〈我底童年：延平郡王祠邊〉，收錄於許地山著，陳萬益編著，《臺南作家作品集三：許地山作品選》（臺南市：臺南市文化局，2004），頁195-200。

蘇雪林

真假張愛玲——聞張愛玲噩音憶起以前一件可笑的騙案

【作者簡介】蘇雪林（1897-1999）

原名蘇小梅，字雪林。祖籍安徽太平，生於浙江瑞安。曾任教蘇州景海女子師範學校、安徽大學、武漢大學等。一九四九年，國共戰火，避居上海，五月赴港，任職真理學會，擔任編輯工作。後赴法國。一九五二年七月自法返臺，任教省立師範學院（今國立臺灣師範大學），一九五六年轉任臺灣省立成功大學（今國立成功大學），一九七三年退休，定居於成功大學東寧路之教職員宿舍。一生閱讀、研究、寫作、出版不輟。著有《綠天》（散文）、《棘心》（小說）等。

真假張愛玲——聞張愛玲噩音憶起以前一件可笑的騙案

蘇雪林

由於張愛玲的死訊，我想起十四年前，有個女騙兼女賊，來我家行騙兼行竊。所謂十四年前，即民國七十年三月間，有男女二客叩門來訪。那女客，說臺北林海音介紹她來的。我迎她入座，問林海音請她來有何事與我談？她說也沒什麼事，不過來看看我好否。問那女客姓名，並遞過一枝原子筆及一紙條，聲明自己重聽，只好筆談。那女客聽說要筆談，甚有難色，但亦只有接過紙筆寫她姓名，是「張愛玲」三字，我驚喜道：「張愛玲，久仰大名，知你在美國，何事來到臺灣，今日光臨寒舍，實不勝榮幸！」那陪她來的男士聞張愛玲三字也頗喫驚，他本說要走，現在便坐下來，好像想聽我們兩個談些什麼話。我遞過紙筆，請他也寫下名姓，他寫了三個字，我尚未看清楚，已被那女客一把搶去，撕成碎片，搓成一團，擲得遠遠的了，我當時不知其何意，並未問。

我看那女客穿一件全新淺絳色起花緞襖，一條仄狹白色長褲，腳下則是一雙白色籃球鞋，身材中等，容貌並不美，臉頰間有幾道青紫色瘀痕，似乎傷得很重，問她怎麼了，是否遭了車禍？她說：「是一個冒失鬼騎機車撞了我一下，我跌倒砂石上，傷成這樣，幸而沒有傷筋動骨，面上傷痕不久就會褪去的。」我聽了心中納悶，一個人被機車撞，身體當向後跌倒，傷當在後腦勺，怎會傷到臉頰上來？我便有了懷疑的念頭了。

但這個張愛玲，雖同我第一次見面，卻甚為「托熟」，她的舉動也甚為輕忽、隨便，寫了姓名之後，便站起身來在我客廳徘徊四顧，想審視什麼，一會兒又歸座喝茶，伸過手擰擰我的面頰，問我又黃又瘦，是怎樣一回事，是病了嗎？我答今春嚴寒，我患了一場重感冒，痊癒未久。她就伸過手來，將我蓬亂的頭髮，平撫了幾下，又拉過我兩隻衣袖，上褶寸許，將我身上所穿一件黑緞絲綿襖拉拉直，說：「這才像個樣子，想不到你蘇雪林竟是這樣名士派，你看我張愛玲也是一位作家，就講究穿衣服。」又從座上立起，走到我電視機前見機上所養巴西鐵樹，盆水將涸，自入我廚房取椀水傾入，又注目我窗外架上幾盆美齡蘭，說我也愛養洋蘭，在美養了許多盆，帶回臺灣好多盆，要送你三盆，下次來時帶來。又注視我壁上公教教宗像，說我也信天主教，赴新大陸前，先到法國，就在法國領的洗。我以後當為你時時祈禱，求天主保佑你。因她起立，我也離座起立，她忽然一把抱住我，抱得那麼緊，幾乎教我的氣都喘不過來，她的臉緊貼著我的臉，口中只叫「可憐！可憐！」那男士見她待我這樣熱情，臉上也表示甚為感動的神色。

我們歸座後，我問她：「你在美國大專教書，來臺灣不過旅遊，帶許多盆洋蘭幹什麼？」她道：「我現在不教美國大專了。高雄西子灣國立中山大學邀我來教書，我來臺灣已有多日。這次春假，我赴臺北玩，蒙林海音招待住她家幾天，奉海音命來看你。」我問：「你在中山大學教文學嗎？」她道：「我在美國教書便不教文學了。文學乃浮華無用之物，不喫香，我為謀生計，改學電腦資訊，得了博士學位。現來中大，教的也是電腦資訊一科，你不可同我談文學，我已早將這勞什子丟開了。」我又問她在美除《秧歌》外想也寫了些別的書？「我用英文寫了六本書，銷路尚不壞。來臺灣後，想自譯為中文，找個書店出版。對了，聽說你寫的書很多，送我幾本作為紀念如何？」

我說可以獻醜，即入書房取書。她竟跟我入書房，四面觀看，很注意的樣子。我取書二本入客廳，取筆寫了上下款。上款是「愛玲大作家哂正」，她奪過筆去，將「愛玲」二字塗成一團，說：「我現在不叫張愛玲了，改名王愛璚，應聘中山大學用的也是這個名字。」問改名何意？「怕新聞記者找我要稿子，麻煩呀！」

我看此人太年輕，一身太妹裝束，且穿著一雙球鞋到人家作客，太不莊重，又受過教育的人，臉上必有書卷氣，此人則庸俗不堪，又說話多支吾矛盾，前言不對後語，疑她不是真的張愛玲，或有同姓名者，來此冒充？遂假意問她年齡，問她在美曾否會見過我的朋友方君璧、謝冰瑩？她嗯了一聲，說是會過，但僅一面，並無往來。她本來同我嘻笑浪謔，十分親熱，見我再三盤詰，知我疑她，也就顯出不大高興的神色。時那同來男士已辭去，我又問她男士是何人？她說是貴校某系的助教，他的姊姊留美是我好友，我在相片上認識他。今日來訪你，不知你住處究在何處，恰在成大門口碰見他，便請他伴送我來了。

那時我客廳裡恰有文訊社送回我兩張畫，她再三審視，沉吟不語，意有不以為可之狀。我問張小姐也作畫嗎？「也畫幾筆，不算好」「尊師何人？」「黃君璧。」又說：「到府上久坐，望了一個留美的好友余教授。這人住在東寧路西頭，也是貴校老師，我去看看。」遂出門而去，良久始回，說已會見了余教授，暢談甚歡。他要留我午膳，我說已喫過，遂罷。時我午餐已上桌，我說：「今天不知你來，沒有買菜，我們到附近小館子喫一頓，好嗎？」「不必費事，就在府上叨擾好了。」便坐上桌同我喫了兩個半碗的脫皮陳餃。我說要午睡，她便辭去，說星期六無課，當再來我家。以後每星期六都來陪你，想你不會煩厭。

「我正苦寂寞，你來只有歡迎，豈有煩厭。」我答應。

誰知隔了二天，並未到星期六，她又來了。換了一身新行頭，腳下仍是一雙球鞋。她雙手捧著一幅裝框大畫，快樂跳躍地進入我的客廳，將畫擱在藤椅上，說：「這是我畫的，請你法眼鑒定一下，畫得如何？」那是一張花卉，一大叢玫瑰花，盛開的、半開的、含苞欲吐的，約有百來朵，向背不同，鮮艷欲滴，筆力蒼勁，在邵幼軒、吳詠香外另創一格，上署四個篆字是花的題目，又題「王愛璕畫」四個字。她說：「余教授討我畫已久，這幅畫是我在美國畫的，帶來臺灣才裱褙裝框，今日便給他送去。」

我對這個張愛玲因懷疑，看了這幅好畫，也不由得相信她是真的了。當然極口讚美，她捧畫出門而去，沒有一刻，又回來，說余教授不在家。如是者來去了幾次，均說余教授今日出門去了。她從提包裡拿出一盒枇杷說送我，開盒兩人喫了幾個，又取出一盒草莓，不下水便向口中投去，我說這草莓雖佳，不清洗便喫，恐不衛生，她不管，仍猛喫不已。並送幾個到我嘴邊，強要我與她分享。我不得已也喫了幾個。又拿出一盒高級餅乾，一顆草莓一片餅乾，只是繼續地喫。臉色沉寂，意甚不樂，好像在想什麼心事，前天同我嘻笑親熱的態度已消失了。盒中尚餘草莓十幾顆，她說放進你書房的冰箱，你可慢慢喫，我說等一會我去放。她道，我去，我前天已知去你書房的路徑了。即起身持紙盒並那隻帶來的提囊去我的書房。去了一刻鐘之久，尚不見她出來，我不知其故，也走進去看看，只見她在我書桌及冰箱前不住地審察，像要尋找什麼，見我來只好偕出。恰有收水電費的工人來，我入小寢室取錢，她又隨我入那間小寢室，取到錢後，她持去到大門口，代將錢付了，找回的錢也不錯。

午餐時屆，我請她上桌共用，她又說要到余家送畫，送了再來。我勸她道那余教授既不在家，送去無人接受，你不如將畫暫擱我處，明天打個電話找余教授聯絡，約完時間，你再來我家取畫送去，豈不便當？「我要今天送給他，才覺心安。」「但余教授今天全家都不在，奈何？」「他有學生在。」遂匆匆捧畫而去，從此再也不來，我只好獨自把飯吃了。上床午睡。起來入書房寫一封信，寫畢，就案頭一個小紙盒取郵票，發現那盒中新購五百元各級郵票一張無存，將紙盒翻倒桌上檢查，也一票不見，想起上午那張愛玲送草莓入我書房，逗留一刻鐘之久不出，莫非……莫非……急開冰箱察看，一大盒人家送我的價值八九百元的香菇失蹤了。又見小寢室翻看盛鈔票的紙盒，那盛四千元的封套未動，那盛千餘元零鈔的封套則不見，又我床前小桌抽屜，好像有人扯拽過未合上，急抽視，則，我用塑膠袋盛了數百元零碎硬幣的也不見了。這才知道午間她回來過，見我午睡，竟敢躡腳入我小寢室偷錢。那盛四千元鈔票的一封所以未偷去者，以混在亂幣中，怕驚醒我，未敢細翻，僅倉卒取了浮面上那個裝千餘元的。又敢抽開小桌的抽屜竊取那一袋硬幣，總計我的損失連郵票香菇共三千餘元之譜。

我斷定這個張愛玲是個騙子兼竊賊，她這次去後，決不敢再來，何處找她呢？那天伴送她來我家的男士她說是成大助教，可問。可惜那助教的名字被她撕了。東寧路西頭余教授家是條線索，高雄西子灣中山大學是第二條線索。急到西頭杜學知家問東寧路頭二十幾家中是否有余教授？杜太太說：沒有，從來沒有，這條線索斷了。又寫限時信問中山大學王愛瓊教授返校否？回信第二日便到，說：「本校從無王愛瓊其人。」那麼，第二條線索又斷了。想起那天這個假張愛玲來訪，說是林海音介紹她來訪的，我將這幾天經過，備細報告給她，說海音必知這是一個怎樣的人，知道她的蹤跡嗎？海音的覆音不久來到，說她從來沒有介紹這樣個人來府上。這必是一個騙子。臺北這類人數見不鮮。不久前一個男士冒充是孟瑤前任丈夫，自稱生活困難，要求我們幫助，我們幾個女作家見其潦倒不堪的情況，倒真信為真實，大家湊了一筆錢給他。後來才知那人是個騙子，所以提高警覺，再也不上人當了。你本是一個書呆，退休後，唯知在家讀書寫作，深居簡出，從不知社會情況的黑暗惡劣，所以著了這個女騙子的道兒了。她若再來，可以報警加以逮捕，她若不敢再來，你的損失也還不大，從此小心些就是了。

我得了海音這封信，始知我一直懷疑這個張愛玲是假貨，果然不錯，此人既無可尋覓，也就算了。

誰想到事隔數日，正值星期六，本校唐亦男教授偕前日送那假張愛玲來的男士來訪，說那張愛璚是個騙子兼女賊，犯有前科，警察正想捕她，聽說每星期六要到你府上。今天正是星期六，來了沒有？

我問那天伴送那騙子來我家的男士姓名。那男士寫出林宏麟三個字，是本校測量系助教。我道：「那天你是寫了姓名的，我尚未瞧清楚，便被那個女賊搶去撕碎拋擲了。」林君說：「那女賊不使你知我名姓，正是她心機細密處，她在府上犯案後，你不能找我來問。聽說她在府上偷了東西，她也在我家偷了很重的一筆呢。」

我問林君，這女賊何以知道你家的地址？林君道：那天自學校大門到府上有一小段路程，她便要我將住址寫給她，我依言寫了，所以她知道。我又說：「這個假張愛玲曾說令姊留美同她友好，令姊曾出示你的照片，並寫信給你，叫你好好招呼她，是否有此事？」林君答：「我並無姐姐，更無留美之事，這完全是女賊胡謅的。她那天自府上出來，大約下午四點鐘光景，捧著一幅大畫到我家，說這幅畫是她畫的，本要贈送一個朋友，無奈總是尋他不著。這幅大畫既笨且重，我實在捧累了，只好借府上歇歇腳。」

林君說道：「我因那天伴送她來你處，聽她自稱為張愛玲，見你所表示驚喜交集的神氣及她那樣緊緊擁抱你熱情，我深為感動。我雖學的是科學，不懂文學，也曾聽見過張愛玲那位大作家的名氣。故亦今見這顆大文星忽然光臨寒舍，認為是莫大榮幸。當下歡迎她進屋，介紹給家父母。家父母對她也敬禮有加，請她上坐，奉上香茗，談笑甚歡。」

「我問她那天要我領路到蘇雪林家原說有要事同蘇談，究竟何事。她遲疑了一下，說：『那個蘇雪林，那個蘇雪林呀，不是好人。』我驚問何說？她道：『我在美國用英文寫了六本書，版稅收入原足維持生活。這蘇雪林一到美國，便勾結出版商把我的版權都轉賣了，我失了版權的收入，才來臺灣教書的。那天到她家原想要求她賠償損失，但看她家除了幾架舊書之外，別無長物，看來她生活也不寬裕。況她又大病初癒，憔悴可憐，我也就不忍開口，這筆賬等將來再算吧。』」

「我說那蘇雪林教授的道德文章素為我們所欽佩，不知她竟是這樣一個人？看來你們的問題要法律才能解決，想你必擁有許多證據。『我的證據很多，她若不賠償我的損失，將同她法庭相見，準叫她喫不了兜著走！』她答」。

「我雖覺她這話太不近情理，不過語出於大作家張愛玲之口，必無錯誤，當下家父母也深為張抱不平。」

「談談說說間，天色更暗下來，我問她今日還回西子灣嗎？她說：『西子灣距離臺南太遠，回去不便。我在左營還有一個家，我一個單身女子回去也不安全。說不得，今晚只好在你府上打攪一夜了。不知方便否？這張大畫我既找不到待贈的朋友，也不想捧回去了，便送給你們。』我本

開地址尋找。果然找著，張也正在屋中。那是一問極簡陋的小樓房，也無甚陳設。問我來何事？我陪著笑臉說：『張教授，別再同我頑耍了，把東西還我吧。』『什麼東西，要我還你？』『一隻金手鐲，一盒人參，還有我的黨證印鑑，放在你昨晚睡覺小房抽屜中，今晨見諸物全部失蹤，不是你同我開玩笑還有誰？』『你失了東西卻說是我拿的，是同你開玩笑，我同你開玩笑做什麼？你不是冤我做賊嗎？我張愛玲是做賊之人嗎？捉賊捉贓，捉姦捉雙。你既冤我做賊，就搜搜我身上和這間屋子，若搜不到贓，我張愛玲也不是可以任人冤枉的人，我們上法院討個公道！』我見她聲色俱厲，知她很生氣，而且也不能搜她身上和屋子，只好告罪退出，想到她改名王愛璚在高雄西子灣中山大學教書，找中大或有些結果，當下又趕到西子灣中山大學總務處問王愛璚教授的一切情況，總務處回答本校從無王愛璚教授其人。前天臺南成大退休教授蘇雪林也曾來了一封信問王愛璚，今天你又來問，是何緣故？我們正納悶呢。我聽總務處的話，更為著急，又趕回左營找那假張愛玲，則已人去樓空，不知她到何處去了。找屋主來問，屋主說這個女客月前賃了我這問樓房，言明賃費按日計算。今早結算畢便走了。她是用王愛璕姓名登記的，不知她叫張愛玲，你去找尋張愛玲就是，找我無益。我無可奈何，只好回成大邀唐教授到府上問。」

林助教備述那假張愛玲到他家的經過之後，又問我：她騙了你家沒有？聽她說每星期六要來你家陪你閒聊，今日正是星期六，她若來，我們正要會同校警逮捕她。我說：「那個假張愛玲來我家兩次，偷了我少許財物，今日不會來了。聽林助教說她造了我一個大謠言，謂我到了美國便勾結出版商，盜賣她六本著作的版權，完全沒有這回事，我雖兩次赴法，卻從未赴過美國。美國是個法治國家，她的出版商也不能與人勾結，盜賣人的版權。想必這個女騙子冒充張愛玲的名字，兩次到我家費盡精神氣力，想騙我，見我總不信她，再三盤詰，又下手偷我東西而所得戔戔，憋了一肚皮的氣，所以造這謠言毀壞我的名譽吧。」

我又道：「那幅署名王愛璕的玫瑰畫，的確畫得好，決非這個假張愛玲所能畫出，她若能畫這樣優美的畫兒，也早成為一個藝術家，不致還做騙子兼竊賊了。這幅畫價值不菲，她是買不起的，定必是那個王愛璕那位畫家畫了後，託商店代售，她騙來或偷來，但這樣一幅配了框子的大畫，真個既笨且重，偷不容易，必是用騙術得來。用騙則必用什麼抵押品，而且那抵押品必相當貴重，商店才肯讓她拿畫走。她那天到我家行騙原想於銀錢外再偷什麼證件，無奈我家無什麼證件可偷。她偷林助教的黨證並印鑑，正是這種作用，不然偷這東西何用？」

我們正談話間，成大一位校警走來，說，「這個假張愛玲慣逛商場，順手牽羊撈東西，前幾天被人逮住，她手腳非常靈敏，早將東西擱回原位，人家找不到她的贓，不能送警。不過每次失物必是她來過，認識她是個女賊，只好痛毆她一頓，使她臉頰上留下很重的傷痕。她那天到你府上面上有傷，是不是？她這次偷了你府上和林助教的財物，有了贓證了。她若再來你府上，請你通知我，好將她捉住。」

我才知那假張愛玲一身華麗衣服，都是她從商場撈來的。即她喫的杷草莓高級餅乾，也是撈來的。我又覺悟她總腳下穿著一雙籃球鞋，做賊失風時，便於逃遁。她的文化水準實在太低，雖知張愛玲的大名，所知於張愛玲者實在有限。她騙別人固騙得過，騙我則不行，但我從無這種被騙的經驗，見了那幅好畫，還是相信她是真的張愛玲了。不過她騙我也頗費了一番精神和氣力。正像《聊齋誌異》的〈念秧〉匪徒為區區數十金，出動幾個同黨，連綴受害人數百里，最後匪黨還不惜以身交被害人之僕，求其勿言。故作此文之蒲留仙說：「其術亦苦矣！」，我想那個假張愛玲必懊悔自語：「我行騙不該騙蘇雪林，這個人真精明，表面上雖以得見我為榮幸，心裡總懷疑我是假冒的，苦苦盤詰，若非見了我那幅好畫，我的底子必被揭穿了，以後萬勿找這類人施吾術，切記，切記。」

我答校警說，「這個女騙子非常狡獪，此時諒已離開臺南，鴻飛冥冥，哪裡可以找到她？」不過王愛璚這位畫家諒還在，可以讓他出面，他的畫何以被偷，或者是一條線索。後來王愛璚始終未出面，那幅大畫仍存林宏麟助教家，不知結果如何。

我曾寫了一篇〈喜晤『張愛玲』〉發表於臺灣新聞報副刊上，武大校友會所辦《珞珈》又曾轉載，那時真張愛玲尚在美國，或者有人將我文寄給她看。她看了定必大笑，並嘆氣說：「名之害人也如是夫！」

原載八十四年十月三、四日《聯合報》副刊

【導讀】

這篇文章係有感於張愛玲之噩耗而發。蘇先生退休後，定居成功大學宿舍（東寧路十五巷五號），原本平淡的生活，卻因這位冒張愛玲盛名而來女子的闖入——「侵門踏戶」，掀起了一些波瀾。而原來「五四才女」與「民國女子」兩位文壇才女的相遇，本該推心置腹、惺惺相惜，甚至擦出幾許文學的火花，並為後來的文學史平添許多佳話，無奈的是，誰也不相信誰，誰也突破不了誰的心房，終而衍成了彼此攻防再三的緊張懸疑偵探橋段。其實，歷史上真的張愛玲（如假包換！）早在一九六一年十月就曾短暫來過臺灣，比起她鼎鼎大名的祖父李鴻章——「宰相有權能割地」（丘逢甲〈離台詩〉），這位從海上來的奇女子可謂是「捲土重來」了。

【作品出處】

蘇雪林著，〈真假張愛玲——聞張愛玲噩音憶起以前一件可笑的騙案〉，收錄於蘇雪林著，國立成功大學中文系主編，《蘇雪林作品集．短篇文章卷》（臺南市：國立成功大學中文系，2006），頁 278-290 頁。

吳新榮

憶亡妹

【作者簡介】吳新榮（1907-1967）

字史民，號震瀛、兆行，晚號琑琅山房主人，臺灣鹽水港廳（今臺南市將軍區）人。早年曾負笈東瀛學醫，返臺後定居佳里，懸壺濟世。日治時期曾參與「佳里青風會」及「臺灣文藝聯盟佳里支部」，為鹽分地帶重要文學家之一。戰後投身地方文史工作，曾任臺南縣文獻委員會編纂組組長，並主編《南瀛文獻》（季刊），完成《臺南縣誌稿》。

憶亡妹

吳新榮著・張良澤譯

暑假又近了，懷念故人之情切切。妹去世已三年。我接報返鄉正是暑假。因此每近暑假，我就想起妹。尤其最近常於夢中見到妹的姿影。啊，吾妹呀，我邊寫此文邊流淚追憶妳。

正是我進東京醫專那年，暑假前半個月，我和兩三同學興高采烈地返臺，以「衣錦還鄉」的心情抵達叔父開業的鎮上。父親也在那鎮上經營事業，但住家卻在離鎮上徒步一小時光景的村落。通常我都當天趕回家與母親及弟妹們團聚。但那時叔父和父親因翌日要回家，要我等明天一齊同去。第二天，父親因事忙無法回家。第三天又忙。我急著想要見高興等我回家的母親。但那天過午，我和一個親戚談話中，他突然提及妹的噩耗。啊，真是意外的噩耗。那親戚又說我母親為此而悲傷至極，妹入院臺南醫院不治，於臺南的宗祠舉行盛大的葬儀等等。我忍悲問了妹的病名，便跑進暗黑的後房。我哭了，想抑住哭聲也不可能。我第一次體驗到真正的悲傷。過去雖有祖母、祖父等親人的死別，但那時並不怎麼悲傷。獨對妹妹的感情則不同，她才十五歲的少女，而為了我和弟弟，她犧牲了一生。她沒有上學校，留在母親身邊供差使，成為母親唯一的助手。為了照顧幼弟幼妹，弄壞了弱體。我不住地哭著，深感愧對母親與妹妹。且恨家人為什麼要對我隱瞞這事呢？我大聲哭了。叔母聞聲進來對我講了些話。後來想家人不通知我，是為了怕影響我的入學考試；而要我同父親一齊回家，也是顧慮到我的心情。

翌日和父親回去了。母親帶兩歲的么弟在後院的竹林下納涼。一見到我，就兩眼淚滾滾。我強作鎮靜說：「媽，不要耽心。」周圍一陣可怖的沉默。父親忍受不住而走開。母親邊拭淚邊說：「你已知道了嗎？媽只等你早一天回來。你有沒有帶相簿回來？」相簿上貼有妹妹的照片。「相簿放在臺南。」我說。「心想你會帶回來的呢。」母親說著又拭淚。在旁邊的么弟也哭了。可能是因為忘了我的臉孔而怕生，加上這悲哀的場面而哭了吧。我想起從門司帶同來的水蜜桃與枇杷，便拿給么弟，但他連看也不看一眼。

母親又繼續說：我去東京的翌日，妹妹的病情突然惡化，送到叔父診所治療，但高燒一點也不退。沒法子，再送臺南去入院。母親抱著生病的孩子，第一次坐汽車進臺南城。眩眼的電燈叫母親第一次知道有城市，以後這又成為母親傷心的回憶。

雖是設備與技術皆完備的大醫院，雖有父母與叔父的獻身看護，但妹的病情仍然日日惡化。妹妹常常夢語：「哥哥是我的……」末日終於來臨了。那天正是我什麼都不知而揚帆基隆之日。妹妹繼續叫著「媽媽！媽媽！」而斷氣。母親一直盯住她的臉，直到最後一刻。全身起紅斑，臉上留下至為痛苦的表情。

母親說完了。啊，那就是妹妹的一生嗎？由於家庭環境與上學的不便，妹妹終於超齡而無法入學。自從村莊裏設了學校之後，母親才讓她帶小她五歲的弟弟去上學。一向被限制自由的她，去學校才發現了天堂，成績也很好。她是弟妹的唯一遊伴，而今幼小的弟妹失去了遊伴。臨終前，妹竟未忘她幼年時代的遊伴，連叫著：「哥哥！哥哥！」

想起來，失志一年的我，曾徬徨於舊山河之前。決心東山再起之後，便從臺南返鄉，向父母及弟妹們告假。那一天，母親與小弟妹們上蔗田去工作，留下大妹一人。患了惡性瘧疾的她，竟沒有一人來看護她；在寬敞的房屋的一角，她獨自昏迷入睡。幾年前，祖母曾因腹膜炎而病逝於這房間。我握了妹的手，熱度甚高。我向她提醒注意要項，給了兩個十錢的銅幣，就告別而去。啊，那竟成了哥哥向妹妹所表示的最後的愛情。而遠去的足音，竟成了她聽我的最後的聲音。我在臺北停留數日之後，於三月十一日出帆基隆。船開出時，我把紅布的小片投入海中。那小片是臺南的某一伯母親切地祝我成功的「護身符」。想起那一天妹妹忍恨望我離去，我就恨起這「護身符」。

每逢初一、十五，母親就在小屋裏上香安慰妹妹的亡靈。我看了兩三次那種無可言喻的場面之後，便獨往臺南。不管酷夏炎天，我常常彳亍於南門城外的墓地。妹妹就睡在這廣漠荒原的一角。無數的墓碑不規則地屹立著。鄭代開山以來三百年間，創造臺灣文化的無數的亡靈紀念碑林立著。我於其間試圖找尋新墓，但怎麼可能確認呢？以後返家，問父親正確的地點；但父親說太難找了，要陪我一道兒去。然因忙碌，我又一個人來到廣漠的墓地找尋。我照父親所講的方位慢慢尋去。牧童成羣在嬉戲。問他們這一帶有沒有新墓，都說不知道。登上小崗，安平海岸浮現眼前。啊，妹妹的墳墓在何處呀？

我又耐心地找了兩三個小時，終於在林投林的南端發現了它。小墳碑明確地刻著妹妹的名字。墓上雜草叢生。啊妹呀！離別不到三個月，怎麼就變成這個樣子呢？離別那時妳怎麼什麼都不說呢？啊妹呀！做夢也沒有想到此時此地我竟淚濕汝墓。安息吧，妹妹！爸媽和弟妹都健壯，家莊也平安。

我含淚做詩一首，別墓而去。

大南門外廣茫茫
師爺公塚茂蒼蒼
白碑重重千萬基

細路條條都不通
妹妳尚少去太急
使我丈夫難禁泣
我母雖念弟已忘
英靈可歸西寺邑

一九三〇年六月二十三日作

原日文發表於一九三〇年《南瀛》第二期

【導讀】

這是一篇悼念亡妹早逝的散文，寫來真摯深情。日治時期負笈東瀛幾乎是殖民地臺灣青年的夢想與出路，作者也毅然決然走上前往日本東京留學之路。而這原來應該是一樁美事，但一趟東京來回，竟與家人天人永隔，不禁令人唏噓：當初與病榻上的妹妹匆匆握別後即行北上，不料後來妹妹病情急轉直下，當初與其執手話別的場景，竟成了「一別千古」，令作者心生懊悔、愧疚。此外，作者對其前往南門城外尋覓亡妹墳所的描寫：墓塚林立、牧童嬉戲、登上小崗即可遠眺安平……，今日讀來，也格外讓人深刻感受滄海桑田的地景變化。

【作品出處】

吳新榮著，張良澤譯，〈憶亡妹〉，收錄於吳新榮著，張良澤主編，《吳新榮全集一：亡妻記》（臺北市：遠景出版事業公司，1981），頁 85-89。

郭水潭

穿文官服的那一天

【作者簡介】郭水潭（1908-1995）

筆名郭千尺，鹽水港廳佳里興人，是日治時期鹽分地帶文學重要文學家之一。曾加入「新珠短歌會」（あらたま）、「南溟樂園」（後改名為「南溟藝園」）、「佳里青風會」、「臺灣文藝聯盟」（並籌組「臺灣文藝聯盟佳里支部」）……，作品含括短歌、俳句、詩、小說與隨筆等。

穿文官服的那一天

郭水潭著．月中泉譯

在M戲院觀賞名片《告祖國》當兒，劇場擴音機突然播出喊我大名電話，當劇情將進入高潮時分，懷著幾分不愉快心情去接電話，出乎意料之外，卻是從H主管官邸打來的。自忖，必然事關自身榮辱禍福，匆忙立刻馳車往訪。

H主管是位從小郡役所爬上大州廳，位居掌握人事要津人物。如今已不大好親近的身份了，不過在鄉下郡役所曾受他相當幫忙，有段期間也一起去賭競馬呢，堪稱和藹可親的老交情了。雖然，事情發生得太突然，使人摸不著腦袋。只是可以斷言的是該不至於凶多吉少之理，以此引以自慰。會晤結果，果然是追溯提前封官。我被任官事情，被接進客廳，賓主寒喧畢。H主管改變以往磊落態度，嚴肅地告訴我一些官場事情之後，接著鄭重其事地道：「你將披上官袍了，千萬可不能像以往任性胡鬧，逞威風」。以天下父母心般叮嚀吩咐著。

著實，太榮幸了。深切感受人家好意關懷。我意識著一股熱血往上流，像個相親的少女般，逐漸滿面通紅起來，頓時，砰然心動的是，曾經列入黑名單，對犯錯又多的男人照顧過的主管，曾經如何備受辛勞對上級鼎力舉薦那份恩德厚愛的感激。

對封官的話題，已經有了好幾次了。為了各種因素，一直擱置無法實現。我自己也認為當官不如做老百姓來得自由自在。雖然還年輕，仍擁有二三個頭街。在狹隘鄉下只要出了亂子，挺身出來調停，打圓場的往往非我莫屬。

有時，和紳士為伍。有時擺出一副仗義執言，為村民請命，打抱不平姿態。由於，這個市井老大，居然搖身一變而成為「朝廷命官」，不僅使我很難為情，連眾多親朋也會嚇得目瞪口呆吧。

蓋封官事實，雖然不致把我沖昏了頭，但將給人家刮目相看乙項，就足以使我惶恐得忸怩不安了，又出乎意外地被上級提拔乙項，更是使我受寵若驚，一時不曉得如何向人家道謝感激才好。

據H主管透露，關於這次我的任命是唯一破格採用，聞訊之餘，使我更加感激涕零才對。我卻一時怔住了，無法表達寸心，弄得尷尬不已，卻之不恭，受之有愧，我只有默然接受而已。因此，儘管聽到天大喜事，我並沒有得意忘形，格外表示阿諛之意，仍然擺出一副無動於衷神情。所以，當告別H主管長官，走出官邸之後，才大大地鬆了一口氣。

向來，膽子還算不小。卻是在受寵若驚之下，竟然無端忸怩難堪起來。真是令人扼腕的，畢竟被封官了。明天起要擺起什麼架子才適當呢，坐在搖擺不定的公共汽車，一直胡思亂想起來，心潮起伏不已。說來說去，都是事先沒有作心理準備。如今，夢想終於達成了，是憂是喜，反而搞不清楚。真是愚不可及的心態，然而，舉凡被封官這樁事，感受憑各人體驗自不能彼此相同。比如，不論高興，和不高興，至少獲得人家承認了，多少身價也提高了，如果碰上朋友時，要如何打招呼才相稱，自我庸人自擾。由主觀上我有這麼感受，並非探索人家心態，只是我跟人家立場稍有不同。當穿起官袍那天起，我惹出廣大朋友和家父的不悅。圍繞著我為中心的眼光，全都反映著，斷乎沒有封官的我較為和藹可親，把披著官袍的我反認為無端受罪呢。只因披上官袍，把昨天的我和今天的我判若兩人，只是人家的一種錯覺而已，我自身並無兩樣呢。還不是依然故我？我很想理直氣壯的辯白一番，無奈，被周遭良知壓迫，使得我畏縮不敢面對現實。

他們絕非藐視那襲燦爛耀眼官袍本身。只是擔心我未做官兒說千般，做了官兒是一般。掉進做官的泥淖之中，不能自拔。也許，紮根於這個傳統成見，種田的老子回顧官員的兒子說：「這小子少不得要作威作福一番了。將來斷乎不能繼承種田家業呢。」他沮喪地預言著。

連所有朋友都多少抱著輕蔑官吏成風：「看那個傢伙老是喝得爛醉如泥，忘掉帽子啦，漫不經心走起路來，七顛八倒的，連人帶官袍掉進下水溝裡那該多痛快。」反映這些夥伴論調，G君曾在《臺灣文學》創刊號提筆為文撰寫一篇「街上和夥伴」，經常涉及此事。從他那富於冷諷熱嘲字裡行間隱約透出：「往日曾經領導夥伴那股英氣已經蕩然無存，如今把經濟統制取代抒情詩，以算盤代替羅曼。甚至讓蕃藷簽代替蓬萊米。也許他挺聰明，不，也許他的辦法很正確，然而，過去的夥伴正渴望著友情，被忘掉的友情和被遺棄的女人愛情，你已經沒有區別的餘地了吧。」為我喟嘆不已。

這是值得洗耳恭聽傾訴，我只有首肯接受摯友的指摘。同時，自我陷於寂寞悵然深淵，默然忍受著。

曾經披荊斬棘，幾經挫折歷盡滄桑，跌倒了又爬起來，彼此稱兄道弟，同志們，一直共患難，廝守一道難能可貴的純情不渝。

曾經不容於世，屢次和暴風雨搏鬥，仍然百折不撓地，勇敢活下去。在窮困中，互相照顧關懷鼓勵著。我們承先啟後，從祖先繼承的唯一遺產是跟貧困、苦難奮鬥到底的一把鋤頭。拿著這把光禿鋤頭，試圖在貧脊的鹽分地帶綻開文化花朵，就是夥伴們愚不可及的妄想，也是由於這種愚蠢之故，雖然遭遇一番又一番乖戾命運纏綿，仍然為了一縷希望而挺住了。而且，深切品嚐著美麗友情。

在一片無垠的荒地上，當一些樹木茁壯，枝葉扶疏時，拓荒者更進一步描繪著一幅美麗遠景，鼓起嶄新勇氣來，期待著更豐碩收穫，堆肥的金字塔高築了。在那堆肥金字塔上，夢想建立神秘抒因克斯也是由於夥伴們的無比寂寞而發起的。可惜，神秘的抒因克斯終於落空了。代之悲憤慷慨的抒情詩人雕刻著幾座墓誌銘並排著，只要一讀為尚未撒手人寰的顯貴夥伴預備的碑文，雖無知亦可知，多麼備受讚美呢。

我不知不覺地脫掉官袍，返回往昔童年。和夥伴一塊兒沈迷於往日那段消遙自在日子。為什麼各種各樣的回憶會令人反璞歸真，甜蜜忘返。因為這段日子太久了。我的官袍只要日子一久，也會成為超凡脫俗的形象吧。那襲官袍對我將來是禍是福，固然不得而知。而且，儘管敬愛夥伴藐視這件東西，無如我已騎虎難下，不能輕言摒棄它了。

本來這件官袍可有可無，也不是我主動去爭取的。同時也不是可以垂手可得的。自不能棄如敝屣，而不該格外珍惜得來不易嗎？

儘管如此，使我宦海浮沈，又不值得把我視為奇才存在。唯一願望是讓我擁有一段冷靜日子，好自省一番。

無論周遭眼光，一再對我如何陰陽怪氣，我將決心忠於欽賜官袍，盡其職守，服務桑梓，絕不退縮。

為做好一個當前效求的所謂新體制官員，我雖然沒有能力，自認不敢當。但只要改變百無一用是書生觀念，盡力以赴也就問心無愧了。硬著頭皮，在短時間應付一番，恐怕難免畫虎不成反類犬呢。

反正，明知我對「等因奉此」公務員生活壓根兒不適合，不過，又想圖報一心一意鼎力提拔我的恩人，不致使他丟臉，下不了臺起見，我將誓言鞠躬盡瘁而為。只要日子一久，青紅皂白便見分曉。到時候，才來重新握手吧。倘若這個市井老大，仍舊非我莫屬，我將毅然摒棄官袍吧。而且，一如往昔，被充滿溫情夥伴圍繞著，高談闊論羅曼，嚮往藝術，過著快樂自在生活，和享受著美滿友情。

返回住在相安無事，與世無爭的故里，奉侍慈愛雙親膝下，我將重作馮婦，握起那把鋤頭的日子，在那一天呢？

被相處融洽的夥伴們歡迎回歸故里的日子在那一天呢。這個日子恐怕遙遙無期。我可不能只管埋頭數著那一天來臨。因為我必須完成我應做的任務。

我不該道出，兒女情長，英雄氣短的洩氣話，我要振作起來，面對現實。勇往直前。我只是為誤會聊表辯白罷了。我將沒齒不忘從前夥伴的那份難能可貴友誼，再來珍重我那件官袍。

原載《臺灣文學》第一卷第二號，一九四一年九月。

【導讀】

這是臺灣人在日本天年底下，力爭上游，好不容易獲得日本當局的賞識而受到提拔的個案。據呂興昌先生編〈郭水潭生平著作年表初稿〉載：「一九四一年，三十四歲，四月（？），任北門郡勸業課技手，為工商係主任，月薪六十三元。這是正式『封官』，必須身穿官服上班。」顯見這是其親身經驗，而面對這突如其來的官袍加身，作者顯然有點忐忑、忸怩，內心也不免有些「小劇場」，這不禁也令人想起宋隱士楊朴受真宗召見時，楊妻之贈詩，云：「更休落魄貪杯酒，且莫猖狂愛詠詩。今日捉將官裡去，這回斷送老頭皮」。

【作品出處】

郭水潭著，月中泉譯，〈穿文官服的那一天〉，收錄於郭水潭著，羊子喬編，《郭水潭集》（臺南市：臺南縣立文化中心，1994），頁210-216。

林修二

草之上

【作者簡介】林修二（1914-1944）

林永修，臺南麻豆人，筆名林修二、南山修。臺南州立一中（今臺南二中）畢業後，赴日就讀慶應義塾大學英文科，師事西脇順三郎，廣泛接觸超現實主義文學。一九三三年三、四月間，投稿《臺南新報》，而予當時正代理副刊「文藝欄」編務之楊熾昌留下深刻印象，後獲邀加入超現實主義詩社「風車詩社」。一生對於詩的追求不輟，尤其擅長於自然界景物之中捕捉詩的況味。詩作散見於《風車詩刊》、《三田文學》、《臺灣新聞》、《臺南新報》、《臺灣日日新報》等。一九四〇年與原妙子女士結婚，育有二子。後病逝於麻豆家中。著有《蒼い星》（《蒼星》）（1980）、《林修二集》（2000）。

草之上

林修二

過了中旬，變得相當暖和，舒服的陽光照遍於新綠的森林上、丘陵上了。就是進入教室裡，一點兒不注意上課，眺望著窗外明亮的風景，有時打瞌睡了。

連綿的日吉一帶的丘陵上，醒目的綠麥攤開著爽然的地毯。栗樹、櫟樹、椎樹等參雜著的雜樹林，呈現著剛萌發的帶銀色的美麗的嫩綠。在暖和的微風裡美妙地波動著。在森林上、丘陵下，乳色的霞靄拉著面紗，隨著越遠它模糊起來，如繪畫般美麗，清晰地顯現著。在窗外舒適的陽光和含著新綠的芳香的微風不斷地在誘惑著。與其在窄小的教室的課桌椅上，正襟危坐聽著討厭的課，倒不如躺臥在柔軟的嫩草上，傾聽著可愛的小鳥的鳴囀，不知要快樂多少呢。

有時會聽課。於是我就第一個跑出教室，躺臥在丘陵的嫩草上眺望舒適的遠景。太陽輝耀在頭上，微風徐徐，而新綠的、大地的味兒撲鼻。我對飄浮在無邊的天空上的白雲感到鄉愁，我的胸臆裡，對黑麥在波動的匈牙利平原以及鳴響在摩洛哥的沙丘上那低沈的鼓聲，懷抱著無限的戀慕之情。在這個空虛的世界上，所謂幸福到底是什麼呢？它不就是逍遙於詩世界的靈魂的自由嗎？啊，年輕的時日的這個熱情喲！夢喲！自由喲！

像水族館一般白色的校舍把紫色的影子斜投著。高響在丘陵上的那鐘聲裡，學園的喜悅、力量和年輕的希望的明朗，使心靈躍動著。不過，比之狹窄的教室裡的空氣，對於這個廣大的自然的明亮和自由的時間，會感到更多的魅力的。拖著沉重的腳進教室裡。然而，我還是眺望著外面明亮的風景，邊追逐無限的幻想。

原載於《臺南新報・文藝欄》，一九三六年四月二十八日，葉笛譯。

【導讀】

一九三六年四月，作者正式進入慶應義塾大學英文科本科就讀（先就讀預科），大概也在此時寫下這篇抒情雋永的散文小品，投稿並刊載於當時臺南最重要的報紙之一《臺南新報．文藝欄》。相較於氣息奄奄的沉悶課堂，教室外面總是顯得朝氣蓬勃、生機盎然：陽光、新綠、浮雲、鳥鳴、微風等交織而成的旖旎風光，始終令其心嚮往之，躺臥在青綠的草原上，神遊大千，胸懷世界，抒發其對於未來無窮無盡的想像與追尋，也思索著人生的幸福是什麼：「在這個空虛的世界上，所謂幸福到底是什麼呢？它不就是逍遙於詩世界的靈魂的自由嗎？啊，年輕的時日的這個熱情喲！夢喲！自由喲！」這是一篇臺灣東京留學生的「首與體」——「形在江海之上，心存魏闕之下」（《文心雕龍．神思》語），且完全朗現其一生對於詩的執求與熱愛。

【作品出處】

林修二著，葉笛譯，〈草之上〉，收錄於林修二著，呂興昌編訂，《林修二集》（新營市：臺南縣文化局，2000），頁 404-409。

陳之藩

現代的司馬遷——談今日的資料壓縮

【作者簡介】陳之藩（1925-2012）

字範生，河北省霸縣人，英國劍橋大學電機哲學博士。曾任教於美國孟菲斯基督教兄弟大學、休士頓大學、波士頓大學等，並曾擔任麻省理工大學客座科學家（Visiting Scientist）。香港中文大學講座教授、榮譽教授等，期間曾返臺擔任成功大學客座教授。著有《旅美小簡》、《在春風裡》、《劍河倒影》、《一星如月》……等經典散文名作。

現代的司馬遷──談今日的資料壓縮

陳之藩

大致說來，人類社會賴以生存的三大基本要素是物質、能量與信息。從最原始的到最近的社會一直是如此。不過在上古的人沒有意識到信息的重要，雖然語言、符號、圖像、文字與人類的歷史幾乎可以說是同時演進而來。

我們意識到信息的極端重要與信息的定量估測卻是始於二十世紀中葉。大致是由控制理論的創立者溫納（Norbert Wiener）及信息理論的定義者山農（Claude Shannon）所啟迪的。

溫納說：「信息就是信息，不是物質，也不是能量。如不承認這一點，我們就不易存在下去。」

山農則是把玻耳茲曼（Ludwig Boltzmman）墓誌銘上那個熵的公式借

來，為信息做了定量工作與分析理論。

信息不僅是包括我們所有的知識，還包括感官所觸到的一切。報紙上的新聞，書本上的報告，市場上的行情起伏，電視上的天氣預報；簡單到一張照片或一幅圖畫，複雜到終端機上的種種顯示，印表機上的列列標記都是信息。我們固然一直是生活在物質——如空氣或水——的海洋中，也是生活在能量——如光或熱——的海洋中；而今，我們忽然悟出更是生活在信息的海洋中。從古以來就是如此，二十世紀下半葉情況尤然。

但信息與物質或能量有所不同。信息的最大特徵是：它並非單獨存在的東西，而是以互相連繫為前提。沒有連繫，就沒有信息。於是信息必依附於一定載體。通過載體，這信息我們才能處理、傳輸、操作。而今，呈現在我們面前的信息多是經電子為載體、用數字作處理而表現出來的資料。

信息資料不能單獨存在，是由互相連繫而來。所謂互相連繫，主要是傳遞與儲存，而儲存可以視為延遲了的傳遞，於是信息與傳遞，或者信息與儲存的關係也就特別密切了。

經由數字處理而得出的信息資料，自然因頻繁的傳遞與大量的堆存，而逐漸成了問題；並且這個問題隨著時間的推移，而日形嚴重。人們遂發展出特別的儲存與傳遞的方法，稱之為資料壓縮。

我們現在以電腦問世以後的眼光，回顧一下歷史，也許對於人類目前對付資料壓縮的問題有所理解。

我們先舉上古的寫史書的故事，而以司馬遷的《史記》做為例子。

司馬遷是把從軒轅到漢武帝時代汗牛充棟的史實，用一片片竹簡寫出五十二萬字的《史記》。他的志趣所在，是把這一大堆以竹簡寫成的史記，「藏之名山，傳之其人」的。這整個的過程與目的可以說是信息的傳遞，也就是他所謂的「傳之其人」。而儲存的方法則是寫在竹簡上，而把竹簡「藏之名山」。當然如果能省掉一個字，就可以少寫一個字。竹簡上少寫一個字，就可以少用些竹簡，而藏之名山時就可節省些空間。於是，司馬遷就需要把資料大量的壓縮，把自己的寫作技術練入化境，使所寫文言文字達於精純，然後才寫到竹簡上去。這可以說是編碼程序，以不致使人誤解原意為最低訴求；而後人在名山內拿到竹簡時，得到竹簡上所示的信息，那就需要一些念懂古文的工夫，也就是後世的人要有解碼的訓練。自然，竹簡像晶片一樣，是載體，而所寫的字可以比為位元了。這正說明了上古所用的信息系統，已經是在作資料壓縮了。

第二個例子，可以舉莫爾斯所發明，由中國改造成功的漢字電報系統。這是把漢字的每一個字均編成一個數字碼，也就是有一電碼本在拍發端，而有另一同樣的電碼本在接收端，載體把點與劃的莫爾斯符號一個一個地傳過去。這種編碼與解碼的思想方式與目前正在用的LZ（Lempel Ziv）的思想並無原則上的不同，只是簡單與複雜的區別罷了。

第三個例子，可以舉我們平日所看的電影。我們知道那是些不連續的圖片，一片一片的接續下去，把影片上連續的動作照成間斷的動作，但放映時，人眼卻看不出間斷的情況，而誤以為連續的動作。其實這是最早發展出的失真壓縮。該技術主要在利用眼睛不辨間斷情況的弱點，也可以說是特點。我們現在所用的失真資料壓縮則是利用人眼的另一弱點：把一張大的圖像用分頻編碼分成數張子圖，利用量化技術同時丟掉人眼並不反應的高頻子圖，然後以向量表及目錄表的方式傳遞；而以逆程序作解壓縮，即成失真圖像資料壓縮。現今盛行之Linde等發展出之演算法所作資料壓縮技術，即可解釋成屬於此類。

我們細覽這些人類所發展出的幾千年的文字資料壓縮技術，近百年的電影資料壓縮技術、電報資料壓縮技術，近五十年來的信息理論，近三十年的無失真壓縮技術，二十年來的失真壓縮技術，一直到過去兩三年的突飛猛進的資料壓縮技術；我們恍然悟到由竹簡到晶片是工具在變，而儲存與傳遞的思想並沒有改變很多。

資料壓縮的思想與技術，如同計算機科學中其他方面的發展一樣，有些是意想不到的闖進來的外來影響，有些是突如其來的自我生發。截止目前，在我看來，轉換編碼頗有發展餘地：由傅利葉轉換，而餘弦轉換，而渥什轉換，而小波轉換……。轉換編碼之製作，勢成萬弩在握，齊發可期。

另一方面，利用「訓練」製作的大的編碼，正是表示人工智能與神經網路的思想之影響湧至而展開了前途。我們如用司馬遷的例子作比喻，這種研究可以說訓練一些字練句遒的司馬遷機器來作徹底的大編碼工作。

可是，以上所述總是載體系統的手段問題，而從未涉及信息本身的內容問題。古時的司馬遷所說的「究天人之際，通古今之變，成一家之言」的大目標及「敘游俠，述貨殖」等的各重點，在現代司馬遷的作風上是絕對不見蹤影，絕對不予置問的。

然而，畢竟傳信是為了信的內容，至於信以何種方法而傳，究屬次要。請看今日域中：發信者不知所云，收信者不知所措，唯有絡繹於途的傳信者，在急促慌忙的奔走，與煞有介事的呼號。這是我們這個信息時代的象徵縮圖，不也正是我們這個信息時代的問題所在嗎？

一九九八年於臺南

序戴顯權的書《資料壓縮》

【導讀】

這是一篇特地為「資料壓縮」的書而撰寫的序文，具有人文反思精神，故未嘗不也可以視為科技與人文的一場對話。作者以深入淺出的方式梳理了古往今來從竹簡到晶片的訊息儲存方式，也在文末發出發聾振聵的深刻警訊：傳遞或傳播什麼樣的訊息可能遠比如何處理訊息來得重要——司馬遷「究天人之際，通古今之變，成一家之言」，可謂深具價值與意義，唯此未來將不復見（「太史公之死」！）。法國社會學家、哲學家尚．布希亞（Jean Baudrillard, 1929-2007）即曾指出：未來是一個充斥大量資訊，而意義消失的世界。隨著現代科技日新月異，身處當今資訊爆炸的時代，每天面對數以G計的資訊流量，不斷從網路與各種通訊軟體中排山倒海湧來，而真正能夠更進一步形成意義甚或一以貫之之體系者，實在寥寥可數，最後，人也可能就此湮沒在浩瀚無邊的訊息中。

【作品出處】

陳之藩著，〈現代的司馬遷——談今日的資料壓縮〉，《散步》（臺北市：天下遠見出版股份有限公司，2003），頁 143-149。

葉石濤

府城瑣憶

【作者簡介】葉石濤（1925-2008）

生於臺南市白金町（打銀街），臺南州立第二中學校（今臺南一中）畢業，戰後就讀省立臺南師範專科學校特別師範科，並透過閱讀《紅樓夢》學習中文，並用中文創作，陸續寫出〈葫蘆巷春夢〉、〈獄中記〉、〈紅鞋子〉、〈西拉雅末裔潘銀花〉……等作品，同時致力於文學評論與臺灣文學史相關論述，一九八七年完成《臺灣文學史綱》。今有《葉石濤全集》傳世。

府城瑣憶

葉石濤

我是民國十四年生於臺南府城四平境打銀街的葉厝的。臺南府城是開化最早的地方，遠在一六六〇年代荷蘭占據臺灣的時候，在臺南附近已有漢人移民約十萬人之譜。明鄭時代它叫做東寧，是臺灣的首都，所以陳永華所建的孔廟就在正門上面高高地懸掛著「全臺首學」的木質匾額。由於府城開化早，所以工商業發達，每一條街都是屬於同行業的手工業者或商賈群居，猶如中世紀歐洲的基爾特（guild）組織一樣。我所誕生的地方之所以叫做打銀街，可能是這一條街在滿清時代是打銀飾的匠人所居住的地方。從幼我叫慣了歷史悠久的古街名，所以雖然日據時期改名為白金町，光復後取名為民生路，我若遇到鄉親，仍沿用打銀街稱呼的時候居多。臺南府城此外有好多此類的街名，可惜一時也記不起來，不過如草花街、大銃街等，我仍記得很清楚。草花街顧名思義乃是賣花人群居的地方，大銃街是兵營所在，我所服務過的立人國小就是位在大銃街的。我在府城一共住過三個地方，老家在打銀街，後來在戰爭中被日本人強迫拆掉，所以不得不搬到「萬福庵」附近居住。光復後有一段時期住在延平戲院後頭的嶺後街；我那時候在永福國小任教，所以早上學校的鐘聲一響，我立刻起床，匆匆洗個臉，還可以趕得上早會，正是方便得很。

我說，我老家葉厝在一九四〇年代被日本人拆掉，其實只拆掉了我家住的這一部分祠堂而已。過了一條馬路那邊的樓閣還完整如昔，所以有一部分族人還住在那擁有廣大天井、走馬樓圍繞的樓房。

我家居住在這葉厝，到我父親這一代已過了七代。我算是第八代府城人，所以夠資格叫做老臺南了。那麼第一代佛生公遷到臺南府城以前，住在那裡呢？佛生公並不是從大陸原鄉龍溪縣直接渡海來臺南卜居的。佛生公的祖先原來是定居在臺南縣龍崎鄉苦苓湖的山上，那是龍眼和芒果等果樹葱蘢的山鄉。在那海拔兩百公尺的山腹，還有葉家的老祠堂存在；所以我的遠祖來臺的日期也許遠溯到明鄭時代也說不定。

我家是屬於葉家的大房，所以一向居住在祠堂兩側的廂房。那奉祀公媽的正廳大得可以容納幾十個人集合起來議事開會，我們幼少時常常在正廳開小型的運動會。我底祖父金泉公（六世），本是前清武舉人，年方二十歲即患急病去世。我底祖母許氏乘涼，年紀輕輕的就守寡，又沒有後嗣，所以從娘家許家討來我底父親過繼，所以我底父親也就是祖母的外甥。許家本是前清文秀才，所以家裡就設塾授徒，過那清貧的日子。清末臺南進士許南英（他的四子便是許地山），也許和我祖母的父親許秀才有血緣關係。這一層，我還沒有時間好好地考證一番。

我家從滿清時代到日據時期一直是鐘鳴鼎食之家，算得上是府城著名老家之一。光復後雖然家道衰落，可是在一九五〇年代初期，我叔公還做過臺南市議會議長呢！

我生下的民國十四年，正是國父去世的一年。當時的臺灣雖然不像大陸原鄉的民眾那樣過著兵荒馬亂的日子，可是在「日本天年」的巨大陰影下，臺灣的昇平日子也並不好過。從民國八年第一次世界大戰過後已逝去了六個年頭，可是戰後經濟恐慌的後遺症還沒有完全消退，臺灣農村普遍凋敝，占全省農民百分之八十的佃農都徘徊在饑餓線上。這只要看臺灣新文學運動中傑出小說家楊守愚在民國十八年發表的「凶年不免於死亡」，或者蔡愁洞等人的農民小說就不難了解了。同時我出生前四年林獻堂先生組織了「臺灣文化協會」，簡吉在鳳山成立了「農民組合」等，臺灣的反日民族解放運動也正在發韌，時代的情勢正是險惡，似乎孕育著時代蛻變的種籽。

當然，還在襁褓中的我是不懂這些事情的。我依稀記得母親餵我母奶之後，好像有時也以荷蘭製造的黏黏甜甜的煉乳來沖奶水給我喝，我最喜歡喝這種鷹標的煉乳，不過，這記憶也未必可靠，也許是後來稍大之後看見弟妹喝這種牌子的煉乳而聯想到的。我特別提起這喝煉乳的事，是要說明當時我家生活的富裕罷了。普通人家的嬰兒哪有牛奶可喝？最好也不過是餵以糕仔泡水的濃湯而已。

我父親唸過師範學校的附屬公學校又在家裡唸了幾年漢文，粗通文墨，所以有一個時期在臺南州廳做過官，又擔任次於保正的甲長，在地方上頗有名望。我的母親現時已八十五歲，但她也唸過公學校，所以中、日文都有一點基礎。她年輕時常因家產問題跑日本衙門，也沒聽說過出過紕漏，可見她的日文的讀、寫程度相當高明。可是很怪的，我們家的孩子有時在家裡做功課用日語討論各種課本上的疑難問題，他們好像聽得津津有味，但從不用日本話來糾正我們的錯誤，每次都一定用臺灣話來指摘我們的問題癥結。我這一輩子從沒有聽父母講過一句半句日本話。我的長輩不用說沒有一個會講日本話的，他們大多數在廈門的集美學校完成了中等教育。當然屬於我這輩分的年輕一代堂兄姐已經有人渡海到日本深造，唸過大學的也頗不乏人。我的長輩大多數是庸庸碌碌的俗人，所以也從沒有人參加過反日民族運動這一類「造反」的事，但也沒人在日據時期跟日本人勾結。我的族人在日據時期只是安分的守著傳統生活，不拋頭露面地在社會上活動；這可能是有足夠的家產可以安適地過日子不必仰賴日本人的慈悲張羅三餐飯的關係吧！

我幼小到少年的這一段日期，過的是大家族制度下的生活，族人和男僕、丫鬟等集合起來少說也有三十多個。除靠幾十甲田地的田租過活之外，好像在府城各處各開了幾個店舖，有做米、糖買賣的，賣綢緞的，甚至也有當舖。每個月總有一、二次祖先做忌，就必須拜拜。所以熱熱鬧鬧地打牙祭的機會很多；這是我們小孩最喜歡的，有吃有喝，兼之來來往往的三姑六婆，親戚故友也特多，真教人心花怒放。我常躲在眾堂兄弟之後仔細觀看亭亭玉立的親戚家許多姐妹，有些端莊秀麗，有些雍容華貴，有些弱不禁風，但都帶有靈秀之氣，那嫵媚柔和的體態打動了我的心弦。

長大之後，我看到了松枝茂夫根據有正本翻譯的岩波文庫版《紅樓夢》。那時候正是太平洋戰爭打得如火如荼的時候，我卻在那戰鼓笳聲中忘我地重溫了我的美夢；因為那《紅樓夢》的世界正是我孩提時所過的世界，一點兒也不覺得陌生。我常常憶起「女人是水做的骨肉」這一句話，容易把所有的女人當作冰清玉潔的聖母；我可以說是地道的崇拜女性主義者（feminist）吧？不過，我當時年紀太小，只覺得眾姐妹有說不出的美，當她們之中的一個人用她那纖纖玉手摸摸我的頭，說我「胖嘟嘟」，笨得很可愛時，我也照樣裂嘴報以感激的一笑。

我不太懂得臺灣都市裡的大家庭制度是什麼時候才開始瓦解的。我知道到了一九七〇年代的臺灣鄉村，譬如說最保守的客家人村莊美濃吧，此地還有幾戶人家一直維持著大家庭制度，嚴格的規定家庭成員生活起居、勞動的細節，以及金錢出入的一套家規；但是現代化的浪潮，重視個體權益的觀念已滲透到每一個人心靈深處，價值觀念激變的八十年代，這些農村裡的大家族制度恐怕不久也會成為明日黃花了。

正如臺灣俚言所說一樣，「好額無過三代」（有錢人傳不過三代），「臺灣無三日好光景」，我家的黃金時代似乎已過去。從一九三七年七七事變發生以後，昇平的社會已被殖民地政府的一連串的暴虐措施所破壞；如禁止漢文，推動皇民化運動，加強言論彈壓，繼而有一九四〇年的「寺廟昇天」，改姓名運動等；臺灣社會愈來愈呈現不寧之貌。隨著日本擴大侵華戰爭，挑起太平洋戰爭以來它在島內以鐵腕政策推行新的經濟體制，所以我家所經營的多種店舖也不得不關門大吉。

本來大家庭制度在慾望較收斂的農業社會，弱點較少，優點較多；雖然大家庭制度也在表面性的和諧裡面藏著激盪的險惡暗流，諸如某種歧視和迫害，營私結黨互相攻訐等人性弱點，但族長精明能幹，經濟還可以自給自足的時候這些弱點還可勉強抑壓下去，不至於搖動根本。然而，當族長的權威隨著經濟的衰微一直走下坡時，這些暗流也就洶湧的沖破皮相的風平浪靜。

我的曾祖母是維持這假相團結的核心人物，她象徵著過去的榮華富貴的優雅生活，可惜，她去世了。本來在她還沒有去世以前，各房已分產，各自分爨了很久，但礙於曾祖母的存在，不敢明目張膽地拆夥，各房自尋生路去。但曾祖母一死，再也沒有什麼忌憚，各房也就另覓棲處，天天有人搬出去。我家本來就是大房，所以一直賴著祠堂沒搬離，但昔日熱鬧的景觀已隨風飄去，一天比一天冷清起來。最後只剩下了外面新樓房還沒蓋好，無法搬離的族人稀稀疏疏的還住在對面。

那年黯淡的冬天，不到五點天就暗下來。原來在日據時期由於供電能力不夠，所以除非是公家機關，大戶人家以外，大多數人家都是限電供應的；這就是說，不到下午六點，電就不來，所以家家戶戶都是漆黑一片的。早上六時一到，電就自動熄滅，所以在供電時間之外，扭開了電燈，也是無濟於事，屋子裡仍如黑夜。我那時好像是考入了州立臺南二中，放學後的這一段尷尬的掌燈時分，由於沒有電，所以也做不得功課。幸好對面的族伯家除電燈之外還備齊了洋燈，一看天黑下來，就點亮了洋燈。這族伯家剛好也有一位堂姐正在唸臺南第二高等女學校，所以我就順理成章的同伊一起做功課。在那柔和的燈光下，跟堂姐做功課的那段時間，我並沒有學到什麼，我一直瞪著伊白淨的脖子以及微微隆起的胸膛發呆，夢想著我跟伊有一天同去日本留學的光景，暗自出神。可惜不久，這族伯家也匆匆忙忙的搬出去，信息全無，我一直不曉得伊後來嫁到哪一家，生活過得幸福與否等諸如此類的消息。

最後，我這偌大的葉厝，只剩下一位叔公家和我家以外並沒有人居住了。同時，我也不常到對面去；因為那兒已變成只有空殼的樓閣，寂靜和幽怨吞噬了它。

在戰爭末期的一九四五年，我家居住的這邊葉厝祠堂被殖民地政府拆毀夷為平地做「防空空地」，所以我們不得不搬離這祖厝，在「萬福庵」附近租下木造的樓房居住。光復後我當兵回來時也是居住在那裡。我心裡時常有憂傷的念頭在，哎哎！世家到頭來都難逃一劫，好像都沒有例外地變成「破落戶」了。只是舊時榮華富貴的回憶，縈繞腦裡，徒增加些凋零的哀愁罷了。

【導讀】

葉石濤世居府城，為府城世家。葉石濤本人以「文起八代之衰」（第八代府城人）之姿，一方面追溯府城的歷史，一方面也記錄其個人成長歷程與大家族興衰起落、遷徙離散的過程，具有家族史書寫的意義。雖然世居街道的名稱不斷改換：「打銀街」、「白金町」與「民生路」（今仍沿用），可見歷來統治者重置人民生活的記憶，然而字裡行間，總是交織著異族的統治與異性魅惑的記憶。倘再閱讀其〈府城的過年〉與〈搬家記〉，作為老臺南的葉石濤的名言：「臺南，一個適於作夢、幹活、戀愛、結婚、悠然過日子的好地方」，實其來有自。

【作品出處】

葉石濤，〈府城瑣憶〉，《府城瑣憶》（高雄縣：派色文化出版社，1996），頁1-9。

郭楓

獨坐夕陽裏

【作者簡介】郭楓（1930-）

生於江蘇徐州。詩人，散文家，文學評論家，各類文學著作三十餘種。幼年於清末舉人劉樂山先生家塾研習古籍七年，少年時期遍讀五四諸家作品、蘇聯及歐州文學名著。父郭劍鳴將軍，黃埔軍校第一期畢業，曾為蔣介石侍從，北伐時任特別旅旅長，作戰受傷改任徐州市警察局長，一九二七年傷發逝世。一九四九年隨「國民革命軍遺族學校」來臺。鑒於時代混亂，決志此生皈依文學，不從事黨團工作，不加入文學流派，不接受文學獎項，作為一個獨立自主的文學人。自一九五六年起，創辦新地文學社，發行《新地文學》及推廣文學事業，籌辦世界華文文學國際會議等。自一九八六年起，積極推動兩岸文學交流工作，一九九〇年曾在北京大學設立郭楓文學獎。

獨坐夕陽裏

郭楓

薄暮時分，獨坐在學校操場的草地上，在空曠靜寂之中，我感覺今天的黃昏極美。

天氣新晴，料峭的春寒，抖落在薄暮裏，仍有沁人的涼意。夕陽，掛在脫盡了葉子的鳳凰樹梢上，許是奔波了一整天的緣故，光線裏已經沒有了熱和力，卻充滿了夢幻的色彩。整個操場，黃橙橙、亮晶晶、像撒上一層金沙似的。天上雲霞更美，空氣的每一個粒子，都染上了顏色，跳躍著、流動著，分秒之間便有種種奇妙的變化。華麗的金、鮮明的橙、酡醉的紅、神秘的紫……，從夕陽的中心向四外盪漾開，幻化成一片絢麗的異彩。可是，每一種顏色都帶著黃濛濛的底子。這種黃，像秋葉一般的冷豔，也像秋葉一般渲染著濃郁的落寞；整個大地，整個天空，都籠罩在這奇瑰的光之網裏。

夕陽真美！美得多麼令人心悸。

安謐的校園，被暮色浸透了。細柳、扁柏、小池、曲徑……，一切都蒙上淒迷的調子，帶著些涼薄的意味。獨有一圃大理菊卻盛放看，蓊蓊鬱鬱地開出一片花海。在沉沉的夕陽影裏，鮮明極了。那些碩大的花朵，每一朵都像一團火球，逼近去凝視，火球中含蘊著生命的烈焰，讓人有灼熱的感覺。花朵的顏色繽紛：粉白色的那種固然嬌媚，深紫色的那種固然艷麗，不過。有一種橙紅色的更讓我喜愛。這種花，也不知道每一朵是由多少花瓣組成的？但見一圈一圈的花瓣，密密的排列著；中心是耀眼的赤紅，向外層展開去，花瓣漸漸變大，顏色漸漸變淡，最外一層，乃變成明亮的橙黃了。花瓣，毛茸茸的，閃著絲絨般的亮芒。卻又透明得像玻璃似的流轉著奪目的晶瑩。

這一圃大理菊，怎會開得如此茂美呢？也許，這就是春花對於生命的謳歌吧！

散步在花徑上的女孩是誰呢？十七八歲吧，還正是白色小馬般的年齡，春雲初展般的面容，卻偏愛攏起一綹閒愁，輕鎖在眉峯上。她有時低頭尋思，有時向天邊凝望，是在想什麼？還是在期待什麼？是要一個多彩的夢，還是要一個燦爛的明天？她的眼睛閃動著光芒，小小的唇緊閉著，倔強而高傲，絳色的夕陽映照著她紅潤的面龐，誇耀著一個蓬勃的生命。晚風輕拂，飄動著她的頭髮也飄動著她的衣裳，她輕盈地漫步在花徑間，好像踏著無聲的旋律在舞蹈！

她是誰？這不必追問，她是青春的形像。

太陽沉得更低了，已斂盡了光芒，紅通通地，像一輪又大又圓的月亮。它被淡藍的暮雲烘托著，莊嚴而和祥地步向沈靜的世界。

白晝即將盡了。

大理菊仍熱情的燃燒著。

女孩還留連在晚霞中。

獨坐在夕陽裏，在朦朧的光影中，我的靈智卻被眼前的這三件事物——落日、花朵和青春——啟發得清朗了。我的心靈好像一湖清波，澄明地映出了生命的過去和未來。

你沒覺察到麼？在宇宙間一切事物都有其相似的一面。偉大如太陽，冉冉初昇時何等輝煌！日正當中時何其壯烈！可是，當它散盡了熱力，失去了光芒之後，仍將歸於平淡。渺小如花草，當其默默地鑽出地面，平凡的樣子，雖不能邀得人們的一顧，但在生命力展開的一刻，卻燦爛得令人目眩！而後便萎落飄零了。人，誰沒擁有過可傲的青春呢？可是誰也不能扭轉那自然的大手，終將走上衰老的歸宿。然而，我們又何必憾恨？不見那落下去的夕陽，是多麼和平靜美麼？不見那怒放的春花，是多麼熱烈、瘋狂麼？我們生活在天地間的人，若能獻出自己的熱力，如驕陽之壯烈；若能展開自己的愛情，如春花之絢麗；那麼，生活過而非白活，熱愛過而有真愛，短暫的一生便不祇是一生。

獨坐在夕陽裏，晝和夜的羽翼同時覆蓋著我。我感到晝的光明也感到夜的陰暗。感到時間的短促也感到生命的無限。恍惚間，我已不是我。我，和那些花草，那些樹木，那流蕩的雲，那吹拂的風：是同樣的存在。紫色的霧昇起了，包籠了所有的形像。一切，漸漸地、模糊，漸漸地、不見。

一九六九、十、在臺南女中

【導讀】

這是一則春天舒放景致中的心靈探索。夕陽下，「我」獨坐在臺南女中操場的草地上，意外發現，「獨有一圃大理菊卻盛放著，蓊蓊鬱鬱地開出一片花海」，而不禁提問：「這一圃大理菊，怎會開得如此茂美呢？也許，這就是春花對於生命的謳歌吧！」，這是一席「綻放的青春」與「衰老的歸宿」的對晤與對話，也是兩種不同時間的交會（「不期而遇」？）：她（們）十七八歲「白色小馬般」女孩的春天與我的夕陽。最後，在夕陽餘暉中，泯除了一切的對立：「我感到晝的光明也感到夜的陰暗。感到時間的短促也感到生命的無限。恍惚間，我已不是我。我，和那些花草，那些樹木，那流蕩的雲，那吹拂的風：是同樣的存在。紫色的霧昇起了，包籠了所有的形像。一切，漸漸地、模糊，漸漸地、不見」。

【作品出處】

郭楓，〈獨坐夕陽裏〉，《九月的眸光》（臺北市：新地出版社二版，1986），頁 65-68。

葉笛

米糕粥

【作者簡介】葉笛（1931-2006）

本名葉寄民，出生於屏東市，一九四四年隨父親遷居臺南灣裡，臺南師範學校畢業，擔任國小教職十八年。一九五六年與好友郭楓等創辦《新地》文藝月刊，擔任發行人。一九六九年赴日留學，並任東京學藝大學、跡見女子大學……等教職。一九九三年回臺定居於府城，專事臺灣文學研究與翻譯。曾獲府城文學特殊貢獻獎、臺南師範學院（今臺南大學）學術類傑出校友獎、《創世紀》詩社五十週年榮譽詩獎、巫永福評論獎等。有《葉笛全集》十八卷（國立臺灣文學館出版）傳世。

米糕粥

葉笛

夜市是平民化的地方。那裏，有各色各樣的小吃攤，物美價廉，對於沒資格上菜館酒樓的升斗小民來說，委實是個可親的地方。

閒暇時，我時常拖著木屐，泡在那地方。當然囉！我的口袋不是富裕的。但，我能用五角的銅板（這是夜市上最便宜的價錢），去享受那裏的氣氛。說來，我去那地方，除吃之外，還可以從食客各自不同的臉譜上，滿足一點忖度生活秘密的癖好。

譬如說：我曾在夜市上，吃二塊錢一碗的四神湯，我可以一邊啜著清湯，細嚼豬肚子；一邊眺望著其他的客人。我不知道你曾否發現：人在吃東西時的神態和表現，是和微妙的精神狀態有著密切的關係？對這，我是滿感興趣的。例如：在我對面有一對年輕的男女在吃鱔魚麵。當他們吃完，那男的，即從口袋裏摸出鈔票並付錢，從那大方的行為，可以推想他的慷慨，和一種男性在女人面前的微妙自尊心和騎士精神。但，那女的，卻止住他，然後，請他坐下，然後，叫跑堂的過來算帳，細心地，低著頭，從手提包中拿錢付帳。從那些動作，我想像到那女人也許是初戀中的情人；同時，由她點數帳目和找錢的神情，又可以忖度女人確是精於經濟的。自然啦！這些想像、感觸，並無多大價值，也很容易忘記掉。但，有時要忘掉它，卻也很難。

那是隆冬的某個星期天。朔風在陰霾而向低沉的天幕下，獸一般地嚎叫，行人縮瑟地走著。我拉攏外衣和K君並肩走進夜市，想給肚子一點熱東西。

「喂！口袋裏還有多少？」K君說。

「兩張郵票；一張拾塊的。」

「噢！還可以來瓶太白酒。」

我知道K君在盤算著如何慷慨我口袋中僅有的綠鈔票。我們在賣米糕粥隔壁的尤魚攤坐下。要了一盤尤魚，一瓶太白酒。

「一瓶酒，一盤魷魚……」K君說：「喂，還剩兩塊錢，先叫兩碗米糕粥填肚子怎樣？」

「好吧。」我一面看著那位格特格特地、揮動熟練的手法切魷魚的老頭兒，回答他。

這裏，升騰著炒菜與煮東西的油膩氣味和蒸氣……

吃完米糕粥，我們喝起辣味的太白酒。

「喂，你剛才說波特萊爾去頹唐的逸樂中，滲透著淚水，是什麼意思？」K君啜一口酒：「對於一個惡魔主義的人，你似乎有過分的袒護。」

「這有什麼袒護，你是個迂儒！你不要忘記：人除掉一層表皮，還有淚腺、內分泌腺；有一顆看不見，摸不著的心。」我淡淡的說。

「哼！這就是辯護波特萊爾的理由嗎？」

「不是，我說的是事實。我們所能想像的是一些現象和經驗而已。但，世界太大，太微妙，我們不能感覺的，不能經驗的卻太多。你能體會到：聖母瑪麗亞生下耶穌，除她感受聖靈的光榮外，她為了撫育生下的孩子，而在人間受的苦痛和悲哀，是怎樣在她心中蹂躪著光榮和聖潔的喜悅嗎？」我說。

K君沉默著像在尋找反駁的語言，一方面不斷地啜飲著酒。

在沉默裏酒在我心中燃燒著。一種解放寒意和憂鬱的微暈是舒服的。我又呷一大口酒。看著K君滲泌在鼻尖的汗珠，感到它有一種奇異的美。

「喂，你的鼻尖很美。」

K君抬起頭，苦笑著說：「我不願在酒中攪進你的鬼思想……」

這時，我聽見孩子的哭泣。我轉頭一看：一個中年農婦背著二、三歲左右的小孩，走進米糕粥攤子裏來。從那農婦的衣飾，很明顯的，任何人都可看出貧窮就是她唯一的財產，也可以想像她的生活是一潭泥濘。在這冬天的黃昏，她僅穿一件千釘百補的袷衣，她那臉上的神情，與其說是憔悴，不如說是空虛，迷漠。我在心中試著用一句最簡賅的句子形容她。「疲憊的空虛」？「迷惘的陰影」？一連串字眼走過我的心上……。「聖潔的哀鬱籠罩著她」，嗯！我滿意這句含有嘲謔，但，不禁笑起來，心想：假如叫福樓拜來形容，他將會笑我太幼稚的。

她把孩子放下來，摟在懷中。用一隻手輕拍著孩子的背，小聲地說：

「乖，乖，不要哭；媽給你米糕粥吃。」我想不出那樣憔悴，疲倦形於色的人，竟有如此溫柔，充滿慈愛，歡愉的聲音。那聲音含有一種燃燒的情感，深厚而又熾烈……。

她用湯匙勺起米糕粥，將它吹涼，一口一口地喂著小孩。偶而，自己也吃幾口。那孩子在留著淚痕的臉上，閃耀著稚氣的笑。她注視著孩子，也微笑著，是怎樣容易滿足的母親的心哪！在這陰沉的黃昏，在這夜市的雜沓和騷動中，那微笑是如此靜謐，如此動人。在這灰鬱的人生中，永不為寒冷和勢利扭曲的是什麼呢？我發見了它。我的腦際浮起畢卡索在青色時代所畫的「母子」像，眼前感到在那塗抹著寒冷的青色的畫面下。有一種情感的力量，要衝破陰晴、寒冷而向所有的人襲來。那是永恆的火，燃燒在母親心中。我發覺自己所鄙視的生活，仍有一絲渺小的真實，值得人去追求，不計代價的為它受苦。

「喂！你發什麼呆？」K君說。

「嗯，我看見瑪麗亞……」

「什麼？」K君用發紅的眼睛，困惑地搜索著我的臉孔。

我沒有答腔。我目送著她背著孩子，又走向陰晴，寒冷，朔風呼嘯，人潮波動的天空下。

我將半碗酒，一飲而盡。

我分不清是情感的衝勁，還是烈酒使然，我底心燃燒著……清醒地。而一碗五毛錢的熱騰騰的米糕粥，和母子倆的身影，卻鮮活地烙印在我心上。

發表於《筆匯》革新一卷三期，一九五九年七月十五日

【導讀】

夜市，無疑是最能體現一般庶民日常生活的地方。在「我」和「K君」這對文藝青年不斷論辯著相關議題時，孩子的哭泣聲立刻引起了「我」的注意，隨後，這位中年衣衫襤褸的農婦背著兩、三歲左右的小孩也闖進了「我」的世界：「她把孩子放下來，摟在懷中。用一隻手輕拍著孩子的背，小聲地說：『乖，乖，不要哭；媽給你米糕吃。』（中略）她用湯匙勺起米糕粥，將它吹涼，一口一口地喂著小孩。偶而，自己也吃幾口……」儼然一幅「夜

市人生」的浮世繪中，「我」終於看到了瑪麗亞，而這一碗米糕粥也著實溫暖了讀者的胃與心。

【作品出處】

葉笛，〈米糕粥〉，收錄於葉笛著，戴文鋒主編，《葉笛全集：三散文卷》（臺南市：國家臺灣文學館籌備處，2007 年初版），頁 102-106。

馬森

追尋時光的根

【作者簡介】馬森（1932-）

原名馬家興，生於山東省齊河縣。臺灣國立師範大學國文系畢業，國文研究所碩士，加拿大英屬哥倫比亞大學社會學博士。先後執教於臺灣（臺灣師範大學、國立藝術學院、成功大學等）、加拿大、英國、香港及中國等地知名大學。一九八一至八二年在南開大學、北京大學、山東大學、南京大學、復旦大學等校講學。退休後當選成功大學科技與人文講座教授及受聘為佛光大學名譽教授。曾獲第一屆五四文學獎、府城文學特殊貢獻獎等。著有《中國現代戲劇的兩度西潮》、《二十世紀中國新文學史》、《世界華文新文學史》（三卷本）等，另有小說、散文、文學及文化評論等數十種。

追尋時光的根

馬森

人，總要從這個世界上退去的事實，使人無法不留戀根生的土和根生的時代。如果連這些也無所留戀，那便瀟灑得隨時可以讓出自己所占有的那一方泥土和一線天空。

我的在臺灣時光的根，已經是在感覺上相當遙遠的三十八年了。那一個早熟的春天在多雨的基隆港踏上了臺灣的土地，還只是一個十五歲的少年。帶著一雙好奇而探索的眼眸，瞧見一汪湛藍的海水和一紮紮堆疊在搖蕩不停的小舟上的蛋黃一般鮮豔的香蕉，真有夢境也似的感覺。基隆港的雨、木屐的踢躂、日式的小旅館中的紙門和榻榻米、方正厚重得無法摺疊的棉被，夜晚按摩的盲人所吹出的那種悽切的笛聲……，的確是一幅異樣的圖畫；然而在那種年紀，卻尚感覺不到對故土的過度的流連，心潮很快地就撲上了這一處新異的土地，反倒充溢著按捺不住的激動和興奮。

本地的人講著日語和臺語，是另一種新奇的感覺。首先我必須適應，不管脹紅了多少次臉，用手勢和無意義的聲音與旅館的主人溝通彼此的情意。我也極端努力地向我淡江中學中尚不會講國語的同學學習日語和臺語的發音。後來終因為語言的障礙而離開了淡江，跟隨著父親工作的轉移，進入了當時尚十分簡陋的宜蘭中學。

那時候我宜中的本地同學講的也是日語，但是其中有幾位是會說一些國語的，因為有幾位北師大的老師早已進駐了我們的課堂，而且頗受到本地的少年同學的歡迎。此外，我也不是唯一的外省學生，張俊方、張化育、彭希彬、李潤田、鄭永年……都是從大陸上不同的省分來的少年。大家的南腔北調的國語，很快地就在北師大老師口中的京片子引導下日漸統一起來。

當然，本地的同學的國語進度是比較緩慢的，但是他們都有堅強的日語基礎，有的更是在日本長大因為故土光復而興匆匆復歸祖國懷抱的僑眷，他們都可以直接讀日文的教科書，在數理化方面的知識，常常超過了從戰火中流亡而來的老師。他們在課堂上提出的問題，可能令一些老師覺得尷尬，卻使我不能不暗暗地佩服。

一年短暫的相聚，在那種稚嫩敏感的年紀，心理上覺得遠比實際的時光漫長。如果那時的經驗已在記憶中形成了一個留駐的湖泊，以後的時光便是奔騰的河流，四十年似乎在一瞬間逐波而下。一天，忽然接到一個陌生人的電話，他說他名叫范滄淵，是一家公害處理公司的副總經理。靈光一閃，記憶電光石火般地逆流而上，他不是我宜中時代的同學嗎？我不知道，在遙隔四十年的光陰之後，他在什麼狀況下記起我來？一個似曾相識的名字？還是一個模糊的面影？總之，因為他的緣故，我也才加入了追尋時光之根的行列。

「不過，我們聚會的時候講的還是日語唷！」同學事先給我做了心理準備。

「沒關係！你們講日語，我旁聽。不信四十年來你們的國語毫無進步！」

四十年，真不是一段短暫的光陰，足可以使當日的少年成為今日的祖父。在席開三桌的熱鬧氣氛中，從一張張成熟得已有些蒼然的面孔上，依稀仍然讀得出當日少年英發的丰采。有的我一見面就突然叫出了他的名字，像在臺大化工系任教的林秀樞，聽到我叫他，十分詫異地瞪著我問：

「你怎麼還認識我？」

「我認識你這一雙眼睛！」在歲月浸染了他的膚色、膨脹了他的體型之後，他的眼光真的沒有多麼改變，仍然充盈著穎慧的光芒。

喜歡把學生帽捏癟了的呂芳茂，也是第一眼就可以認出的。林燈陽的臉是圓的，林滄池的臉是方的，都沒有被時光磨損。即使時光有一隻魔術的車輪，在面龐上輾出了明顯的轍痕，或者輾脫了頭頂上的毛髮，但仍有些根本的神采、輪廓，堅強地掙脫了時光的魔法，兀立不移！

如今，當日的少年，已經都是社會的中堅，有的是教授、有的是校長、有的是銀行或企業的經理，有的是政府的官員，有的經營旅遊業，還有的已經退休。

他們的第一語言雖然是日語，但今日早已是一口流利的國語，並沒有因為有一個不諳日語的我在場而顯露出使用國語的勉強。我想，即使沒有我在場，他們肯定也會是國、臺、日三種語言夾雜使用。不同的是，有我在場，他們可能一連串地說著國語，沒有我，一連串的日語就是不可避免的了。

我們坦然地談到當日少年心懷中所積鬱的憤懣。十六七歲是一個反抗成人的年紀，何況那時還有政治的禁忌以及二二八事件的陰影所造成的省籍的隔閡。那時候主持教誨的訓導處是施行了許多今日看來多麼不合宜的製造壓力氣氛的手段。雖然尚沒有統獨的問題，但紅色的帽子對那時候懵懂的少年卻是一個巨大的心理威脅，而無故失蹤的老師也確是有過的。我自己因從圖書館中借閱魯迅的《阿Q正傳》，即以「思想有問題才會借閱魯迅的書」的理由受過嚴厲的申斥。幸因「年紀尚幼，本該無知」而從寬處理了。在這般凝重的氣氛中，慣於用日文來思考、國語尚說不順口的我的同學們的積鬱是可想而知的了。他們那時候正如我自己那時候一樣，不會明白原該有歡樂氣氛的教育場所，為什發施用那般威權式的嚴厲政策？教育必定要跟無所不在的訓斥以及對青少年心性的壓抑和懷疑相伴而行嗎？

今日社會中所發生的種種問題，何嘗沒有四十年前所播下的種子？然而我們在追尋時光之根的時候，情懷卻是溫馨而寬容的，我們雖然知道什麼根會長什麼枝葉，結什麼花果，但是那是我們的生命之根，我們總盼望開出來的花是豔麗的，結成的果是甜美的。

原載於一九九〇年三月二十六日《聯合報》副刊

【導讀】

作者回憶初踏上臺灣土地時的濃濃異地風情（日本風），表面上，「一綮綮堆疊在搖盪不停的小舟上的蛋黃一般鮮豔的香蕉，真有夢境也似的感覺」，猶如揭開「香蕉天堂」般的序幕，然而，接下來的語言隔閡及南腔北調的語言調適問題才正要上演……。事過境遷，「同學少年多不賤，五陵裘馬自輕肥」，當年「期期艾艾」也早已不是問題，闊別四十年的同學會上，國、臺、日語衆聲喧嘩（heteroglossia），從前不會說、不敢說與不能說的事，現在，一股腦兒、一口氣，通通都說了，誰說同學會不能是一場多音交響的混聲合唱？

【作品出處】

馬森，〈追尋時光的根〉，《追尋時光的根》（臺北市：九歌，1999），頁 7-12。

王家誠

科幻外一章

【作者簡介】王家誠（1932-2012）

遼寧省遼陽縣人。一九四八年隨家人輾轉經上海乘輪船來臺。後因父親經商失敗，半工半讀，一九五五年考上臺灣師範大學藝術系。畢業後，一九六四年任教於臺南師範學校（今臺南大學），並定居臺南。擅長繪畫，曾多次舉行畫展。有散文與短篇小說《在那風沙的嶺上》、《守著火的夜》及與趙雲合著《男孩、女孩和花》、《一體兩面》等。另有傳記文學《中國文人畫家傳》、《鄭板橋傳》、《吳昌碩傳》、《明四家傳》、《趙之謙傳》、《溥心畬傳》、《畫壇奇才張大千》、《徐文長傳》……等，兒童文學《喜歡繪畫的皇帝》、《唐伯虎與桃花塢》、《中國古代的發明》……等。

科幻外一章

王家誠

噴烟的怪獸

猶記兒時，家住北方窮鄉僻壤的一間茅草房中，爐灶接連著火炕。印象中，一個是黑，一個是烟。明明裝著幾扇紙窗，明明記得破裂的窗紙在風中嘩嘩啦啦的響，但每當搜索童年的記憶，那種黑暗的感覺，硬是無法化開；也許，這跟烟有著不可分的關聯。因為一年四季，從早到晚，屋裡總是有烟，濃濃的，嗆得人眼淚鼻涕直流。

一種是一日三餐燒鍋造飯的烟，再加上秋冬和早春煨火暖炕的烟。燃料包括從雪堆裡翻出尚未乾透的高粱桿，塘邊撿拾來的枯枝敗葉和一些穀殼之類。隨著老舊風箱呼啦呼啦的拍節，從灶口、鍋邊和炕洞間，冒出一股濃烟。又黑又辣，使人眼目難睜。感覺中，連爐帶灶地，彷彿成了一隻噴咽的巨獸。而終於在這樣的獸檻裡，度過了漫長的童年，想來真有些不可思議。

另一種是夏秋之際，燒艾驅蚊的烟。前一種烟，是造飯暖炕的副產物，並不如超現實武俠片中刻意製造的效果。流淚咳嗽之餘，還可以打開窗洞，讓刺骨的冷風，把烟氣稀釋稀釋。但後者，烟是求之不得的重要產物，必需緊閉門窗，才能聚成足夠的濃度。至於究竟能置蚊於死地，或意在使牠們知難而退，我到現在也不怎麼了然。好在那時天氣溫暖，我們照例被放生到院子裏或街道上去，在蛙鳴狗吠的鄉村暮色中，追逐嬉戲，倒也不失為一件樂事。直到屋子裡烟消雲散之後，才被一聲聲喚了回去，脫衣就寢。儘管如此，由於沒有紗窗蚊帳，所以每到夏天，身上腿上，總是腫疱串串，奇癢難耐，不免伸手抓搔，不知經過何種病理上的變化，腫疱又變成一片片的癬瘡，招來成群的蒼蠅，嗡嗡飛繞，揮之不盡。烟、蚊子、癬瘡、揮之不盡的蒼蠅，印象中，成了牢不可破的連鎖，像惡夢一般，糾結在童年的記憶之中。

燔祭

到了臺灣之後，暫住臺中市民族路的一棟二層板樓。雖然蚊帳極為普遍，但不知何故我和三弟卻獨獨沒有蚊帳。我們蝸居在樓下的一座壁櫥裡面。櫥分上下兩層，我睡上層，他睡下層。由於時代進步，我們也不再燃燒那令人目迷神眩的艾草，而是在櫥門之下燃起一支狀如野蒲似的粗大蚊香。那時，我們正是知識饑渴的年代，經常從學校借來小說、劇本和各類過期的雜誌。每在更深人靜之際，坦腹東櫥，無休無止地生吞活剝起來。而一縷白煙，從下層裊裊昇起，然後瀰漫開來，佈成一道薄霧輕紗般的安全防線。儘管外面蚊聲如雷，蚊影幢幢，但櫥門以內，卻別有洞天。回憶茅草房中的烏烟瘴氣，涕泗橫流景象，真有天壤之別。我這才稍能領略沈三白把蚊子看成雲中舞鶴的閒情逸趣。不過，這樣的光景不長；一天夜裡，我從夢中驚醒，惶然四顧，不但烟氣薰人，且聽到三弟在下層櫥中慌亂撲打的聲音，彷彿有甚麼東西在起火燃燒。我趕緊扭開燈，跑進廚房取水，兜頭一灌，才結束了這場無妄之災。望著被蚊香燒得面目全非的枕褥，險些變成燔祭的羔羊。在蚊叮與火燎兩害相權之下，我們只好放棄那引人遐思的裊裊輕烟，一心一意地培養體內的抗蚊血清，來減低蚊子的毒害。

毒霧

我與蚊子再接再厲鬥爭的第三回合裡，首置蚊帳一襲，使自己立於不敗之地，讓蚊子繞帳三匝，無肢可棲；於是，只能望帳興嘆。偶有漏網之蚊，鑽入帳中，等到午夜夢迴，情知有異，趕緊撚燈檢視的時候，只見幾隻蚊子，有如一顆顆熟透的葡萄，吃得肚大腰圓。一雙雙薄翅，起落唯艱，似已不勝負荷。這時帳中捉蚊，兩手連拍，血債血還，內心的快意，倒像沾到了甚麼便宜似的。進而又攻守兼備地在屋裡屋外，噴灑DDT；雖然自己被薰得暈頭轉向，但更樂于見到蚊蠅之屬，作垂死的掙扎。

可惜，這種可圈可點，攻守俱佳的戰略，婚後就受到了嚴重的考驗，感到處處掣肘。每次施用化學戰劑之後，往往未等蚊蠅喪膽，雲卻先已聞風色變。頭暈目眩，冷汗直冒，一付白娘娘喝了雄黃酒的痛不欲生模樣。使我不得不衡量情勢，重估得失。到底滅蚊重要，還是太太重要。終於只好採行裝釘紗窗紗門，嚴守據點的最高策略。訂定生活守則，進出門戶，要格外迅速，避免猶豫觀望，須有義無反顧的氣概，庶免蚊子乘虛而入。遇有貴客臨門或門生造訪，我往往先三令五申，不必脫鞋、有話進來再談、請迅速關門……

但是，偏偏有人在你正要開門肅客之際，一腳跨進門裡，一腳跨在門外，就急不及待地寒暄起來。眼看著幾隻黑鴉鴉的花腳蚊，盤旋飛舞，調整航路，準備進場。在這千鈞一髮的時候，情急之下，我只好藉著握手言歡，稍運內力，一拉一帶，不露痕跡地把對方「請」了進來。也有些人，臨別依依，明明已置身戶外，卻又掉轉身子，拉著房門，或是千叮萬囑，大有話說從頭之勢。或是攔攔阻阻，務請主人多多留步；遇到這種時候，我為了全家大小的安全，免遭饑蚊之吻，只好「挺身」而出，作殷殷相送之狀，半拉半扯，以無比的熱情把訪客推出門外。

光之舞

我之毅然摒棄施之有素的化學戰劑，情願像黃香一般被蚊子窮叮猛咬一陣，似乎很使雲感動，也使她心中有著一份小小的歉疚。大約距今十餘年前，正是兩個女兒開始學琴的時候，一陣拜爾下來，白白胖胖的小腿，總是被叮得紅斑纍纍。這種歉疚與母愛的天性，使她決心要找出滅蚊利器；既可滅蚊，又可以免除類似DDT那種人蚊同歸於盡的悲劇。她不斷地明查暗訪，瀏覽各類廣告，終於以重金買回一具通電的小盒。依據理論上的說法，把一種粉紅色的殺蚊藥膏，擠進盒內，通電之後，藥膏隨之氣化，這種無色無臭的氣體，散播所至，蚊蚋絕跡，人畜平安。理論上的完美，加以盒子的小巧玲瓏，使我們全家充滿了信心和興趣。啟用之初，一致屏息凝神，眼觀六路，耳聽八方，也不知心理作用，或是藥膏奇效，竟絲毫不見蚊子的蹤跡。轉眼看看對藥物一向敏感的雲，雖置身於滅蚊器的威力半徑之內，竟泰然自若，並無臉色發青，額角冒汗等不良反應。在大自然的淘汰賽中，人類不知經過多少嚴酷的考驗。多少橫行億萬年的龐然巨物，像恐龍、始祖鳥、長毛象均已絕跡，埋入宇宙的荒塚。獨對蚊蟲、蟑螂之屬，卻屢戰屢敗，纏鬥不已。時至今日，且有文壇大老提出以蟑螂為師的論調。然而由於科學發達，一盒之威，蚊蟲斂跡；但願這一回合，是我們與蚊子的最後一場決戰。回想童年時代的噴咽惡獸，荒村中的犬吠，火燒東櫥的驚險，雲陷身DDT迷霧中的痛苦神色……在勝利曙光的籠罩下，痛苦的往事，已經得到補償，一切陰霾，即將煙消雲散。不過，這種勝利的假象，似乎經不住時間的考驗，幾天之後，只好把藥膏和小盒，珍藏為歷史陳跡。但我們對人類的智慧與科學，並不絕望；太空梭的怪手，即將任意撈取和放置人造衛星；中子彈，可以一舉消滅戰場上的人類，而無損於財產和武器的完整，雷射光網，可以罩住漫天的飛彈……我們不信他們偉大與深邃的心智，只致力對同類的殺戮，而不設法湔雪人類歷代祖先的恥辱。難道，真讓我們提出以蚊子為師的號召？讓人類子孫繼續無助地遭受蚊子的叮咬？

果然不負所望，今年夏天，我們先後買到兩種電子捕蚊燈。它們的共同特性，據稱是光管中所放射出來的光波，對蚊子具有特殊的吸引力；可以誘使其捨人類的鮮紅血液不顧，而投向那片神秘的光輝之中。差別是，先買的一種，燈下附有一個可以容得下數以萬計蚊子的紗囊。等到這些投火飛蚊誤入紗囊之後，再行發落。萬一捕到以後，仰體上天好生之德，忽然一念之仁，還可以中途撤網，縱蚊歸山，這應是人類復仇意志的考驗吧。後買的一種，則是光管之後，佈有電網，即捕即殺，雖然立刻斷絕了蚊子的生路，卻免於瀕死的掙扎與恐懼，或許是一種比較合乎「蚊道」的設計。

我們是一個科學興趣極為濃厚的家庭，發現之後，立刻無條件地接受了科學恩賜。當第一架有死光裝置的捕蚊燈買了回來，曾激起一片興奮的浪潮。天還沒有全暗，就忍不住張掛起來。熄掉一切燈火，在逐漸沉沒的日影中，凝視著捕蚊燈所發出的淡淡幽光。它柔和得彷彿一曲「夜的探戈」，浪漫而低沉，想不到這種吸血的毒蟲，瘧疾的販子，竟然會有如此優美的光感。讓我不由得遐想那一雙雙黑蚊，在淡紫色光暈的籠罩下，劃著曼妙的弧線，翩翩酣舞的情境。聲音由尖銳而低柔，並逐漸遠離細嫩的人類肢體，捨棄新鮮甜美的血液，舞向那片心醉的光暈。直到紗網的底層，直到那片光暈被碎成迷離暗淡的光點，仍然如醉如癡地舞著。只是那反復描劃著的弧線，變得短促而零亂，那柔弱的叫聲，變成一片無力的喃喃……

如果不是基於感染瘧疾和被叮咬的恐懼，如果能以純粹審美的眼光來欣賞蚊蟲飛舞的弧線，和悅耳的節奏，也許每個人都不難領略到沈三白所享有的閒情逸致。而我們卻萬沒有想到，在科學的恩賜下，在這樣的夜幕低垂的時候，與一向處於敵對狀態的蚊類，共同沐浴著牠所喜嗜的神秘光輝。目睹牠們在一陣熱情而優雅的光之舞中，投向毀滅的深淵。想著想著，心中驀然浮起一絲征服者的寂寞與哀感。這種寂寞與哀感，或許就是人類要保護野生動物的原始心態吧。我也想像著，如果此燈推廣成功，每到夜幕低垂之際，家家戶戶懸起這種富有浪漫情思與悲劇色彩的捕蚊燈來，使那長吻嗜血的昆蟲面臨絕種的危機時，難免沒有人為了維護大自然生態的平衡，及昆蟲學研究上的需要，把牠列入禁捕之列，成為最珍貴的品種。

不過，不久我們就發現，問題並不那樣單純；首先我感到這樣暗淡的當售貨員包裝起那集科學、美麗、冷酷於一身的滅蚊燈時，我忽然顧慮周全的問了一句，如果光管損壞該如何配換？那知她卻不加思索地指出，隨便那個電料行都能買到。這話，不禁使我聯想到，它說不定只是普通的日光燈管吧？至於能否放射出使蚊子造成歡歌狂舞，趨之若鶩的現象，恐怕有賴於充份的臨床實驗；可惜，我顧慮得晚了一步，在我還沒來得及說出心中的疑慮時，七八張花花綠綠的百元鈔票，已經變成了發票上一行單單調調的小字。雖是如此，我們並不沮喪，依然謹慎而細心地加以試驗。首先，我們小心翼翼地捉住幾隻入侵的蚊子，在確知他們生機正常的情況下，觸之以網。電子網上，登時閃出細微而不易察覺的火花，蚊子們輕顫著薄翅，僵死在網上。也有一兩隻機警地穿越網隙，飛入網心，陷身絕境，想來亦將不久於蚊世。只此一端，足以證明電子網的威力和功效。倘能持之以恆，捉蚊投網，不難使這種與人為敵的異類，由盛而衰，至於絕滅。實驗的第二個層次，乃是光波的誘導作用。為求得平均係數，我們在蚊子稀少的屋裡張掛幾天，再在蚊子密集的室外花叢間懸掛幾天。但蚊子來者自來，去者自去，似乎激不起風起雲湧，紛紛狂舞的熱情，也許，我們已錯過了蚊子求偶季節的緣故。我承認我們的實驗，尚嫌不足，為了保護廠商的利益，不敢妄下斷語。據說，有些貓兒，養在家中不會捉鼠，一日被別人領養之後，偏又捉得勤快，立使鼠輩亡魂喪膽；滅蚊燈或許也有這種性向。故願廉價出讓，不加郵費。

山歌獨唱

經過一連串的挫折，有一陣子心裡十分沮喪，覺得罷了罷了；人生宇宙之中，享盡萬事萬物，大至山林猛獸，海洋巨鯨，小至某些眼不可見，耳不可聞的細菌。連深埋在地球心臟的油類，都免不得被吸取出來，成為窮奢極侈的能源。區區被蚊子吸食幾滴血液，又何怨天尤人之有？何必處心積慮，必欲滅之而後快？

有時，被咬得痛癢難耐，則又不禁想到，要滅絕蚊蟲其實不難；單就前面所提捉蚊有恆一端，雖然不甚科學，但勤能補拙，未始不是最佳策略。在某些科學界的精英之士，堅持「武器無罪，使用在人」的原則下，繼續專注於武器的發明，而忽略人類生活細節之際，我們也只好以最笨的方法，彌補科學上的死角。

彷彿記得，報載巴西（？）衛生部長，曾向民眾強調鼠肉的營養價值，蛋白質含量的豐富，呼籲全民捕而食之，藉以減低鼠害的損失。更新的報導，則是國內發現蚊蟲對鰻苗的發育，極有幫助，足能促進鰻魚的產量。鰻的經濟價值，對外匯的賺取，乃是人所共知的事實。利之所在，勢必趨之若鶩。在可預見的將來，不但捕捉蚊鼠可能成為一般家庭的副業，大規模的蚊鼠養殖廠，也必將比比皆是。只盼有眼光的廠主們，能防患於未然，以免遇到水災時候，蚊子的幼蟲像雞鴨和魚塭中的魚一般，大量流失才好。不過，這僅是蚊對人類間接的食用價值而已，倘然有朝一日，衛生署長宣布蚊子的直接營養成份，並免費供應蚊子食譜的話，則必然會造成十餘年前撈取蝌蚪，或以高貴藥材培養洋蟲一樣的風氣。甚至於會像蝸牛肉與毒蛇膽似的被哄抬成想像不到的高價。

雲倒是始終對科學抱持樂觀的信念。

最近，就另有一種觀念更新的產品問世；一幅幅巨大的廣告，已經引起她的注意，也引起了我的緊張。就理論上的了解，那是一種電子驅蚊器。藉著精密的電子裝置播放出無害於人類清夢的超音波——一如雄性蚊子的情歌焉。依昆蟲學者發現，蚊類中，只有懷孕時的雌蚊，才有吸食人畜血液的惡習——都是夏娃惹的禍！而懷孕的雌蚊，大抵為了胎兒安全，又最怕雄蚊們的騷擾，所以情歌起處，充滿母愛的雌蚊，不但沒有心情山歌對唱，往往避之唯恐不及。於是，發明家們利用雌蚊這種心理的焦慮，挑撥離間，以期人類倖免於被叮咬的惡運。由於我沒見過這種機器，更不知其效能到底如何？但雲卻興趣盎然，心嚮往之。不過，我懷疑，這種「郎」來了的把戲，一旦被雌蚊們拆穿，覺得雄蚊們雖然不甘寂寞，喧喧嚷嚷，但卻並無橫加騷擾的現象；因而觸發了她們對雄蚊的憐愛和同情，增進了夫妻感情，恐怕我們就弄巧反拙了。再者，根據蚊子不滅定律，一群被愚弄了的咬人蚊子，還是一群咬人蚊子，於人並無裨益。因此，對於這種新觀念下的新產品，我不得不高瞻遠矚地，暫取觀望的態度。

【導讀】

本文描述作者個人從小到大，大大小小的抗蚊經驗，不論驅蚊忌器，還是撲蚊忌人，可謂細膩生動，也格外有趣，尤其，不斷以科學實驗的精神，嘗試各種滅蚊方法，令人印象深刻。其不禁令人想起沈復《浮生六記．兒時記趣》的一段文字：「夏蚊成雷，私擬作群鶴舞空，心之所向，則或千或百，果然鶴也；昂首觀之，項為之強。又常留蚊於素帳中，徐噴以煙，使之沖煙飛鳴，作青雲白鶴觀；果如鶴唳雲端，為之怡然稱快」。此外，日治時期以降臺灣重要作家，也都留有相關作品，如霧峰林家林南強（1880-1939）曾有〈撲蚊〉（〈獄中十律〉之八），詩云：「心血今垂竭，何堪更飼蚊。不容雷落掌，寧欲露吾筋。事急情難緩，功微力已勤。夜闌聊息偃，嗟汝漫紛紜」；臺灣新文學之父賴和（1894-1943）也在監獄迫仄的環境下，與蚊展開一場攻防：「嚶嚶只想螫人來，吾血無多心已灰。你自要生吾要活，攻防各盡畢生才」，顯見抗蚊經驗，自古有之，於今為烈，而臺南更曾遭受蚊蚋肆虐，聞蚊色變，讀者定當心有戚戚焉。

【作品出處】

王家誠，〈科幻外一章〉，《南臺灣文學作品集三：守著火的夜》（臺南市：臺南市立文化中心，1997），頁16-26。

趙雲

幸福

【作者簡介】趙雲（1933-2014）

廣東省南海縣人，出生於越南堤岸。一九五七年返臺讀書，臺灣師範大學社會教育系新聞組畢業。一九六四年任教於臺南師範學校（今臺南大學），並定居臺南。寫作範圍包括散文、短篇小說、兒童文學及論文等。著有《沉下去的月亮》、《把生命放在手中》、《心靈之旅》、《寄情》、《歲月流程》、《遺落在二十世紀的夢》及與夫婿王家誠合著《男孩、女孩和花》、《一體兩面》等。

幸福

趙雲

幸福像童話中的青鳥，飛翔在虛無飄渺之邦。每個人終其一生，都在從事捕捉這幸福的青鳥，當你以為已經把握在手中，但實際上它已死亡；而往往在你心灰意冷的時候，它卻翩然停憩在你的肩上。

演奏家魯賓斯坦在二十幾歲時，因為演奏失敗，不堪饑寒流浪的壓迫而嘗試過自殺。六十年後，他回憶起這件事，很感慨地說：「之後我走到街上，突然覺得自己剛才真傻。街上行人熙熙攘攘，一個小公園中百花爭妍，景致極為美麗動人。當時我體會到，舒適、金錢、健康，雖然都是好東西，但並不等於幸福，幸福的真諦就是活在世上，順乎自然地活著。

我盡情地享受人生。活在世上，能夠說話，能夠睜開眼睛看，能夠走路——這一切都非常美妙。」

就在這一念之間，魯賓斯坦懂得了怎樣真實地享受人生，而領悟了幸福的真諦。但也只有在死亡邊緣掙扎過來的人，才能體會出「活著就是幸福」的意義。

我也曾經有過類似的經驗：貧窮，連綿的疾病，狹窄的心靈，形成了對生命、對世界的厭倦，覺得一切都呈現黯淡的灰色，這是年輕時候的我。但在一次沉重的病中，死神向我展開了冰冷的懷抱，我卻模模糊糊地掙扎著，走向求生的路上。而當時並不是著意的求生，絕然是無意識的掙扎，事後自己也覺得驚訝。

當我從醫院中出來時，抬頭看到湛藍而明朗的晴空，在清晨的空氣中顫動的陽光溫暖而燦爛，樹木伸展著生命的觸手，甚至從石隙中生長出來的一朵小野花也欣欣向榮地在朝陽中微笑。我驟然地覺得這個世界的一切都多麼奇妙！而更奇妙的是我竟然活著，我能真實地看到，感到我自己的存在，能真實地擁抱著這個世界。於是在以後的日子裡我是快樂而充實的，也許，這就是魯賓斯坦所形容的「幸福」，所歌頌的「美妙人生」。

喜歡深思的人常常為著一個問題而起爭論：「生存究竟是為了什

麼？」人們總是把生存的意義分析得太複雜。某些悲觀的哲學家說：「人從出生開始，就是一步一步地走向死亡。」教育家訓示著下一代：「人的生存是為了立德，立言，立功。」而生物學家會說：「人不過是和別的動物一樣，生存是為了綿延種族。」如果以我的觀點，我贊成的是：「活著並不為著什麼，生存的本身就是意義。」

我們常常會想到一個人在瀕死之前，也許會做某種哲學性的深思，把整個人生作一個總結，但一位醫生朋友，他認為人在死前只是執著地爭取生存的權利。他說：病人在死亡前，多半有一段昏迷的時期，看樣子，他們根本沒有功夫去思想些什麼。他們只是無意識地用全部生理機能，忙著呼吸，心跳，好讓自己多活兩分鐘。即使呼吸停止了，只要心臟仍在微弱地、不規律的跳動，醫生們仍忙著用人工呼吸，用氧氣、呼吸劑、強心劑，來延續那明知是不可能的生命。在這一剎那，病人和醫生全心全意所爭取的是什麼？是地位？是財富？還是事業？不！都不是！只是那一兩分鐘的生存機會，即使只有一、兩分鐘！

但在還未聽過死神召喚的人來說，也許就不能品味出生存的幸福，而幸福的青鳥，就會幻化成各種各樣的形相，不僅僅是「生存」那麼單純了。這些變幻多端的形相，構成了幸福之謎，謎底完全決定於各人心中對幸福價值的衡量。

在那原始時代，人類生活在一片荒蕪的大地中，蠢蠢欲動的火山，隨時會噴出毀滅性的熔岩；遍地都是毒蛇猛獸；今日受我們歌頌的大自然，在那時是獰惡的，它齜著滿嘴獠牙，等待著啃食那渺小得不足道的生物。人們每天在饑餓與死亡的邊緣掙扎。如果這一天居然吃飽了，而且逃過了窺伺在四周的死神，你和你的族人安然地聚在那石穴中，圍著火焰，啃著以性命換來的食糧，在這一刻，你會覺得生命是多麼的有意義！熊熊地躍動著的火，驅走了寒冷和恐懼，在單調的節奏中，歡樂的踏著生命的舞步，幸福的感覺充滿了整個身心。

但在今天，人們居住在風雨侵襲不到的華屋裡，厭倦了佳肴美食，大自然已被征服和利用，惡獸豢養在動物園中賞玩，但奇怪的是幸福卻飛翔得越來越遠。多少人在感傷，在悲嘆著日子的無聊，他們傾聽著自己的足音一步步地走向墳墓，他們把生命看作是一場無意義的等待，他們埋怨生命本身的就是一種浪費。

只有童話的作者，才能一眼看清幸福的真面目，你看那「幸福的漢斯」，他用七年辛勤工作，換來了一塊像頭顱那樣大的銀子。這種冰冷的金屬，一向被人認作幸福的基石，可是漢斯卻說：

「我要背著這塊東西，它重得壓痛了我的肩膀，又使我的頭抬不起來。」

於是他毫不猶疑地用那銀子換了一匹馬；到他不喜歡馬的時候，就用馬換了一頭母牛；再用母牛換豬，豬換白鵝，白鵝換了一塊磨刀石，他拿著那塊石頭，眼睛高興得發亮，他心裡想著：

「我一定是好時辰生的，我希望什麼，就有什麼，一切都如願以償。」

後來，石頭也掉到水裡去了，他懊惱嗎？沒有，「他高興得跳起來，又跪下來感謝上帝，使他擺脫了這唯一的累贅——那塊重石頭。

他呼道：我現在能夠快樂了，沒有人像我這樣幸福了。

他擺脫了一切煩惱，快快樂樂的回家。」（《格林童話》）

換了別人，定當寧死抱著那塊把他壓痛，使他抬不起頭來的金屬，那樣，煩惱接踵而至，相對地幸福將從指縫溜走，他能像漢斯那樣高興的大叫：「我現在能夠快樂了，沒有人像我這樣幸福了」嗎？

再看看「一個雞蛋的家當」，那窮人撿到了一個雞蛋，把全部希望和幸福建立在那一碰即碎的雞蛋上，他幻想著把雞蛋孵出小雞，小雞長大後再生蛋，蛋再孵雞，賣了雞就可以買牛，這樣一直發展下去，十年之後，他就可以成為富人，然後可以充分的享受起來，還打算要娶一個小老婆。不幸這句話引起了太太的妒意，一氣之下把雞蛋打破，於是建立在一個雞蛋上的幸福也隨之破滅。

可見幸福不能建立在空想上，而是植根於真實的生活與知足的心靈中。

但人們的心靈往往被很多身外的事物所紛擾、蒙蔽，而變得遲鈍。所以不少人寧可瘋狂地去追逐那些無機的金屬；花花綠綠的紙片；空虛的權勢和什麼都不能代表的浮名。當那麼一天，他們獲得了夢寐以求的名利權勢後，隨著而來的，不外乎是：像無底的深淵，永遠滿足不了的欲望，有如寓言中那貪心的漁婆，當她變成女王之後，還想做宇宙萬物的主宰。如此一來，即使她真能成為萬物的主宰，也將為著不能滿足永無止境的欲壑而感到痛苦。另外的一種是患得患失，心情怔忡，為著不能確切的把握著這些得來不易的事物而焦慮不安，這又怎能得到幸福的青睞？至於第三種，也許是比較明哲的，當他們抵達了名利的高峰，突然會覺悟到自己實在一無所有，而悵若失。

《紅樓夢》裡那甄士隱說得很透徹：「……說什麼脂正濃，粉正香！如何兩鬢又成霜？昨日黃土隴頭埋白骨，今宵紅綃帳底臥鴛鴦。金滿箱，銀滿箱，轉眼乞丐人皆謗。正嘆他人命不長，那知自己歸來喪？訓有方，保不定日後作強梁；擇膏粱，誰承望流落在煙花巷……甚荒唐，到頭來，都是為他人作嫁衣裳！」這不是說盡了世情的變幻無常嗎？金錢、權勢、青春，甚至是為兒女未雨綢繆的幸福條件，都是如過眼雲煙一般，保不住的。所以真正懂得把握幸福的人，並不會把幸福開列成一項項的條件去爭逐，翻滾。

我們常常覺得兒童是快樂而幸福的，但我們很少去深究為什麼兒童輕易地捕捉到翱翔在天際的青鳥？那小女孩蹬伏在母親的懷中，吮吸著拇指，臉上的神情是如此的滿足與安詳，那男孩專心一志地用薄紙糊成一個風箏，在黃昏的微風裡，仰視著手中的風箏飄向晴空，一副自得其樂的樣子。

他們的願望是如此的單純，越是單純的願望越容易獲得滿足，越是複雜紛亂的願望越容易使人陷進煩惱的泥淖。所以穴居野處的原始人只求一飽便是幸福；所以我覺得能夠生存著擁抱這個世界，就是一種幸福；而幸福的漢斯，他所慶幸的是能擺脫了所有的煩惱和累贅。

因此，幸福雖然很抽象而難以詮釋，但能否及時的把握著它，端在乎幸福來臨時那一剎那的判斷，換句話說，你活著，你就已經擁有了幸福，至於幸福的價值標準，完全在於「知足」兩個字上，幸福的青鳥在每個人身邊盤旋，「知足常樂」就是它的網！

【導讀】

本文藉由莫里斯．梅特林克（1862-1949）著名童話《青鳥》，揭櫫並衍繹幸福的真諦就是「活著」。雖然，幸福的青鳥往往就在每一個人的身邊，然而，在熙熙攘攘的人間世裡，她總是以各種迷人的姿態出現，顛倒夢想、迷惑眾生，而讓人遍尋不著……。其實，「青鳥」也好，「幸福」也罷，都是人生不假外求的一種圓滿至足的狀態，「衆裡尋他千百度，驀然回首，那人卻在，燈火闌珊處」，唯有知足常樂，才能遇上青鳥。

【作品出處】

趙雲，〈幸福〉，收錄於趙雲著，陳昌明主編，《臺南作家作品集八：趙雲文選》（臺南市：臺南市文化局，2013），頁 117-126。

何瑞雄

江湖客

【作者簡介】何瑞雄（1933-）

生於高雄市岡山區。臺灣師範大學藝術系畢業，負笈東京深造，文學博士課程畢業。曾任教於聯合工專、日本專修大學、長榮管理學院（今長榮大學）……等校。少年時期起即開始寫作，迄今創作不輟。一九九四年春，海內外學者教授共同組織「何瑞雄文學研究會」，並印行《詩鄉》刊物。今長榮大學圖書館設有「何瑞雄文學資料室」。除了論述、詩、散文、兒童文學以外，也有不少翻譯之作，同時擅長書法與繪畫。著有童話《流星的故事》、《金狐》……等，詩《蓓蕾集》、《何瑞雄詩集》……等，散文《泉》、《花谷》……等。

江湖客

何瑞雄

「江湖客來了！江湖客來了！」

傍晚時，廟堂那邊一響起鑼鼓聲，遠近的孩子們便都高興地這樣嚷著。我一聽到鼓聲，再看見房東家孩子們的歡喜樣子，也由心坎裡湧起一股快樂來。

真的，我很喜歡江湖客。

搬來五甲尾，一晃半年。在這段日子裡，最覺有味的，除了每日的晚霞以外，便是江湖客了。若一天之內，於辛勞的白晝逝去以後，黃昏時能觀賞一次奇幻神妙的晚霞；入晚，又可以看到江湖客有聲有色的演藝，我便心滿意足地懷抱著快樂入夢。有時候，竟對自己說：但願能在此鄉終老！

濟世」的獨行俠客。不同的是他跨下騎的是鐵馬而已。江湖客有老、少、男、女、也有小孩隨行的，大概是跟他的師傅，出來歷練的吧；但不管他們賣的是膏藥，還是仙丹，是屬於獨行「俠客」還是英雄豪士薈萃的劇團，在開場之初，總是敲鑼或打鼓，或鑼、鼓、弦、笛齊鳴競奏以為號召。先是一批小觀眾，聞聲趨至，像青蛙似地蹲著，仰頭托腮，眨著好奇的眼睛。不久，大人也陸陸續續地出來了，一個接著一個，把江湖客的排場，圍成一個密密的圓圈，到了這個時候，表演就開始了。或文戲，或武藝、或唱、或演、或講故事，或變魔術，各盡所能，各獻所學，以娛觀眾，使爭看搶聽的村夫、村婦、村童都「進入狀況」，連呼吸、感受，也完全一致。這時，江湖客的一舉一動，一言一笑，都含有磁鐵的作用，而圍睹的大小觀眾則成了磁鐵四周的鐵沙，緊緊地被吸引著。突然到了一個最高潮的巔峰前面，鼓聲忽停，動作忽斂，這才真的「言歸正傳」地抖出藥囊裡的東西，做起生意來。把最精彩的階段，硬生生地截斷，觀眾心裡癢癢的，好像吃一個包子，嚐了兩口之後，正當一口就要咬到最香最好吃的餡兒，突然被人家把東西奪去似的。江湖客非要把他的東西銷售過了之後，才肯繼續表演。所謂「賣關子」，大概就是這個意思吧。

江湖客，各個都有一套悅人耳目的拿手好戲，出類拔萃的看家本領。我最歡喜看他們表演，不論表演什麼，我都看得津津有味。其實，我愛的是那份鄉間夜晚消閒的和悅氣氛。我愛看在垓心裡表演的江湖客，也愛看密密地圍成圓圈，聚精會神地觀賞著的灰布衣衫的村民。在這種氣氛之下，表演者與觀眾渾然一體，成為一幅非常可愛，非常生動的農家安樂圖！鄉村裡沒有影院、舞廳、劇場、公園，也沒有燈紅酒綠的公共食堂和華燈縱橫的熱鬧市區，只有江湖客為村民帶來了一些娛樂的節目，使村民得能於一天櫛風沐雨的耕稼之餘，使身心輕鬆一下。鑼鼓一響，小孩子們就興奮起來，他們在小孩子們的心目中不是做買賣的生意人，而是神祕的屬於另一個世界裡的人物吧？

從小時候，我就歡喜江湖客。不論在那一個鄉鎮村落，我們住過的地方，都可以看到他們，但都沒有現在住的地方多。雖然隨著年齡和閱歷的增加，漸漸地知道這些江湖客，都是花言巧語，唯錢是圖之流；對於他們自賣自誇的所謂仙丹神藥的靈驗性，也由懷疑而轉變成同情的一笑；但對於江湖客的好感卻是有增無減的。

他們在薄暮時分，就到達預定的村落，當即選好比較平坦開闊的場地，選好之後，首先點上一盞電石小燈，燈燄黃黃的，可照丈餘方圓，不怕風吹。點上了燈，即刻沿村鳴鑼號召，也有蹲在燈前一邊敲鑼打鼓，一邊開場的。他們的場地通常在露天，先在燈前鋪一張約有六、七公尺長兩尺來寬，舊得變了顏色的紅布，然後在上面擺陳藥品和道具。觀眾三三五五地到來，把他圍了起來，大家正面都映著燈光：圈子的大小，依開場的大小而不同，小至數尺方圓，大的則有數丈，自然觀眾都是站著看的。偶爾逢到演戲也有從家裡搬椅凳去坐著欣賞的。天氣冷的時候，有些老人家額纏布巾，嘴啣煙桿，安祥地望著場中，臉上的皺紋不時快樂地動著，其樂融融。

不過也有人對於這些江湖郎中者流，心存鄙薄，認為他們那些玩藝兒只能騙騙鄉下佬，瞞不過明眼人；他們自己大吹大擂的所謂秘方仙丹，都是有名無實的。我也覺得江湖客嘴巴上說的話，應該打七折，他們的仙丹則應該打九折。雖然如此，我卻覺得江湖客可愛。儘管他們都是「騙子」，然而他們確非不勞而獲；他們的藥縱然無靈，卻也無害。他們是為了餬口，而不是想藉此發財，惠顧者即算是上當，也不過數元；在交易買賣之前，他們照例先要請在場的所有觀眾，每人嚐一口藥品，使觀眾自己認可，自願訂交。雖然他們有時說得天花亂墜，惑人耳目，卻也真的唇乾口澀，力竭聲嘶。他們在物質方面的偷工減料，已經在勞力的另一面，予以補償夠了。他們常遇到費了半天口舌，使了半天真刀真槍，再加上一番「請客」，結果卻一包也沒售出，當晚的燈費、交通費、旅館費，都徒然報銷了，這時他們那種滿不在乎的樣子，真叫人看了不忍心。但願村民豐收，江湖客生意好！

江湖客招引顧客的手段固然在於技藝；賺人惠顧的本事，卻全在三寸不爛之舌。其舌上的工夫，實遠在其身手之上。我想他們的說話技巧，是任何著名的演講家都望塵莫及的。人類的世界裡面當沒有比專靠嘴巴謀生的江湖客，更善於說話的吧！在聽課的時候，有人看小說；聽演講的時候，有人心不在焉；但在江湖客，久經風霜浸鍊過的唇舌的擺佈之下，即使最頑劣的孩子都會聚精會神地傾耳靜聽。他們說得好，說得使聽眾舒服愉快，說得像用一根繩子繫住了聽眾們的心，還不算能事，最令人欽佩的是，不論他們說得多麼遠，多麼不著邊際，總是處處安排一個機會，步步培養著聽眾的情緒；表面上和生意經毫無關係，實際上，每一句話都有作用。不過聽眾在「潛移默化」之下，覺察不出來罷了。觀眾都是在不知不覺中，把錢掏出來的。如果他們一開場便叫人買藥。或者講完了故事，舞完了大刀之後，明顯地把藥搬出來，觀眾一定會一哄而散。

他們一個晚上的收入，或數十元，或百多元不等。有一百元以上已經是上好的成績了。有時候一個錢也沒有，在他們看來這是「倒霉」，可是並不生氣，只默默地收拾回去。

至於江湖客的表演，有些真可說是絕技，令人歎為觀止。

有一次，來了老少父女兩個。父年五十許，女齡十七。老者自稱八年前同他師父來過一次。這父女兩人各騎一部摩托車，馳騁江湖。他們走的是練拳頭一路，賣一種專治五癆七傷的藥粉。那天晚上，女兒先表演舞獅，繼則演練兩隻像指揮棒的小木棍和空手打拳。在表演當中，一老一少，一搭一檔，緊張的武戲中，雜有諧趣。娛樂氣氛十足。那妞兒，小巧也一併貢獻出來了。他取出幾個半尺高古色古香的紙人，紙人的肩膀，膝蓋各用線縫接起來，使其能擺動。起初他把一個紙人平放在一塊布上，口裡隨即咿呀咿呀地唱起沒有人聽懂的似歌非歌的怪調，然後點上一支香，把香在紙人上面比畫了一陣。這些動作過去之後，他就開始用左手敲鑼，右手凌空往紙人作一抓一引之勢，說也奇怪，那紙人竟隨著他的右手的動作，倏地站立起來。他的右手不斷或上或下，或前或後地擺動，紙人也跟著他的手勢活蹦亂跳；觀眾們尤其是小孩子看見那種又奇怪又滑稽的舞蹈，都忍俊不禁地嘻嘻哈哈笑個不停。他的右手離紙人始終有兩尺距離，我懷疑暗中一定有一根極細的線在操縱紙人；可是江湖客彷彿知道觀眾的心理似的，在表演當中，不時用左手把那根敲鑼的木棍、在右手和紙人之間來回地橫掃著，故意表示這裡面並沒有任何曖昧。我越看越覺心寒，因為這種古色古香的紙人使我聯想到會作祟的妖怪。我想像這些紙人是會張著細小的嘴巴，發出悽厲的怪聲，在人家的屋簷上走動的。這種景象比張牙舞爪的大金剛還要令人驚怖。記得小時候，我在離此僅十幾公里的故鄉——鴨母寮村——也看見過這種紙人的舞蹈，當時，在暗澹的燈影下小闊，恰和這邊成了強烈的對比，可是觀眾反而稀少。他一定是覺察到來了一個競爭者，正在提高嗓門，想挽回頹勢。驀地裡錚然一聲，起自這一團鴿子籠般的小小玹心之中。圍聚的觀眾又起了一陣騷動。這時候，我才看清那個小男孩原是個盲女，因為身上穿著老式的粗布衣，看不出身段，可是臉蛋卻玲瓏清秀，腳上穿著黑膠鞋，看去約有十五、六歲，手調著一把月琴，她坐在一個也是乞丐模樣的男人旁邊，那男人年約四十，盤膝而坐，膝蓋上橫放著一把舊中山琴。地上鋪著一張破蓆子。那一盞可愛的小燈前面擺著一只鋁質破碗。觀眾越來越多，越多越擠，那男人首先錚錚地彈奏起來，聲音小得跟蚊子在耳邊哼歌差不多，並沒有奇特的地方：但突然大家都驚愕住了，原來那男人按弦的左手只有姆小兩指，右手則僅有一只姆指；但彈奏起來，左手兩指蹦蹦跳跳的，靈活已極。再仔細瞧去，他的右手還綁了一段竹片，琴上也豎著一段，這樣他的手一邊揮動，一邊彈琴，一邊讓手上的竹片碰在琴上的竹片上，便同時發出兩種聲音來，另外嘴裡面還含著哨子在吹弄。哨音嘹亮，可惜把錚錚鏦鏦的琴聲竹韻都給掩蓋住了。他彈了一會兒之後，旁邊的女孩才撫弄起音韻悠沉的月琴，唱起戲來。誰也想不到她的聲音竟然會那麼美！聲量不大，但柔潤幽婉，清麗可愛！她唱著古老的悲劇故事，我總覺得，這種故事，由她唱起來別有一種哀感，隱隱地流露於琴韻歌聲之外。目睹這番感人的景象，我非但不覺得那盞寒酸得可憐的小燈是他們吝嗇，其實已經是太奢侈了！這盞燈，儘管它的光亮那麼微小，卻使他們顯得仍有著丈夫氣概——顯示著他們也和所有江湖客一樣，是點著燈的！燈，幽幽如夢，歌韻也幽幽如夢。幽幽的燈影與幽幽的歌韻交織成一個絕美的世界！我躲在觀眾圈外的暗影裡聽著，心裡有著一種不平凡的優美、純潔的感受。

【導讀】

夜幕低垂，晚霞帶來江湖客，鑼鼓喧天是一幕幕好戲的序曲……。每位江湖客都身懷絕技，說學逗唱項項都能，插科打諢樣樣都來，聲嘶力竭賣力演出，也賣關子，這一切不為別的什麼，只圖個三餐餬口，而卻也因此點綴並且豐富了許多人的生活。這是臺灣早期的街頭表演，他（她）們則是如假包換的街頭藝人。俗話說：「做戲空，看戲憨」（臺語）、「演戲的是瘋子，看戲的是傻子」，但從某個角度而言，這未嘗不也是一幅「日出而作，日落而息……帝力於我何有哉！」的構圖，「但願能在此鄉終老」，無疑是對土地最深切的呼喚與認同。整篇敘述娓娓道來，格外引人入勝，江湖客表演得精彩動人，作者更是妙手生花、刻畫入微。

【作品出處】

何瑞雄，〈江湖客〉，《南臺灣文學作品集二：何瑞雄作品選》（臺南市：臺南市立文化中心出版，1996），頁 181-190。

陳益裕

臺灣稀有動物——穿山甲

【作者簡介】陳益裕（1939-2007）

筆名胡珊，臺南市學甲區中洲過港仔人，省立曾文高級農業職業學校畢業，曾任職於北門農工職業學校。作品以報導文學、散文與小品文為主，題材則多涉及風土民情、自然生態與環境保育，著有《橐橐聲中思想起》、《好鳥枝頭亦朋友》、《鄉土心．大地情》、《南瀛人物誌》、《文化的丰采．人物的風華》、《悠遊的心痕足跡》……等。

臺灣稀有動物——穿山甲

陳益裕

小時候，在小鎮的菜市場，或外地的牛墟場，看見江湖郎中，不知從哪兒弄來穿山甲，口沫四濺的吹擂牠如何貴重，可以進補、做藥。

長大後，盤桓於山地部落，也曾經遇著原住民逮到穿山甲之後下賣給飲食店。老闆捲衣袖，進行屠殺。大手抓住頭，右手伸入體腔清理內臟，而後烹調以饗食客。

至於一般中醫藥房，桌上擺飾，以及觀光地區的紀念品商店，出售野生動物標本，也有穿山甲陳列櫥窗裡，像松果狀的小獸，撩人心眼，小朋友尤其嘖嘖稱奇。

近日臺南縣境的玉井山莊，有位「夜婦人」，在路邊茅草叢中，發現一隻踽行的穿山甲很驚訝，也很高興，這一不期而遇。

不論刻意去逮捕，或是不期而遇，穿山甲一淪落在人類的手裡，下場總是一齣「悲劇」。這種情形，在當今野生動物保護的呼聲中，好像是一種諷刺。人類的狠心，導致動物的浩劫，屢見不鮮。穿山甲也不例外，實在需要大家注意，給予一份的關懷。

分布於中低海拔山區的穿山甲

穿山甲，對我們來說，感覺上是陌生而且奇異的野生動物。不過，牠和南非的土豚、澳洲的犰狳、食蟻獸等，都因為嗜食螞蟻而馳名。雖然，彼此一點親戚關係也沒有。

在本省，平壤沃野是見不著穿山甲的。中低海拔山區，尤其三百公尺左右的地帶，比較容易見到牠的蹤跡。平時，牠會挖洞穴，尋找隱匿的白蟻來吃，解決樹木根部遭白蟻蛀蝕的問題。同時，穿山甲能爬上樹梢，搗毀蟻巢，吃掉會叮人的紅螞蟻，對森林的生態平衡，有著重要的貢獻。

所以說牠奇異，主要是臉、腹除外，均為鱗片覆蓋。那是由體毛「特化」而成，像人類的指甲一樣換新。鱗片如屋頂上的瓦，大而相疊。驟然視之，會誤認牠是一隻古代的爬蟲。其實，牠是溫血胎生的哺乳動物。

根據動物學家的研究，穿山甲在地球上已有相當悠久的歷史。還生存於現代，真是不折不扣的「老傢伙」。牠原產於亞洲和非洲的熱帶林和草原。像爪哇、蘇門答臘和我國大陸都有分佈的各存三、四種，體態都差不多。本省所生長的，則屬於臺灣的特有的亞種，和大陸的海南島、華南一帶所棲息的，都是血緣貼近的族群。嗜食螞蟻，體軀呈紡錘形。頭部極小，一條扁闊的尾巴，著生的四肢也短，各具五趾（指），有寬厚肉墊。牠通常在地面爬行，挖洞穴，是靠前肢的趾爪，交互運作。挖得有深度時，那些鬆泥再不能以趾爪翻出時，便靠鱗甲的幫助。鱗甲在平時是向後順序覆蓋，此刻，全部豎立，把鬆泥抵住各片鱗甲，向後一退，就能推出。然後放下鱗甲，再用前肢挖掘。推推挖挖，向前的進展很快，所以有人取笑牠是「挖土機」、「隧道專家」。

這項本事，加上靈敏的嗅覺，使得穿山甲能進攻堅硬的蟻巢。牠的舌細而長，能分泌黏液，蟻群到處竄動的時候，則迅速的反覆舐食。由於牙齒不發達，不需咀嚼，直接吞進，去讓胃部肌肉磨碎。若是蟻群採取「圍攻」，牠沒長耳朵，鼻孔可以閉塞，眼睛也有很厚的眼瞼保護，所以無法得逞。

除了舐捕蟻類，猶能捕食蝶蛾之類的幼蟲，或其它軟體的蟲兒。一般人都說，穿山甲喜歡裝傻，傻呼呼的靜止不動，靜靜地將鱗甲張開，一旦有蟲、蟻、蠅享、蠅等物接近，立即閉甲，使之窒息；不然跳入水中泅游，把鱗甲打開，那些東西浮在水面，一樣用長舌吃個精光，穿山甲的「誘捕」行徑，挺聰明哩。

膽量小，遇敵畏縮

穿山甲也會爬樹，在樹上尋找食物，利用牠的後肢和尾巴支持身體，可以將上半身後仰和直立的樹幹成一直角，然後伸長了前肢去抓更上方的樹枝，再慢慢往上攀附；下來的時候，則以尾巴纏繞樹幹，緩緩下降。

雖然說穿山甲爬行、挖洞、游水、爬樹樣樣都行，可是有句話說「鼯鼠五技而窮」，穿山甲的活動力還是有限，平常都是慢條斯理的移動，欠缺了一股衝勁。造成這種原因，也許是牠們都以巢居的蟻類為食，捕捉這些食物，並不需要拼力追逐或搏鬥的緣故。

牠個性羞澀，膽量不大。遇敵患時，便是把身子縮成一團，層層相捲，猶如一旋緊的時針發條，將致命的頭部與腹部深鎖在內。由於鱗甲堅硬、不怕攻擊，即使兇猛的虎豹也不能犯，狡詐的狐狸也不得謀，最多只能把牠當「圓球」，踢著玩而已。

任何動物都有一種自衛的方法，穿山甲樣子也許醜惡，性情卻比甚麼山獸都來得懦弱，不願與敵人周旋，乖乖就範似的。但面臨獸類，固可保其生命無虞，若遇到的是人類，仍然會有「意外」。畢竟人類懂得「謀殺」動物，對待穿山甲，就把尾巴鑽一小孔，以鐵絲穿入再吊起來，約數十分鐘後，穿山甲支撐不住體重，便會鬆弛身體，整隻呈癱瘓狀態。不久，會因口渴伸出舌頭，用利刃擊其舌尖，因而淌血，一直到力竭身亡。

晝伏夜出的活動習性

穿山甲，白天躲在森林下的地道睡眠，等到夜晚天氣涼爽時，才出來活動。體色褐灰不艷，藉著黑夜的掩護，還有誰看得清楚牠的蹤影呢？除了生氣時，發出「噓！噓！」的聲音外，靜悄悄，感覺不到牠的存在。

牠走動時，把前肢長爪整個向內彎曲，以爪背著地走路。不過到距離洞穴前數尺處，就不再用這種「匍匐」姿態運動，而是把前爪垂直豎立，以爪尖著地，好像跳芭蕾舞似的虛掩鑽入洞穴。

穿山甲展現這種迥異動作的目的，是為了湮滅暴露洞穴之外的足跡，和身上的腥味，避免敵人跟蹤而來。當然，捕獸專家都知道牠有這種「心機」，在追捕過程中往往循著落葉上或鬆軟土上的針型腳印而揪出牠。另外有一種特徵，便是穿山甲身上的特別腥味，不斷散發在空氣中，容易惹來一種與蒼蠅類似的紅頭小昆蟲，圍繞身旁。當牠外出返回，小昆蟲會被其腥味吸引而把頭部朝穴內瞧；倘若外出了，小昆蟲則很自然把頭往穴外看。換句話說，兩者是動物界中形影相隨的一對。假如穿山甲他遷，小昆蟲也跟著走，因此，這些紅頭小昆蟲遂成為捕獸專家追蹤的「線民」。

因肉食價值，而遭受捕殺

如果穿山甲逃不過人類的「追蹤」，碰上了，等於末日來臨。了不起，如上述的身體捲起來，好像一顆迸裂的松果，一些肉食性的動物，對牠無可奈何，只有人類可以主宰牠的命運。手到擒來，殘殺了事，血淋淋的，十分殘酷的一種行徑！

殘酷的行為，不外乎貪圖其肉食的價值。在早期農業社會，一度認為牠是「地靈」，意思是一種靈異的動物，不敢食其肉，但是看重牠的鱗甲，聽說從鼻孔算起第七片鱗甲，剝下來打孔，穿上一條紅棉線當項鍊，在神明香爐燻過煙火後，掛於幼兒的脖子上，可以避邪常保平安。

後來二次世界大戰，穿山甲一度身價百倍。原來，日本人發現牠鱗下的皮，質地柔韌，可以做為鱷魚皮的代用品，製造皮包。於是鼓勵原住民捕捉，大量引進本國，幾乎要讓臺灣穿山甲絕了種。不過，知道情形嚴重後，才有限禁。

然而，國人頗有嗜吃「野味」的習慣。臺灣光復後，穿山甲也是遭受捕殺的對象。一般山產店把牠的肉配上當歸、枸杞等中藥，供人冬令進補，說是有清火解毒的功效。至於鱗甲燒成灰服用，主治小兒驚邪、疥癬痔漏，以及其它惡瘡。鄉間人家總是相信傳說或偏方，所以上山捕捉，牠們自然會遭殃！

保護牠，尊重牠的生命

穿山甲，鄉間人家皆稱呼為「鯪鯉」，老一輩的比較熟悉，牠沒甚麼繁殖力，每次懷胎僅產一隻。交尾期在春季，生產期在十二月至翌年一月間，小穿山甲會用爪抓住母親的尾巴，學習爬行，非常有趣，剛出生，鱗甲軟點，長大就變硬了。

由於繁衍不多，族群難見。而且晝伏夜出，除非是出入山區的「有心人」，否則，少有牽扯。然而，晚間出遊，偶爾會穿越道路，湊巧被人遇見，如獲至寶般逮捕下山。但想養活牠，也難，即使送給動物園，存活率不高。因為牠的主食是蟻類、蟲類，長期間的搜索不易而且所處地方與自然環境大不相同，遲早會夭折的。

穿山甲吃危害林木根部的蟻類，是有益的動物。為了保護牠，尊重牠的生命，譬如夜間碰上，最好不予捕捉，捉了再「放生」為宜。刻意去侵犯，待價而沽，被當補品而宰殺，應該積極性的禁止。公家單位也要進行穿山甲的生態研究，動物園也應盡力而為。不然，牠們的族群，在我們這一年代，日漸減少，甚至瀕臨絕跡厄運！

【導讀】

臺灣穿山甲，又稱臺灣鯪鯉、悶仔、土龜，是一身上覆有鱗片的哺乳動物，屬於中華穿山甲的亞種。本文對於穿山甲的習性、生態及分佈情形，有極為深入的觀察與描述。按理而言，穿山甲深居簡出的習性加上深藏不露的武藝（不論是鑽土或是爬樹都難不了牠），應該都可以化險為夷，無奈卻遇上了人類這個天敵，只好乖乖束手就擒，正是因為人類過度捕殺而使穿山甲瀕臨滅絕的危機。

【作品出處】

陳益裕，〈臺灣稀有動物——穿山甲〉，《第十二屆南臺灣文學作家作品集：藍鵲飛過》（臺南市：臺南市立圖書館，2006），頁 267-273。

許達然

家在臺南

【作者簡介】許達然（1940-）

本名許文雄，生於臺南。東海大學歷史系畢業。哈佛大學碩士，芝加哥大學歷史學博士，牛津大學研究。長年執教於美國西北大學，並獲該校授予名譽教授榮銜，後返臺擔任東海大學講座教授及兼代理歷史學系主任。除英文學術著作外，著有詩集《違章建築》，散文集《含淚的微笑》、《遠方》、《土》、《吐》、《水邊》、《人行道》、《防風林》……等。

家在臺南

許達然

火車穿著夜向南疾駛，我凝視窗上的臉。臉如果在白天就可以貼著臺灣的風景，風景動著我的思緒。思緒二十五年前追著田，田接力賽跑，比的都是綠。綠過北回歸線轉黑後，蛙聲送我回臺南。走出火車站，沿著中山路，暗淡燈光裡依稀看出高等法院分院的莊嚴。經省立醫院，穿過民生綠園，走入中正路燈就較亮了。過了希臘羅馬式建築的土地銀行，兩旁商店相連，店前椰子樹陪我回家。家在鬧區，再喧聒都已習慣了。習慣晚間看完書後守在窗口，看逛街的人群，守不住的時間隨人群走過。

「外面一片黑暗，沒什麼可看的了。你在想什麼？想家？」他看我點頭。

「家在彰化、斗六、嘉義、臺南？」他看我點頭。

「臺南曾是我最喜愛的地方。二十年前在那裏當兵。那時臺南真美麗，一出去就碰到古蹟。走到民權路的古井，已枯了，卻流著傳說：十五世紀鄭和下西洋的太監王三保曾來這裡汲水。傳說不可信。歷史上十七世紀井邊是渡口，移民上岸後在島上發展。這井也許是臺灣史最值得紀念的象徵了。巷像典故。沿民權路去社教館聽音樂，蹓到館後，豁然看見小池，池邊疊石，池上亭榭。我喜歡那原是道光年間建的吳園遺址的幽靜，假日常去胡思亂想。要不就循著公園路的鳳凰木到市立圖書館看書。如無看書的心情就看廟。街巷有廟，廟內還有廟。曾去一間福隆宮，廟內坐著一個保生大帝和一個老頭。我問老頭在廟內做什麼？他答看廟。我說廟有神還要人看嗎？他和藹微笑。臺南就像那老頭，保守質樸殷勤；諷刺他，他還請我吃茶，卻發現只有一個茶杯。我問路，他親切說明後，還擔心我不知道怎麼走，送我出來時天也黑了。街燈亮起木屐聲，彷彿敲木魚，奏著無譜的韻律。韻律最古雅的是安平。在運河坐船，到安平上岸，沿碼頭看妙壽宮和天后宮後就是古堡。古堡前的磚牆是三百年斑剝的壁畫，仍可嗅出拓荒的土味。有棵榕樹怕它倒塌，緊緊抱著。在臺南住了一年，我抱著歷史心情到基隆教書。每次回屏東都經過臺南。前年下車，驚奇連臺南也變了。法院改建成呆板的現代式。民生綠園封閉，圍著標語：『政府和民眾，永遠在一起』、『人人防火，家家平安』，只好繞過去。忠義路要擴寬，把土地銀行大理石牆壁切斷。路上看不到鳳凰木椰子樹了。樹不犯法，卻依法砍掉。前人種，後人砍，據說那是發展。沿著中正路，從前的戲院已改成百貨公司和銀行。走到底，運河口不見了，填上又髒又亂的中國城，連標語『髒亂就是落伍，整潔才合衛生』也是髒的。我受不了，很快就走出。去看古井，已蓋上鐵板，任人踐踏，任車輾過。蓋住或撤走歷史只是搗亂人民的記憶，然而歷史已成了我們自己的一部分，我們能把自己趕到那裏呢？我覺得臺南趕我走。走到火車站前看鄭成功，他鬍鬚彎曲，顯然很生氣。從前他看到我時，都是笑咪咪的。」

沒有微笑，他沈默了，凝視窗外的黑暗。我轉向窗，看到在我們的臉外，黑暗隆隆呼嘯跑著。跑過新營，還聽不到嘓嘓聲，蛙很多已被農藥毒死了。很多已黯然失去了，然而我把所記得的都帶回來了。

「臺南，臺南到了，下車的旅客請不要忘記帶自己的東西。」

——一九八六年

【導讀】

返抵故鄉的路途應該有廣漠的田野可以馳騁，有此起彼落的蛙聲可以徜徉，有莫逆知交可以天南地北，有……，然而，當我們仔細聆聽（偷聽）「他」對臺南的點點滴滴時，卻可以發現她容顏盡失、每況（美況）愈下：建築醜陋、標語林立……隨後，鳳凰木不見了、椰子樹不見了、運河口不見了……一切都在消失中，最後連蛙聲也不見了。而令人好奇的是：面對「他」排山倒海而來的批評，「我」是否也感到顏面盡失或是依然面不改色？這一切只好留待讀者去揣想了。「不如讓給醜惡來開墾，看他造出個什麼世界」，幸好、幸好，這一切夢魘已經過去了……

【作品出處】

許達然，〈家在臺南〉，《許達然散文精選集》（臺北市：前衛出版，2011），頁247-249。

林佛兒

從雨中的北源部落歸來（節錄）

【作者簡介】林佛兒（1941-2017）

出生於臺南佳里。林白出版社、推理雜誌社創辦人及《鹽分地帶文學》雙月刊雜誌總編輯。曾獲第一屆葡萄園詩獎、一九七〇年第十一屆中國文藝協會散文獎章、二〇〇七年第十四屆全球中華文化薪傳獎文學類獎、二〇〇八年第十四屆府城文學特殊貢獻獎。移民加拿大時創辦加拿大華文作家協會，並任創會會長。著有詩集《臺灣的心》、《鹽分地帶詩抄》等，散文集《南方的果樹園》、《腳印》等，長篇小說《島嶼謀殺案》、《美人捲珠簾》、《北回歸線》等，及短篇小說集《夜晚的鹽水鎮》、《阿榮嬸的壞事》等十餘種。

從雨中的北源部落歸來（節錄）

林佛兒

序章

繼橫井庄一、小野田兩個日本「皇軍」散兵分別在關島及菲律賓的深山叢林被發現而引起舉世注目後，在六十三年的歲末，在遙遠的熱帶印尼的摩羅泰島又發現了赤裸著身體奔跑於野地的李光輝。他神情慌張，眼神不定，充份表露他與文明長久隔絕的空虛。

李光輝雖然也是日本「皇軍」的散兵，可是他卻是道道地地的臺灣山地阿美族人，在日本侵略失敗的末期，被強徵到南洋去充當砲灰的一個不幸的人，因此，整個事件引起臺灣人的關懷與感慨自然更深刻於上述二人。身為臺灣人，他被發現時的身分竟然是日本「皇軍」散兵，其個人的境遇，可說正代表了二次大戰時期臺灣同胞的深沉悲劇，而他的這種身分，在那個時代尤其是一樁無可抗拒的慘痛事實。在歷史與現實的濃濃密網裏，他的事跡，他的徬徨與掙扎，他的驚悸和淚水，就更值得我們廣大同胞的同情與諒解。

李光輝在叢林的三十年蠻荒孤獨生涯，其肉體上的艱苦，生活上的空虛，心靈上的苦痛，較諸我們在書本上讀到的「魯賓遜漂流記」更淒涼與悲壯。魯賓遜漂流到荒島上，祇不過二十八年，還有狗、貓、山羊與他作伴，上岸時也攜有文明世界的作業工具。而我們的李光輝，他是在一場戰爭後，投入了叢林。三十年是漫長的一萬零九百五十天，有一萬零九百五十天的白晝，當然也有一萬零九百五十天的黑暗長夜。雖說他所選擇的藏身地方，生長許多野果可以充饑，「窩」的旁邊有小溪可捉魚，這些「雖則」撇開不談，即使他是住在最現代化的觀光飯店，吃喝不愁，裝有空調設備，也難免吃壞肚子，被冷氣吹出傷風感冒？不加醫治也許還會死亡？何況他孤單單的一個人，除了與日月星辰狂風暴雨，除了漫漫時日，他連一個交談的對象都沒有，說生活韌力堅強，不如讚佩他的精神耐力，想想，是一個人半輩子的三十年啦，想想，把你放在深山裏三十天就好，讓你獨自生活，到時候你不餓死，也會嚇得發瘋了吧？

所以說，李光輝是一個不凡的人，是一個意志力堅強的人，當可確定。使我們敬佩和關懷，也無容懷疑。

因此，當外電一直報導著李光輝的消息時，我的生活及平衡的情緒被擾亂了。一天一天，有關報導李光輝的文字一天一天地沉重地敲擊著我的心靈，一天一天，李光輝的形象一天比一天清晰。終於有一天夜裏，他走入我的夢裏。

我夢見他在野地奔跑，攜一把生鏽的三八步槍，奔跑著逆強風而行，有時撥開矮木枝椏而出，於是他的臉孔愈來愈近了；我看到他饑餓的神情，看到他絕望的眼睛，看到他——忽然他站住了，對我吼叫兩聲，把我當成一隻野獸，然後端起槍，瞄準，扣扳機，轟然一響，一顆溫熱的子彈貫穿我的胸膛——我猛然醒來；那時是一九七四年十二月三十日凌晨一時。

於是反覆不能成眠，我細細地思量李光輝這個人，又想著遠在臺東山地的他的家屬。想著想著，我於是下了決定，既然我關懷的李光輝還不能回來，我要先到北源部落實地訪問他可敬又可憫的家屬。

主意既定，我就打電話到主編中國時報人間副刊的高上秦兄那裏，把我的意思告訴他，想不到他說：「去去，這是個難得的消息，值得去好好見識，好好探訪一下，並且拍拍他們的照片，做一系列的錄音，透過深度的瞭解與同情，整理出來，應該有其適當的意義與價值的！」

本來我想去看他們祇是要滿足自己的私願而已，既然有些價值，何不好好的把它寫成一本書呢？這個想法使我更加雀躍，於是立即又打日文電話給留學日本回國的余阿勳兄，邀他一同前往，可惜他東吳大學的日文課擺不下，要三天後才能成行，我滿腔熱情，自然等不及他，遂決定獨自前往。

第二天一早，我配戴全副登山的裝備，又帶了照相機及錄音機，就開著車出發，我決定從縱貫路南下，在屏東住宿一夜，然後沿南迴公路到臺東。

出發

我的故鄉是臺南縣偏遠的佳里小鎮，準備順便先回家看看，路過鹽水的途中，車子的輪胎突然洩了氣，換了備胎，開到新營修補，這樣一耽擱，到高雄已經入夜。

在高雄明德書店買報紙及臺東地圖的時候，有同鄉之誼，寫「在室男」的楊青矗兄也在那裏，真是太巧了，交談之後，他也興趣勃勃要跟我去，我自然樂得如此，以免孤單。遂決定在高雄過夜，次日再出發。

三十一日晨八時，青矗兄喚醒我，在飯店吃了早點，就朝更南的屏東出發。

南臺灣的氣候溫和，一點也沒有冬季的寒冷，而且陽光普照，把田野曬得黃金金綠油油的。車子過了潮州，熱帶的氣氛更加濃厚，路旁都是高大的椰子樹，遠處觸目皆是香蕉園，山坡上的矮樹叢，以及藍得出奇的海，使我的感覺與生活在臺北污濁的空氣下，全然迴異。不久到了楓港。楓港是轉入南迴公路的最後一站。我們在那兒用了午飯後，就開始進入山區。

一九六二年，我曾經來過南迴公路，那時未曾鋪上柏油，一路坎坷，在壽卡的山區，有一個叫森永的小部落，住著一群從內山遷徙而來的排灣族人。那時我還是學生時代，暑期的青年建設工程隊就駐紮在那裏，我們在那兒住了一個月，還經歷了八月一個猛烈恐怖的颱風，把山村的茅屋給掀了頂，國小木造的建築物、教室也被吹得七零八落，我們住的教室也吹垮了，後來就三五人一小組，住進各家排灣族人的屋裏，有的屋子是架在大樹上，晚間可以從睡鋪中直接看到頭上的星星和月亮，有的住在岸邊，可以聽到河水跟石頭呢喃的聲音，甚至有的就住在天主教的佈道所，做夢時也比較接近上帝。那段日子真是值得回憶。是我生命中一段美好的回憶。但是最重要，給我惦念最深的是，我們認識了一個叫葛桃花的女子，她自然是排灣族人，有一對很深很深的眼睛（彷若一個很優美的夢境），她那時已唸某護理學校，暑假回鄉，剛好幫忙照顧我們的飲食。後來颱風吹過，我們便住到她家裏去。記得有個星期日，她帶我們翻過了幾個山頭，到很遠很深的高山去，穿過好多的玉米田及小米田，也穿過很優雅豎立著十字架的死者安息地，去看山崖下澎湃的太平洋。結訓時我們依依不捨，紛紛在她家門前的檳榔樹上，刻下我們的名字和贈語，充滿稚氣的一段慕情。

從那個時候起，我對於山地同胞便懷有一種特別的感情。李光輝的遭遇以及他故鄉的土地、親屬，無形中就使我強烈地繫念著；是同胞愛，也是古老珍貴的同理心。

現在，時間跳回到十二月三十一日下午的南迴公路上，在我的緬想中，車子已開到森永，路旁有公路局候車亭，有幾個婦人在等車；幾個小孩在嬉戲。我把車子停在路旁，把我在那兒發生的故事講給青矗兄聽，他贊同我下去看看。

我先跑到路右邊山上的派出所，告訴一個老警察，說我以前住過的情形，那位仁慈的警察很通人情，沒要我們辦入山證，把身分證留在他那兒，就讓我們下去了。

森永這個村落是從公路分叉一條小路，一直順著山勢緩慢地迤邐下去，小路兩旁零零落落地散佈著住屋，一直到河底。情況已跟當年不同，以前是黃泥巴路，現今已鋪上瀝青；以前是茅屋，現在不是木房就是水泥房。在天主堂邊的一幢木屋裏，我們從窗戶裏看到二個憂鬱的女孩在彈著吉他，表情幽怨，好像在唱民歌，又好像在訴說什麼？在一間雜貨鋪，遇到一位唸過師大，現在正服兵役的青年。我們坐下來聊天。他提起一個排灣族青年陳英雄，寫了許多有關排灣族的小說，他引以為榮。後來我就問他，記不記得村裏有個叫葛桃花的女子。

「有啊有啊！她家就在上面，現在在高雄海軍總醫院當護理官，是中尉啦！」

我有點興奮，想不到隔了十多年，還能問到她，就緊接著問：

「她的排灣族名是不是叫『羅倫』？」

「對啊，」他詭異一笑，「你的記性真不壞啊！」

走的時候，他送我們到公路口，經過葛桃花的家他帶我進院子去，房子已是二層的水泥洋房了，門關著。院子裏祇剩下一棵檳榔樹，我已找不到我鐫刻的名字，但是一些別人的刀痕，依然清晰可辨。

在那個有我的夢，有我生命駐腳的森永山村，我們停下了大約一個鐘頭，告別時心情既亢奮又淒然，時間真是不饒人，而人事也那麼容易變遷，使我深深感到人來到這個世界上，簡直就是南柯一夢。

車子又哐隆哐隆的上路，一會兒大武啦，一會見公路已經瀕臨太平洋啦，居高臨下，拍岸的白浪，像北國冬季皎潔的雪原。到臺東已經五點多，景色低鬱，已至薄暮。我們不敢耽誤，問了一家商戶，東河鄉如何走，就直向逐漸罩下的暗夜開去。

在陌生的地域上，唯有風聲與我們同行，車內雄渾的電子琴音樂，也解除不了我們的孤寂感。偶爾有農人扛著鋤頭走在已經黑了的路上，顯得多麼孤單與渺小，偶爾也有一部機車，燃著車燈，從山巒裏冒出來，彷若從古舊的年代裏溢出，給我們以親切和溫暖的感覺。

八時多到了東河鄉，在路旁找到一家飯店詢問之下，店東竟然是我們家鄉佳里遷來的。他說，日據時代普遍貧窮，青年就跑到東部來闖，起初流落好多個地方，後來終於在東河定居下來。他鄉遇故舊，感到特別親切，尤其他也是姓楊，跟青矗兄是誼親。我們開懷不少，飯後提到李光輝。

「哦，就是在南洋找到的『司里勇』嗎？」

「是啊！」

「唉，卅年，說起來實在太可憐了。」我們的鄉親有感傷的語氣。

「太可憐也太感人了。」我說。

「你們要去採訪嗎？」

「是的，我們要請教您北源村怎樣走？」

他告訴我們大概開個十幾分鐘的路程，然後轉向左邊叉路，是條崎嶇的山路，大約再開半個小時可以到泰源，到泰源就可以問到。

我們謝謝他，照著他的話做，果然不久就到了去泰源的叉路。左拐進去，是顛簸不平的碎石路，不久前曾經下過雨，路上還有些泥濘，一條路本來就不寬大，再給兩旁的高山與黑影壓迫得更小了。轉彎又轉彎，好像我們要駛進一個不可測知的洪荒。

到了泰源部落的時候，冬季濕性的雨又下起來，有些雨點打在窟窿的泥沼裏激起了一朵朵的漣漪，有些在車燈前墜下，像是一根一根金子打的針簇。泰源有一條街，兩旁開著商店，也有旅社的招牌，可能在黑夜裏奔馳太久，也可能下意識一直以為泰源部落是一個落後的山村，因此一入街就感覺燈火特別輝煌。

我撳了二下喇叭，因為有一條狗半蹲在路中央與我們對峙，一臉不在乎的神情，是看不起這現代文明的產物嗎？還是看不起我們這兩個都市人呢？我再撳一下短促的喇叭，牠才慢慢站起來，悻悻然地瞥我們一眼，搖著尾巴神氣地走開了。

這時一家燙髮店的門口探出兩張臉來，是兩個可愛的女孩。我推了青矗兄一下，他就打開車門向她們打聽北源的路。

我們頻頻道謝，她們以詫異的目光送我們離去。才轉彎過橋，黑暗又包圍了我們。

北源村的中心點就叫「美蘭」，據她們說有幾家雜貨舖跟很小的飲食店，是可以看到燈光的地方。可是我們開了很久仍然未能到達美蘭，空氣越來越寒冷稀薄，路很深了，夜也已很深了，我和青矗兄正擔心是不是開錯了路，會不會是開上一條永遠沒有盡頭的路。

正開始憂心的時候，我們到了泰源職訓隊，是關政治犯和流氓的監獄，那個站崗的衛兵告訴我們往美蘭沒有走錯路，祇要向裏走就是，我們才放了心。

果然，在彎曲的、上坡的山路再走了大約三十分鐘，終於到達了美蘭。

美蘭在轉彎處露出了三三兩兩的燈光，是一個小得不能再小的村落。一家祇有兩張簡陋的理髮椅子的理髮店還有收音機的音樂飄出來；是一支目前在都市裏很受歡迎的洪小喬唱的叫「友情」的流行歌。

我們停下車來，店裏好幾個人好奇地探出頭來，我們下車去問李光輝家的去路，他們都是阿美族人，每個人的口中都嚼著猩紅的檳榔，可是都會說流利的國語和閩南話。

「哦，要找李光輝的家嗎？哪哪。」嚼檳榔的理髮店老闆說著，推出一個四十多歲典型的山胞出來。那個人也吃著檳榔，滿臉紅通通的，可以聞到他吐出來的酒味。「他就是李光輝的小舅子，他可以帶你們到他姊姊的家裏去，他們這幾天很高興，他喝了些酒……」

但是李光輝的小舅子用阿美族話同店東爭執了一會，他好像很不願意，但店東一直勸他。後來店東問我們去幹什麼？我們說因為關心李光輝，特別從臺北來拜訪的。

店東把我們的話用阿美語轉述一遍，他才同意。

店東和他坐上了我的汽車，兩個人都攜了一只小小木頭箱做的電筒。他們說汽車還要開到一個叫北溪的地方，然後涉小徑、田堤到李光輝的妻子李蘭英的住屋需要半個小時。

我們到達北溪時雨已停了，那個地方依然有幾爿小店，還有一些人站在門口沒有睡覺。北溪是客運車，也是所有機動車輛的終站。

我和青矗兄各提一架錄音機，在微弱的電池光暈照明下，跟著兩個山地人，踩著泥巴，提心吊膽地走上生平第一次走過的夜間小徑。一下子，濕的，笨重的泥土就沾滿了我的皮鞋和褲管，走著走著，每經過一戶人家，就有好幾隻狗吠叫著，此起彼落，給這個寂靜的，黑夜的山村憑添幾分生氣。

後來到了一戶人家，李光輝的小舅子走進去，我們以為已到了目的地了，結果不是，他帶我們走進另一個李光輝的親族的家宅。

他們又理論起來，其中一個戴著近視眼鏡，怎樣看也不像是一個山胞的青年，用很流利又純正的國語很客氣地問我們。

「這麼晚了，我們不知道你們來這裏做什麼？」

「實在很抱歉，深夜了還來打擾。不過我是從臺北來的。」我說著，然後從口袋掏起一張名片遞給他。「我們都非常關切李光輝先生，所以特地趕來訪問他的家屬，我們要把對李光輝先生的關懷之意，以及他妻子的一些困難及問題，寫出來，如果可能的話，更希望能印成書，介紹給社會大眾。」

戴眼鏡的青年把我的話傳述一下，兩個李家的親屬終於同意。年輕人攜出一把手電筒，又帶我們上路，在蜿曲的細小的田堤途中，那青年告訴我他是花蓮農校畢業的，他也是李家大家族的一員。我們再走了一會，遠遠下陷的地方有一片燈光，走近時三隻很大的狗一起吠叫起來了，並且奔到我們跟前，舐著我的腳，把我嚇了一跳。

我的心情微微的亢奮著，跑了好遠的地方，要找的人終於即刻就可見到，我真的有些緊張。這時從屋裏走出一、二個人，請我們到裏邊坐，我們走進客廳時，才發現許多人圍在電視機旁，在看著連續劇。

我和青矗兄跟他們打過招呼後，覺得此時不便打擾他們，便又走出戶外。我告訴那個年輕人，等他們看完電視，我們再進行訪問。

他們把凳子搬出來，大家坐著，在深夜的寒冷中，幾乎可以聞到山的氣息，遠遠的狗叫，以及流水的聲音不時傳來。山村的夜真是靜。我抬頭看看近處的山，發現天已放晴了，最後的一堆黑雲正要飄過東方的山頂，星星，那些美麗充滿詩意的光芒，正像許多藍寶石一般，發亮、閃爍。

沉思間，連續劇已經結束，他們關掉電視機。很多人就走到戶外來。其中有一個剃平頭，髮已霜白的老人；我想那必定便是李蘭英的現任丈夫黃金木。

黃金木已經七十二歲，但是除了白頭髮外，身體很硬朗，直挺挺的，一點也沒有駝背。他嘴裏也嚼著檳榔，說起話來聲音很高。在夜晚的十點鐘，在戶外，寒氣很重，他祇穿了一件短袖的港衫。這樣強健的身體，我想是山林的清新空氣及勞動的習性鍛鍊出來的。

戴眼鏡的青年忙著幫我們介紹，果然是黃金木，接著他又介紹一個抱著小孩的年輕少婦，她是李光輝的兒子李弘的太太。

坐在靠近門口的一個婦人，穿著一件青色外套，依然吃著檳榔，在內室溢出來的燈光照映下，她的臉有個很美的輪廓，我發覺她年輕的時候，一定很像演慈禧太后的張冰玉。

她就是李光輝的妻子李蘭英女士。

那麼，面對我們關懷的人，我們不再浪費時間，我們要瞭解他們的心情，他們的困難以及平凡的情操，那麼就請接受我的訪問吧：

訪問

一、訪問李光輝的妻子李蘭英女士

李蘭英現年五十七歲，是一個典型的山地阿美族人，她臉上雖沒有刺青，但一臉歷盡滄桑的堅毅神情，她赤褐色的皮膚，及凹得很深的眼眶，就是阿美族人大多數的特徵。晚上她穿一件長褲和青色的短大衣，看起來，沒有五十七歲那樣老。我打開錄音機，透過翻譯，她略帶沙啞的鼻音，隨著嚼檳榔的濁聲，細細的，幽揚的，好像在唱著一支古老的民謠，她的故事，她的淒涼和感傷，和她的愛就這樣緩慢地流出來——

問：「闊別了三十幾年，生死兩渺茫的李光輝，終於在印尼摩羅泰島被發現，外國電訊一直報導，他很健康，一直想回到臺灣的故鄉來，我們想知道妳聽到這個消息的時候，第一個反應是什麼？」

答：「呆住了。」

問：「然後呢？」

答：「然後就哭起來，因為這消息來得太突然，簡直在做夢一般。而且有時候做的夢都不能實現，但司里勇（李光輝的原名）的活著卻是確實的，這種衝突更是巨大，我簡直要受不了……」

我看她很激動，不忍再朝著這個現實的問題問下去，就撇開了話題。

問：「那麼，我們輕鬆點，先談談妳跟李光輝先生早期的事；請問妳幾歲結婚的？」

答：「二十歲，當時李光輝十九歲，我是大他一歲，遵照我們阿美族的風俗，他也是入贅來的。」

問：「你們是戀愛的嗎？」

答：「是。」

問：「起初怎麼認識的呢？」

答：「我跟司里勇不是同村的人，那時司里勇住在都歷的小馬部落，而我就住在這裏的北溪。年輕時候，我們家附近有個農場，我們就在種田做工時認識的。」

問：「請說說年輕時候的李光輝先生好嗎？」

答：「很好。」

問：「對不起，可否請妳談得更多一些？譬如說他的外貌啦，他的個性啦，等等……」

答：「剛認識司里勇，很壯，很高，祇是他有點害羞，他做事很負責，很忠厚，我想他是一個很老實的人。」

問：「阿美族人不都是很灑脫開朗嗎？」

答：「是啊，但是我說司里勇老實，害羞，並不就是說他不開朗啊，老實和害羞是另外的一種味道，並不是壞事啊！」

問：「是，我知道妳的意思。那麼，我再請問妳，李光輝先生是在那一年去當兵的？」

答：「我二十四歲，我們結婚第四年的秋天。」

問：「日本人說李光輝是『志願』的，真的嗎？」

答：「哪有這回事！哪裏有人自動去送死的？何況，他被強徵去當兵時，我已懷有他唯一的兒子——李弘的身孕。」

問：「那麼，妳恨日本人嗎？」

答：「當然，所有的山地人都恨。因為他們對山地人很不好，很兇。不聽話的，就被鞭打或殺掉，殺了好多的人……」

問：「李光輝先生看過他的兒子嗎？」

答：「看過，他入伍四個月，從訓練基地回來，那時候李弘已生下來二個月了。」

問：「那麼他再回部隊報到時，知道不知道要到海外去作戰？」

答：「知道，而且我們也知道這次可能是最後一次的見面，因為那年，日本在南洋老是打敗的消息，我們都常常聽人談到，而且那時候，大家還希望日本早點打敗，就不會被抓去當兵了。」

問：「那是生離死別啦？」

答：「是啊，我跟司里勇都有這種預感，他更是傷心，臨走的時候，抱著他二個月的兒子哭個不停！」

問：「妳自然也很傷心！」

答：「當然啦，我哭了幾天幾夜，已經完全絕望。」

訪問到這裏，李蘭英又有點激動，我可以在日光燈的微光下，看到她眼角的淚水。我停了一下，然後又轉到另一個話題。

問：「談談你們結婚四年的甜蜜生活吧！」

答：「四年結婚生活，是我生命中最快樂的時光。那時我們種了近一甲的水田，還有一些山坡地，雖然工作很繁重，但是我們日出而作，日入而息，如果沒有日本人，平常我們過得很好，很快樂。」

問：「妳覺得這麼快樂的生活就是日本人把你們拆散和破壞的了？」

答：「是的。」

問：「那麼李光輝先生離開妳以後有沒有寄信回來。」

答：「有，但祇有一封，是從菲律賓寄來的，信上大意是說，他們要被派到更南的南方去作戰，不要掛念他，要我珍重並好好撫養李弘。」

問：「李光輝到南洋以後，妳的生活情況如何？」

答：「心裏的負擔更重，現實生活當然苦一點，不過族裏人多，還有大家庭照顧。」

問：「日本戰敗後，有些幸運的人，被送回來，你們這個部落有人回來嗎？」

答：「我們這裏沒有，但『馬達奇達』一個叫『阿古佬』的人，是跟司里勇在一起的，他回來了。」

問：「那麼，阿古佬沒有帶回李先生的消息嗎？」

答：「有，但是悲傷的消息，阿古佬說他和司里勇在一次美軍的轟炸中，被衝散了，大概凶多吉少。」

問：「從那個時候起，妳有沒有存著李光輝先生活在世界上的願望，或者想到他或已死亡？」

答：「都有想過！」

問：「妳在與李先生散失好久才跟現任丈夫黃金木先生結婚？」

答：「十年！」

問：「孩子小，沒有男人為妳撐著，孤單的十年間，生活一定很苦？」

問：「當然苦，困難的時候特別想念司里勇。」

問：「當妳嫁給了黃金木先生後，妳還會想念李光輝先生嗎？」

答：「也想！」

問：「李光輝先生還活著當然是一件萬幸及值得慶祝的事，但是李光輝先生就要回來，我知道妳的處境很困難，但不知妳做何決定？」

答：「不能同時要二個，要其中一個才行！」

問：「那麼，怎麼決定呢？」

我的話剛完，李蘭英這次沒有控制，她激動起來，然後就抱著臉痛哭了。我們也感到很難過，戴眼鏡的青年翻譯作個手勢，要我暫停一下，李蘭英就站起來走到屋內。

薄薄的傷感氣氛正圍繞著這個寧靜的庭院。我站起來舒舒身體，發覺有些寒意。也突然間，一片很清新的白光芒照亮了山間，我們都掉頭過去，原來農曆十八日遲升的月亮，大大的，圓圓的正高掛在都歷的山尖上。

李蘭英重新走出來時心情已經平靜，而且淚痕已擦過，她又在我的面前坐下來。

問：「對不起，我的問題使妳難過，不過事情已經發生了，妳也說過必須有所選擇，可不可以請妳說出所要決定的人呢？」

答：「這件事也不是我能做主的，要家族會議決定，李弘的意見也很重要。」

問：「是，但請容許我們再追問一下，我們想知道妳個人的意思？」

答：「我……當然兩人都喜歡，不過，李光輝三十多年那麼苦，我應該對他好一點才是……」

問：「那麼，李光輝先生就要回來了，妳有什麼準備沒有？」

答：「司里勇回來，我們族人正在籌備一個盛大的慶祝歌舞會，我們要好好款待他，讓他忘掉三十年來叢林孤獨生活的困難，至於我，我要把家宅好好打掃一番，帶著他的兒子和媳婦，以及四個孫兒，給他一個溫馨的家，讓他安享晚年了。」

李蘭英就在我的道謝聲中結束訪問，她走開的時候，我看到她纖弱的背影，卅幾年這樣承擔下來，就益發感覺到她實在是一個不平凡的女性。

【導讀】

這是一篇關於二戰時期高砂義勇軍的報導文學作品。當中的主角李光輝（1919-1979），阿美族語 Suniuo，史尼育唔，後因皇民化「改姓名」為中村輝夫，而國民政府來臺時則又將其改為李光輝（唯當時誤以為戰死），故「李光輝」這個漢姓漢名，應該是他一九七五年重返臺灣時所得到的「新名字」（當下，昔日的「高砂族」青年已成了年邁的「山地同胞」），不論對原來的 Suniuo（史尼育唔）或後來的「中村輝夫」而言，這或許都是一件「不可名字」的事。然而，當衆人將目光焦點集中在這位淪落異國異鄉的現代魯賓遜身上——一位在摩羅泰島叢林裡，獨自挺過三十年「不知有漢，無論魏晉」的生活，且沉浸在驚奇與欣喜的氛圍時，原住民的原鄉故事才正要悄悄展開……不僅報導者需要面臨跋山涉水的考驗，接下來，當事者及部落族人也要面對諸種親情倫理與人情世故的考驗。

【作品出處】

林佛兒，〈從雨中的北源部落歸來〉，《南瀛作家作品集：記憶的明信片——林佛兒四十年散文選》（臺南：臺南縣文化局，2009），頁 251-265。

丘榮襄

最後一堂課

【作者簡介】 丘榮襄（1947-）

本名邱榮鑲，出生於臺南麻豆。中興大學法律系畢業，彰化師大心理輔導研究所結業。曾獲師鐸獎、中興大學法律系傑出系友。五十歲從臺南高商心理輔導老師職位退休，長期在嘉義監獄、臺南市憂鬱症關懷中心擔任心理輔導志工。已出版小說、散文五十多種，長篇小說《歷盡滄桑一美人》曾改拍成電影《可憐花》。近作《老人的生活哲學》廣受好評。

最後一堂課

丘榮襄

有一天，監獄臨時通知我，菸毒犯增加太多太多，囚房不夠用，有一批受刑人因此即將出獄，希望，隔天早上，我能夠對這一批受刑人講最後一堂課，提一些叮嚀、提一些期待。

站上講臺，喝過受刑人送上來的茶水，突然發現教室外一陣騷動，兩個全副武裝的戒護人員陪一個四十多歲的受刑人走過來，那是重刑犯，腳鐐、手銬齊全，受刑人手上還捧著沉重的鉛丸。在監獄裡，這是防止受刑人脫逃的最嚴密的措施了。

重刑犯倒沉得住氣，立正，向我深深一鞠躬，然後拖著腳鐐慢慢走向教室後面，在一張空出來的長凳上坐下來。

兩個戒護人員分立兩旁，表情嚴肅。

這場面有一點嚇人。我在監獄講課兩年多了，從來沒有碰過這種情形。顯然，這重刑犯特別得到批准，也要聽我講課的。

大概，是重刑犯滿臉風霜彷彿對生命有所領悟的表情影響到我吧，我捨棄事先準備好的內容，在黑板上寫出臨時想到的講題：

「順從命運，打拚奮鬥」

我以自己的故事，鼓勵所有受刑人在命運的安排下，努力奮鬥、追求美好的理想。

剛大學畢業的時候，我到國中教書，因為不是正科師範院校出身，所以學校認為我不是好老師，便安排我教兩班「牛頭班」。學生是老師、家長戲稱的「牛郎」和「織女」，是大家都嫌麻煩的牛頭男生和畢業後要去紡織廠做工的女生。

我不氣餒，我了解這些學生因為不喜歡念書而被一般老師歧視的氣憤，便以朋友的身分接近他們、安撫他們，鼓勵他們潔身自愛，將來在社會上有尊嚴的就業、生活。

校長看我把兩班學生帶得平平安安，減少許多喧嘩、鬧事，欣慰之餘，推薦我到師範大學念心理輔導研究所，因此，我改行當熱門的心理輔導老師，五十歲退休後，還有機會到監獄當輔導義工，勸人謹慎小心地過生活，要出錢出力積極行善回饋社會。

五十分鐘很快就過了，下課鐘聲響起，重刑犯站起來，走到門口時看著我欲言又止，最後，向我鞠躬致謝，慢慢走開。

幾天以後，監獄的管理人員轉給我一封信，署名「學生」，信的大概內容如下：

老師，您接到這一封信時，我應該已經死了，依法槍決。

我是列管有案的槍擊要犯。

有一天，借提到法院作證，在監獄的大草坪邊等車時看到您，應該沒錯，很多年過去了，可是我對您印象很深刻，也常常想到您，所以，立刻問身旁的戒護人員，丘老師到監獄來做什麼？

戒護人員指著掛在您胸前的紅色識別證告訴我，您一定是來講課的輔導義工。

剎那間，很多年前的回憶把我拉回少年時代。

那一年，我念國中二年級，您擔任我們的級任兼國文老師。

我們最愛上您的課了，您把課本上的人物、故事講得活靈活現，好吸引人。可惜，一向愛動愛玩的我常常想跑到外面呼吸自由空氣，有一節數學課，我溜到圍牆外面的木瓜園偷採木瓜吃，倒楣，被主人發現，他差一點抓住我，我連滾帶爬跑出木瓜園，繞了一大圈，等到您的國文課快開始了才又回教室坐好。

天啊！那個木瓜園的主人竟然出現在走廊上，跟您談過話後，他站在窗戶邊一一看我們的臉，很快地就認出我來。

您和他又談了一會，然後，您掏出兩百元給他，他回頭瞪我一眼才生氣地走了。

下課後，您把我叫到操場上罵幾句，警告我，下次再偷東西，不替我賠錢，要讓人家報警了。

您罰我跑兩千公尺。

寒假過後，我沒有回去學校，開始在外面流浪，我常常想起您替我賠木瓜園主人兩百元的事，常常說給不同的朋友聽，他們都稱讚您夠意思，幫學生解圍，不至於動不動就把學生扭送訓導處留下不良紀錄。

我是闖了禍才休學的。

我父親是不識字的輾米廠工人，老實可靠，輾米廠的老闆有個智障妹妹，嫁給我父親，雖然有這種親戚關係，可是，輾米廠老闆對我父親十分苛薄無情，待他如奴隸。過年了，沒發給他壓歲紅包，只送我們家一斗米。我氣憤不過，有一天晚上把他在路上攔住，狠狠揍他一頓，又警告他，日後如果敢對我父親怎樣，我會把他殺了。

天可憐見，一直到我父母雙雙因為生病去世，他都沒有把這件事張揚出來。

我功課很爛，可是老天賜給我一副高大身材，這是打架、鬧事的本錢。從小，看著懦弱的父親和智障母親常常被人家欺負，使我相信，當個強悍的人才能出人頭地，吃香喝辣，所以在黑道上混了二、三十年，我一直是帶頭在前面衝的人，只不過，坐牢、槍決，是我必須承受的代價。

我向監獄表明是您的學生，請求達成死前最後一個心願，再聽您講一次課。幸運的，在您講課一個小時前，我得到批准。我快樂地看著您站在講臺上講人生小故事，彷彿我又是個愛玩愛鬧的少年，正坐在國中教室裡，無憂無慮的，真好啊！

我從沒有一次完整寫過一篇作文，文筆是很差的，所以拜託別人代我寫這一封信，希望能順利送到您手中。老師，講課結束前您說：

「心中有恨的人生是可憐、痛苦的。證嚴法師要我們明白，恨，就是把別人的錯誤拿來苦苦折磨我們自己，最後，毀了自己。」

這種人生智慧，可惜，我從來沒有機會聽過，也不曾冷靜想過，我恨父母親被欺負，所以我反過來欺負別人，我的人生就是這樣一步一步錯下去的。那天，聽您講課的受刑人希望有一半，不，三分之一，四分之一也好，能把這些話記住，釋放自己的心靈，活得自由自在，平平安安過完一生。

希望下輩子，依然有機會當您的學生。

看完信，我長長嘆一口氣。抬頭遠望，不知道應該怎麼想才好。稍後，我決定，以後在監獄講人生課題，每一節課都要用心準備內容，懇切、完整的把種種期待和叮嚀表達出來，因為有受刑人會長久記住我講過的話，調整他們的生活態度。

【導讀】

這是一篇以「同故事敘述者」（向「異故事敘述者」過渡）的疊套結構，講述「一步錯，步步錯」的「規訓與懲罰」故事：一名班上的課堂學生，後來成為中輟少年，最終淪為階下囚，而付上生命代價的故事。「我的人生就是這樣一步一步錯下去的」，可謂語重心長，但卻為時已晚，雖不禁令人感嘆，原來學校與監獄只有一牆之隔，但師生之間「潤物無聲」——「愛之深、不必責之切」的情義與情誼，也著實令人動容，且令人印象深刻。

【作品出處】

丘榮襄，〈最後一堂課〉，《高牆裡的春天》，（臺北市：圓神出版社初版，2003），頁 15-21。

梁惠蘭

和母親一起閱讀

【作者簡介】梁惠蘭（1948-）

臺南佳里人，就讀中文系。後隨夫婿的腳步，流轉於枋寮、將軍、林園、江翠、安南等校長達三十二年，期間有幸得到許多愛國文課的孩子而教之，一生的歲月裡，因此有一批批不同世代的閱讀同好者，左右相伴。最愛故鄉和家人，常隨夫婿漫遊五湖四海，雙去雙來，也閱讀書本之外的遼闊地景及人文，又，喜歡靜好的歲月、喜歡野地裡的花本草木、喜歡逛書店偷偷看著每個人翻閱書本時的臉龐；喜歡看到隨手打開包包，就可以抽出一本書的人。著有《書中的落葉》。

和母親一起閱讀

梁惠蘭

母親一向自稱「青暝牛」，一輩子和書缺少緣分，也從來不知道學校的教室是長得什麼樣子？我們讀書時，她從不參加學校的母姐會。那時學校為了鼓勵家人參加，家長到的時候簽個名，學生操行可以加兩分，我們要求媽媽去畫個記號，好讓我們加分，媽媽都說要她拿筆，不如讓她拿鋤頭較自在。她每天天剛亮就起床作早餐，然後離開家到別人田裡去幫工，比我們早出門，比我們晚回家。所以她說孩子唸書，她只出張嘴巴，早上叫我們起床，晚上叫我們睡覺，孩子的書裡說些什麼，她全不知道，怎麼去和老師開會？

我們知道母親不識字，也從不拿課本裡的任何問題去為難她，倒是上了學後，學會說國語，許多事不想讓母親知道，兄弟姊妹就逐漸學會用國語交談，母親有時會納悶的跟鄰居們抱怨：「又擱不知啥米代誌不敢呼阮知，攏講嘿哩哩囉囉ㄟ話。」那時在母親的耳裡，國語等同另一個外國話。倒是不識字的母親，知道讀書人要拜孔子公，所以每次知道我們學校要考試，燒香拜祖先時，會順便幫我們祈求孔子公保佑，讓我們頭好壯壯，考試及格。那時哥哥已經上初中，她知道萬一考出不及格的分數得留級，不但重讀一年耽誤青春，而且父親要多花一次註冊費，傳出去了更丟臉。但幾分及格，她並不知道，只知不考紅字就算過關，我們因此養成習慣，求學的路上不考紅字，就是對讀書的事情有了交代，從不曾在考試的成績上打滾，沾染上為拼分數而頭破血流的滄桑。

不識字的母親，對讀書人的尊重，也自成一格，認為印有文字的紙張，都和書本有關，也都歸孔子公管，因此不准我們對有字的紙張不敬。那時偶而到菜市場買魚買肉，店家秤好後，怕流著血水的魚、肉，會沾污了鹹草編織的菜籃，因此體貼的用一方報紙包裹。回家後，母親要我們把報紙用清水洗一洗，攤開在陽光下曝曬，字體清晰的就讓我們當新聞看。當時村子裡，常常只有村長家訂有報紙，識字的村民有空時，就到村長家看報紙兼喝茶「唬爛」，母親不喜歡我們去聽大人的五四三，舊報紙成了我們啟蒙的課外閱讀。看著報紙裡零星的片段，吸收的自然也是零零落落的內容，有時一段文字正看的有趣，卻已經沒有下文，另一半不知包在哪條魚或哪塊肉的身上去了。掃興之餘，只好學著亂編結局去滿足對於新聞答案的好奇，也許這樣的閱讀境遇，日後讓我們反而養成一個習慣，到手的文章或書刊，不管前不著邊，後不著段，我們都可以一路看下去。

上學時，母親知道我們學校有功課，因此常要我們以功課為重，家事或田裡的事，自然就讓我們少做些，只要手上拿著書，母親就以為我們正為功課拼命，往往捨不得中斷我們唸書。那時不懂事，為了逃避被差遣使喚，我們在母親面前，總是死命的「讀書」。也為了有書可讀，想盡辦法向同學借。到了初中，學校有小型圖書館，更是三天兩頭往圖書館跑。越是大部頭的書，可以讓我們一看經月，又可以看得滿頭大汗的，越是被我們列為「歡迎往來戶」。那時北中有一排新興書局出版，白書皮上印有粗黑書名的世界名著，包括《戰爭與和平》、《安娜卡列尼哪》、《傲慢與偏見》、《咆哮山莊》等，都被我抱回家過。一個初中生對於那內容，其實是不缺的就是各種治腰酸背痛，或者顧筋骨的藥方，我們把那裡面的說明書一一看遍，竟也對一些中藥的藥方，有模糊粗淺的認識。書中日月長，閒暇時，一本書就可以填滿歲月裡的所有空白，讓我們覺得人生無處不精彩。

也許深受我們無事就埋在書堆裡的專注引誘，母親也漸漸接近一些有文字的東西，最常翻閱的是日曆，原以為是日曆上一些有的沒有的插圖吸引了她，直到父親過往，第一次由她打電話給我，我才知道當年她沒事翻日曆，不斷問我們農曆哪天，是新曆幾號，原來是暗中學著阿拉伯數字。她的學習是羞澀而私密的，終於她成了她們那群老伴裡，第一個會看簿子打電話的才女。而她的電話簿，也深藏她的人生智慧，譬如一朵蓮花下的號碼，可以讓她叩到「玉蓮」大姨家；一隻像烏鴉一般的麻雀下是「秀雀」姐家；一個將塌的屋頂下的號碼，可以在下大雨之後，讓她叩來抓漏的土水師，幫她修繕漏水的屋頂；而電視機的圖畫下那排號碼，可以在電視沒畫面時，請來大時代電器行的師傅，幫她修電視。我們六個子女，禿頭上畫一根毛的是大哥，兩根毛的是二弟，小弟則是名符其實的「三毛」；光頭上一根辮子的是大姊，我比較幸運，排行女孩老二，頭上有完整的兩條辮子。妹妹頭上怒髮衝冠的三根辮子，造型最辣。漸漸地郵差投遞的信件，她已經可以看出誰是所有權人。唯一遺憾的是生活的操勞，又加上青光眼，因此近幾年她的視力幾乎歸零，我不忍心讓她在其他閱讀上著力，因此僅止於略識之無。有一次回家，她偷偷告訴我那年北頭洋靈骨塔開塔，她沒上去拜阿嬤，只在樓下遙祭，結果阿嬤不諒解，害她回來病好幾天。我捉狎的問她：此事後來解了沒？她幽幽的說：「我燒香告訴她，妳爸爸那個識字的已經去跟她作伴了，留下我這個青瞑牛，四、五歲就被阮父母丟下，也沒讀過書，上去幾百個靈位，我也找不出哪格是她的，如果她一定要我摸路上去，伊要保佑我學會看她的名姓。」我終究沒有將阿嬤的名字教給她，近來電話簿上我們幫她放大的斗大的字跡，她已經經常按錯，縱然學會了阿嬤的名姓，那樣幽暗的塔頂，只怕上去了，她也只能跟阿嬤捉迷藏。她的視力不好，卻在聽力上下功夫，這事也是在暗中進行的。有次我們在客廳裡，母親在一旁瞇著眼養神，我和妹妹放心的用國語交談著在學校發生的困擾，直以為反正母親聽不懂，免得她為我們煩憂，我求神拜佛，讓我求學的路得以順利挺進。慶幸一輩子與書有緣；教了三十二年書，與一介書生緣定終生，家中四壁圖書，一家人書中日月長。卻在媽媽轉身放下塵緣後，才驚覺我這輩子眼神投注在書裡的，比投注在媽媽身上還深還遠。世間應有雙全法，不負書來不負親，晚年時待修的正是這份進出世間法的從容」。

子曰：「行有餘力，則以學文」，能夠在安穩靜好的歲月裡求學讀書，是一件幸福快樂的事，然而，這可能需要周遭許多人，甚至是上一代（家族幾代人）的犧牲與成全。母親因失學不識字，無法參與子女在課業上的學習，在爾後的日常生活上也顯得有些不便，但卻早出晚歸勞碌工作，為讓孩子們完全無後顧之憂，徜徉在文學的天地裡。尤其令人動容的是，在子女們「耳濡目染」之下，母親也展開其聽、說、讀、寫的學習之旅，唯不論是「『盜聽塗說』或是一筆一畫的塗鴉，全都只為與親人、子女間有更多的聯繫與交流……。蘇軾〈石蒼舒醉墨堂〉云：「人生識字憂患始，姓名粗記可以休。（中略）自言其中有至樂，適意無異逍遙遊」，猶如是這對母女的寫照，唯深諳閱讀況味的子女，希望未來不論天上人間都能與母親一起享受閱讀的時光。豪爾赫．路易斯．波赫士（Jorge Luis Borges, 1899-1986）〈關於天賜的詩〉曾說過：「我心裡一直都在暗暗設想天堂應該是圖書館的模樣」。

【作品出處】

梁惠蘭，〈和母親一起閱讀〉，《書中的落葉》（臺南市：臺南市立圖書館，2007），頁 208-212。

阿盛

姑爺鄉里記事

【作者簡介】阿盛（1950-）

本名楊敏盛，臺南新營人。東吳大學中文系畢業。曾任職中時報系十七年，一九九四年創立「寫作私淑班」迄今。曾獲南瀛文學傑出獎、五四文藝獎、吳魯芹散文獎、吳三連獎文學獎、中國文藝協會文藝獎章、中山文藝獎等。著有散文《行過急水溪》、《十殿閻君》、《夜燕相思燈》、《萍聚瓦窯溝》、《三都追夢酒》等二十二冊、長篇小說《秀才樓五更鼓》等二冊、歌詩一冊。並主編散文選集二十二冊。作品多篇選入各版大學高中國中國文科課本。

姑爺鄉里記事

阿盛

傳說——國姓爺鄭成功來到臺灣之後，多數部隊紮營在現今臺南縣一帶地方，既操練亦屯田。所以，留下了許多帶有「營」字的老地名，例如柳營、林鳳營、下營、新營。

傳說——延平郡王開府臺南之後，將士親族各有領地，鄭氏姑爺楊某策馬竟日，馬蹄所至的土地盡皆歸其擁有。楊姑爺的土地在今日新營姑爺里。

傳說——清朝道咸之間，新營有一沈姓貧戶，某年冬寒，荷鋤至林野掘樹根以為薪火，忽然鋤遇硬物，深掘之，見一石馬槽，槽中滿塞金飾銀元寶，從此致富，大興土木。沈姓後代曾任新營鎮長，掘得寶物之鋤頭，據云已供奉百年，沈家大厝，則拆除十數年矣，目前舊址矗立連棟洋樓。

傳說——新營國民小學旁，昔時有一豪富之家，主人之妻，人稱「舍娘」，善妒而待僕婢甚苛，一婢不堪凌虐，上吊自殺，自是大宅中鬧傳鬼魅。舍娘死於臺灣光復後不久，大宅為西洋文藝復興式建築，與鹿港辜家舊居形式相同，現在猶存。

傳說——新營西郊的古厝，曾經發生一宗傳奇，古厝屋高院大，梁柱均由福州船運而來，創建者名涂乞食，田產極多，至日據時代，涂家家道中落，正梁竟然不斷滲出褐色之水，於是請人補修，赫然自梁上撿出符咒，涂家人始知敗家有因。此一古厝，現今已殘破，前幾年，新營公所開闢馬路，路從屋中穿過，將大厝一分為二，規模已難想見了。

傳說——日據期中，日人營造新營神社，覓得之地原為墳場，日人強制遷移，下令挖墳起骨，甚多未腐屍體曝光，父老唯飲泣耳。新營神社已經拆除，神社前原有銅馬石燈等物，不知流落何方去也。

傳說——二次世界大戰末期，盟軍飛機經常轟炸新營一地工廠，日本當局大量徵召臺人充當隨軍役伕，戰爭結束後，新營籍役伕有自南洋歸來者，返鄉不久即發狂，持軍刀遁入內山，無人尋獲。至於轟炸痕跡，二十年前仍可見到大砲坑，多已改為水池，而如今的新營糖廠，大煙囪上依舊得見點點彈痕。

說是傳說，因為我生也晚。對於老新營口中的故事，我從小到現在都未曾刻意去懷疑過，畢竟是家鄉老事，等如一首俗謠，縱是唱錯幾個音，又有何妨。再者，這些傳說雖然多自樹下天井中聽來，卻往往有地有物有人為證，由不得我這個「小新營」不相信。

二十幾年前，我道道地地是個小新營。與當時所有臺灣普通市鎮鄉村的小孩子一樣，我的日子過得既簡單又充實，捕麻雀、捉泥鰍、鬥蟋蟀、捉金龜子、網螢火蟲，樣樣都學會，烤地瓜、釣青蛙、打陀螺、放風箏，樣樣都精到。由於是「克難時代」，吃穿用一概省儉，小學六年中，祇見過一位同學穿皮鞋；基督教教會發放的麵粉袋，大人們拿來裁成上衣，袋上印有象徵「中美合作」的兩隻握著的手，上衣製成之後，這兩隻手若不在胸前就在背後；碗裏的飯很少是白米飯，多半是羼了地瓜籤、地瓜塊，醬油一瓶一元五角錢，可以吃好幾天；一個木片組合的淺底桶，那是洗澡用的，煮熱水用的是大鐵鍋，小孩通常得蹲在土灶前照看柴火，薰得眼淚鼻涕直流。吃罷晚餐，大人們坐在樹下天井中聊天，聊的無非是古早古早的傳說，或是新營的過去與眼前。小孩子聽聽玩玩，八、九點鐘了，水溝邊放尿完畢，上床便睡。

真正開始對新營的景物人事有所認知，大約是在二十年前。急水溪流過新營南郊，嘉南大圳自北通過新營西邊的稻田，轉向偏離市街的姑爺里，姑爺里住著許多姓楊的人家，是新營最老的聚落，姑爺里過去是鐵線橋，據說日本北白宮能久親王被臺民刺死於此，急水溪橋岸邊有座北極玄天上帝廟，鎮西是黃厝，居民十有七、八姓黃，那裏有座大道公廟。除了南臺聞人龔連禎的新生麻袋廠之外，沒什麼獨特的、四鄉八鎮皆傳知的大物事，很平凡的小鎮，平凡得早上鎮北張姓媳婦生了個萬金，鎮南的人中午就差不多全知曉了。不過，新營有座日本人留下的神社，方圓數十公里內，還算是唯一的。

新營神社裏，有許多大樹，真正是大樹，尤其是鳳凰樹，高達三層樓，夏天一到，開起花來能教人心驚，好遠好遠就見得著一大團火紅，連著白雲連著藍天。為什麼說好遠好遠就見得著？二十來年前新營最高的建築祇有一棟，就是「新舞臺」戲院旁，全鎮首創的遠東百貨公司，三層半，號稱四層樓，建成之初，老幼男女爭相參觀，鞭炮響得比過年還密集。

事實上，那家百貨公司的鞭炮聲，正是新營鎮進入大轉變之前的「先聲」，而大轉變的第一炮是電視機。

電視機帶頭改變了整個新營，想來等同它改變臺灣任何一個城鄉。短短幾年間，我眼見馬路一條一條開闢拓寬，高樓一棟一棟立起，太子龍衣服一件一件出籠，汽車一輛一輛馳過，電鍋電扇一天一天增多，土灶一座一座拆除，小太保一年比一年兇，叫賣饅頭的聲音一時比一時少，街上商店開市愈來愈遲，而夜市裏小吃食攤的老闆的臉色則愈來愈不像鄉親矣。

作別鄉親，我帶著鄉音來到臺北與都市人爭逐，十多年來，一直不曾忘記故鄉的那些古老傳說。有時候遇見「臺北新營人」，不免要談及新營事，慢慢地，我發覺有很多故鄉來的年輕人似乎不很能聽懂我在說什麼，直到去年年中，我到臺北市郊一所專科學校去參加座談，這才徹底省悟——新營已經中性化了。就如同鐵模子壓出來的雞蛋糕，這一塊和那一廟，廟中大柱上有我父親的名字；六、七年前，我看它還好好的，一下子就添了許多水泥鋼骨柱子和馬賽克。我就是有點憤怒，我不知道修廟的人將刻有我父親名字的木柱丟到何處去了？而想到我的「契父」就住在假琉璃和馬賽克堆起來的屋子裏面，老實說，覺得很不是滋味，馬賽克應當留給暴發的高雄，至少，馬賽克不該那般耀武揚威地包圍著上帝爺。

上帝爺面向急水溪，急水溪裏有數不清的鴨子、豬糞、保麗龍、塑膠瓶，以及有毒的化學水，再到溪畔烤地瓜，說不定溪水會散氣弄暈了人。我心中明白，急水溪的命運並不特殊，它和臺北的基隆河一樣，完全躲不過人為的污染，可是，親眼瞧見故鄉童時的一條清溪變成毒水溝，不禁要恨恨罵一聲：幹麼壞事全向那些大都會學習！新營，妳不過是個小城，人口十幾萬，卻連搞髒溪流的大本領都不肯認輸給兩百萬人的臺北！

新營不該成了小臺北，我是有點擔心那些不怎麼聰明卻裝作懂事的「有力」鄉親，擔心他們將來也弄個垃圾山與臺北比高下。村姑有村姑的美，何必模仿那些為了將就彩色攝影機而塗抹出來的俳優美人？二十年前，新營神社還保留極多的大樹，前幾年我回鄉，大樹全不見了，換成鋼骨水泥插天，文化中心在焉。我進去參觀，我動用了五官之中的四官，但是我看不到文化、嗅不到文化、聽不到文化、問不到文化；我告訴同行的兒時友人，一樹火紅的鳳凰樹蔭下才找得到文化，一旁的管理員聽到了，一張臉立刻紅漲得像一顆憤怒的紅葡萄，瞪著我，好似怒目對著一個犯罪的人。

藉口土地少而到處灌水泥的人才是新營的罪人。我仔細觀察過，鎮西的稻田一年少過一年，地上一排一排的販厝，打聽了幾次，那些販厝多數根本沒有住人。這是有點歇斯底里了，也許有錢的鄉親們以為買來蜜斯佛陀就能夠打扮出一張漂亮如女歌手的臉？怎麼忘了自己黑裏帶紅的臉也漂亮得很？明明沒有必要那麼多水泥盒子，卻拚命挖稻根種鋼條，白糟蹋了養眼的綠，我視力很好，我一直認為這是因為我小時候新營沒有觸目即是大片大片的灰。

可能，有些鄉親們喜歡的是另一種「養眼」的東西。今年春節，我照例返鄉過年，騎車逛逛，居然在鎮西遇到「養眼」的電子花車，花車上的女人在幹什麼，不須明說，花車下站了一群長鬍與穿開襠褲的老老少少，個個黃齒微露，眼如牛鈴，此時此際也，既無日月亦無流年，老祖父與小孫子一起立在燈下流口水……我想起小時候的樹下南管老人……，我長這麼大，祇有那一刻裏強烈地感到不願意對任何人一口承認自己是新營人。

記得是五年前，我在姑爺里的一個角落裏發現了幾個南管老人，他們坐在長板凳上，咿咿唔唔地彈唱，除了我之外，沒有聽眾。我用心地聽著，想起兒時的種種，二十多年，才二十多年，怎麼這塊土地變得如此亂人心弦？是我們改變了世界？還是世界改變了我們？我們聰明得能夠在一天之內全盤接受錄影機和三明治，卻又笨得居然一夜之間就把幾千百年的家當丟得一件不剩。這幾年來，南管老人不見了，我理解得到這是必然的，我祇是不甘心罷了。

不甘心又是如何？兒時的友人說：大家都沒有時間。我為這句話憤怒，人們撥出那麼多的時間去注視電視機裏的小丑和美國人，倒是撥不出時間對兒女說一些家鄉老故事？老故事可以讓新後生知曉自己的根源，根源可不膚淺。

馬達耕耘機插秧機並不膚淺，膚淺的是人們有意忘掉仆在田水中插秧犁土的祖先，甚且嘲笑祖先們在田中弄得灰頭土臉。我發現，許多年輕的新營人祇有在吵嘴打架時才會提起祖先，他們最常罵出口的是「我是你祖公！打你祖媽！」其實，他們的祖父名諱怎麼稱呼，他們未必知道。

十多年來，我從未自稱是臺北人，我的衣胞埋在新營，對他人而言，這沒有意義，對我來說，那等於是埋根，縱使我伸延枝葉到臺北，心中的根可沒動移過。我不嫌故鄉太小，我在意的是，我帶著兒子回家鄉小住，我竟然無法教他認識一些與臺北不同的景物。可不是？樓房一樣，汽車一樣，卡拉OK店一樣，這該全部歸咎時代的腳步麼？當一些鄉親們沾沾自喜地認為新營「很進步」時，我就很想提醒他們：卡拉OK店在臺北到處都有，但是，新營人百年來流傳的古老傳說，臺北沒有，如果失去傳說而獲得卡拉OK店，算是很進步，那麼，「新營」兩個字到底還能代表什麼？須知，一樣的月光，照的是不一樣的臉。

提到「一樣的月光」，我想起蘇芮唱的那首歌。我常在想，那首歌的歌詞，稍微改動幾個字，即可代表臺灣任何一個城鎮——什麼時候兒時玩伴都離我遠去？什麼時候故鄉變得如此擁擠？高樓大廈到處聳立，七彩霓虹把夜空染得如此俗氣……一樣的月光，一樣地照著新店溪……，把「新店溪」改成「濁水溪」，則這首歌就完全是為西螺而唱了。把它改成「八掌溪」呢？把它改成「荖濃溪」呢？把它改成「頭前溪」呢？把它改成「急水溪」呢？……啊，新營，妳在哪裏？

新營位於嘉義以南，臺南以北，北回歸線在它北方十數公里，西鄰以放蜂炮聞名的鹽水鎮，南鄰古稱「諸婦營」的柳營鄉，北鄰古聚落後壁鄉，東向可達內山，白河東山兩鄉鎮多產龍眼。稻作一歲兩熟，盛產甘蔗，老聚落居民多姓黃、楊、沈、涂，其語音有一特色，即問句後常帶一聲「ㄋ一」，目前的「小新營」少有此習慣，想是這個語音已隨著新營的古老傳說一起消失了。新營現為臺南縣縣治，最高學府為省立新營高級中學，居民泰半營商業工，雜食稻米、麵包、牛奶，目下電視天線比樹木多，可稱富饒之地，火車站與各戲院附近為小流氓集散區。其餘人文經濟情況，完全等如臺灣各小城鎮，至若境內民風，二十年以前尚可謂淳樸也，如今則不見得焉。

【導讀】

此文開端由遠而近歷數新營的傳說，可見這是一塊具有歷史的風水寶地。然而，仔細摩娑這些美麗而哀愁的傳說，可謂每況愈下，似乎也暗示了好景不再，尤其，面對現代化的不斷入侵、沖蝕，土地人文嚴重流失……。當中充分流露著新營人的驕傲（老新營／小新營）與焦慮、悲哀（小臺北），而反複辯證「臺北新營人」的認同。

【作品出處】

阿盛，〈姑爺鄉里記事〉，《行過急水溪》（臺北市：時報出版社，1984），頁243-252。

袁瓊瓊

眷村過年

【作者簡介】袁瓊瓊（1950-）

祖籍四川眉山，出生於臺灣新竹，專業作家及電視電影舞臺劇編劇。1982年赴美參加愛荷華國際寫作班。最初以筆名「朱陵」寫現代詩，繼以散文和小說知名。曾獲中外文學散文獎、聯合報小說獎、聯合報徵文散文首獎、時報文學獎首獎。已出版著作涵蓋小說、散文、隨筆及採訪等共計28種。小說《自己的天空》並入選「百年千書」。有三十年以上編劇經驗，戲劇作品散見臺灣與中國大陸。曾入圍金馬獎最佳編劇提名。近期作品「五月一號」（周格泰導演）2015年上映。

眷村過年

袁瓊瓊

每年過年都不讓睡覺。雖然大人說是要守歲，不過我實在懷疑這只是叫我幫著收拾屋子的藉口。

我那時八歲，不過已經是家裡最年長的，理該是個幫手。那年頭長女都這樣，當菲傭使。凡是母親忙不過來的事，就交給大女兒。

眷村裡家家戶戶都生一堆。動輒七八個孩子。我家裡五個小孩，算是人口精簡。村頭谷家生了十二個，聽說是因為想要女孩，谷伯伯偏又新派，重女輕男，大概因為家裡男生實在太多，物多則賤，不「輕」不行。谷媽媽和谷伯伯人都很瘦小，可能是生孩子養孩子給榨乾了，也可能只是天生的生產機器，渾身裡除了精子卵子大概沒裝別的。

總之後來總算生出了女兒，就叫「好了」。知道總算生出了女兒，谷媽媽也乾脆，直接在醫院裡就紮了輸卵管。「谷好了」小名「了了」。全村都叫她谷了了。她這名「長女」可非同小可，我八歲的時候她兩歲，隨時都有個哥哥把她抱在手裡。沒有任何人分得出抱她的是老幾。谷家男孩長得都差不多，全都細條長，高個，黑黑的，剃光頭。如果把他們家十一個排在一塊，大概會看出個差別，但是谷家兄弟從來沒有一起出現過，連吃飯的時候都是各吃各的。谷家孩子太多，谷媽媽想出的生存之道便是吃飯的時候把小孩趕出去。孩子在村子裡到處晃，自有好心的叔叔伯伯媽媽阿姨看到了會喊：「小谷，上我家來吃飯。」谷家孩子都叫小谷，因為谷伯伯叫老谷。

要過農曆年，差不多一兩個月前，村子裡就開始忙活。有一個士官長叫老李，老李超會醃臘肉，家家戶戶排了隊請他幫忙醃。老李平時住在部隊裡，醃臘肉的時候特地到村子裡來，大家把臉盆拿出來，把自家的肉放在臉盆裡。老李的臨時工作室在村設幼稚園的廣場，這裡有時也拿來全村開會用，地面全鋪水泥，上頭有個大棚子。家家戶戶的肉就一盆盆擱在水泥地上。

眷村裡這一事奇怪，似乎本領跟姓氏有關。姓王的總是最會做饅頭或大餅，姓李的最會料理食物，舉凡泡菜榨菜酸菜甕菜醃製辣椒蘿蔔豆腐乳，無一不會。老李除了會做臘肉，還會燒最好吃的狗肉。當然冬天也是他去殺狗。

老李也不要別的東西伺候，就給他準備一瓶高粱，再加上無數的菸。老李坐在小板凳上，嘴上叼著菸，旁邊地上擱著小杯，裡頭是白酒。醃肉需要酒，所以他腳邊往往一落金門高粱放著。到底老李喝的比較多還是醃的比較多，這是絕對的謎題，沒有任何人敢去破解，至少醃臘肉的日子不敢，否則老李不定會用菸灰替你家臘肉加料。

小孩都是喜歡看熱鬧的。老李醃肉時，一大堆小孩包圍。老李殺狗時也有小孩包圍。總之眷村裡做任何事，除非你拿鐵皮擋板攔起來，總會有一堆人圍觀的。老李拿著尖刀把肉分割成一條一條，一邊揮刀嚇唬我們：「喲，不要命啦！」手伸直用刀鋒劃一圈，圍觀的小孩們應聲而退，不過沒多久就又圍過去。眷村孩子老是會面對刀啊棍子的威脅。大人不是拿刀，就是拿棍子嚇唬你，可能助長我們對於刀槍棍棒的「親切感」，那好像不是凶器，而只是對話的方式。當然挨到了還是痛的，但是大人打孩子家常便飯，甚至不需要理由，如果孩子要問理由，就再多打幾下。挨打是人生之必然，跟日出日落，四季更迭一樣是自然現象。

老李先灑一堆調味料進去，再倒上酒，然後開始埋著頭揉臉盆裡的肉。連著處理了兩三盆，看著沒什麼新花樣，孩子也就散去了。老李就一個人，大聲喉嚨裡咿咿呀呀，八成是哼歌。誰也聽不懂。如果還有孩子留在旁邊看，老李會跟他聊天：「你知不知道我老家裡地有多大？比你們這整個村子還大。」他說起他老家多有錢，他爹他祖父官做多大，祠堂前豎旗桿之類之類。小小孩抱著手蹲在地上看他，臉上拉著鼻涕，忽然猛地打了個大噴嚏，落了不少細菌在肉盆裡，也不知是哪一家的。老李沒事。對小孩說：「回去叫你媽給你多穿衣服。」所有的病，只要不用開刀，都用多穿幾件衣服頂過去。這是眷村的育兒法則，也是健康指南。

我小時候，據說很窮。不過大家都窮在一塊的時候，好像這個字眼失去意義。許多事家家戶戶都一樣的。小孩交不出學費，穿美國人的救濟物資，用美援麵粉袋做衣服，吃教堂發的奶粉黃油和「健素」糖。小孩都打赤腳，鞋是上學穿的。「拖鞋」這種東西，我以為是某種食物的名字。大人總說：都沒吃的了，還「拖鞋」。或者：「吃飽了還要拖鞋幹嘛！」，拖鞋總跟吃有關，顯然是某種食品。

眷村裡生活，說實話，食衣住行裡大家都只關心「食」一件事，其他的事也變不出什麼花樣。住或行，甚至衣，如果不挑剔，其實不需要花錢，公家或美國人都會給。就只食字，得自己打點。如果孩子不小心生多了，那真是非常苦惱的事。像谷家就一天到晚吃麵條，帶湯帶水，囫圇一大堆吞下去，比饅頭要抵飽多了。

過年或許是很麻煩的事。小學課本裡都寫著：「過新年，放鞭炮，穿新衣，戴新帽。」小孩子都給學校教壞了，遇到過年了，就要放鞭炮，穿新衣新帽，因為課本上寫的。課本上可從來不教錢要到哪裡去弄。所以大人都很明智的說：「盡信書不如無書。」我很小就知道課本上說的都是謊話。專用來考試的，考完了就可以扔掉，對實際人生不會有什麼幫助。

家裡頭其實沒什麼東西，桌椅家具，杯盤碗筷都是個位數，衣服也是個位數。但是逢到過年，老媽還是煞有介事要全家整理一番。吃完了年夜飯就開始刷刷洗洗，一切事都要趕在大年夜裡做完。幸虧東西不多，所以每次都可以在天亮聽到鞭炮聲之前忙完。年夜飯當然要有雞鴨魚肉，非常珍貴的肉，我們跟它們大概一年見一次，就過年這一次，大家小心翼翼的分食。魚是不准動的，因為要「年年有餘」。那年代沒有冰箱，也沒有保潔膜，靠一個碗罩儲藏和遮護一切食物。所有的東西吃完了就放在桌上。餐桌放在「客廳」，雙層臥床也在「客廳」，因為這一間東西最少。所以我在屋後頭幫著老娘洗洗刷刷的時候，先去睡的小孩會去偷吃，第二天吃剩菜時才會發現「年年有餘」的那條魚只有半面，另一面剩下骨頭，據說這就是我們家為什麼錢總是不夠用的原因。

過年要忙的事很多，要灌香腸醃臘肉，要磨糯米做年糕。要洗刷門庭……這是說大人，小孩則忙著挨罵挨打。過起年來大人不知道為什麼火氣來得個大，眷村裡又是四海一家，別人的小孩照樣可以幫他爸媽管教。張媽媽要是洗棉被洗煩了，就喊：「毛頭過來一下！」

毛頭於是過去，然後讓張媽媽照頭給狠狠重擊一下。毛頭要是問：「你為什麼打我！」下場通常是腦袋上再加一顆爆栗子。張媽媽非常理直氣壯，朗朗說道：「你回家去問你媽呀！」毛頭要真回去問他媽的話，多半連屁股都要受累。所以就轉去找張家最小的奶蛋算帳。奶蛋要問理由，毛頭只要說：「你媽打我。」就行。我們從小就明白父債（或母債）子還的道理。另外，套句馬媽媽每次打小孩會說的話：「頂多揭你一層皮，又不是跟你要錢。」大家都沒錢，可是皮倒是每個人都有的。

家家戶戶都把紗窗紗門拆下來洗。棉被也拆了重洗，裡頭的棉胎送去小街上棉花店重彈，之後趕在大年初一前一床床縫好，棉被的底布洗漿得雪白繃硬，然後跟新買的花綢被面縫在一塊。所有貴重的衣物，老奶奶的東北皮衣，三十年代流行的百樂門長旗袍（多半已經穿不下了），特地從大陸帶過來的十公斤重高領墊肩黑色燈芯絨短大衣（當年可是流行得很的），一條胖筒筒的斜紋法蘭絨灰色西裝褲（男主人的腰也早就繫不上了）……所有的稀奇古怪，和現階段生活完全搭不上一塊的物事，因為要過年了，便在這個家裡鄭重亮相，見證這家裡的主人曾經是如何活過。

那些老東西一年見一次世面，彷彿自身有靈氣，雖然不是「生物」，可是依舊一年年老去，一年比一年更脫離現實，更不像活人曾經用過的東西。一年比一年古舊，古舊，古舊到像它們自身的影子，古舊到完全沒有存在感，古舊到似乎直接在空氣中褪色，變黃變淡，變薄變腐朽，之後便無聲無嗅的，如煙塵般化去。我父母的那些老東西，小時候，在過年時幫著一件件拿出來，重新擦洗，刷灰塵，上油的那些老東西，後來就完全不見了，不知道去了哪裡，不知道是不是存在過。

我有時候問我母親：你那件黑大衣呢？老媽會問哪一件？她現在黑大衣太多了。我說：「那件黑色短大衣，高領，只有一個扣子的。你從大陸帶過來的。」

母親想起來了，之後說：「不知道放在哪裡。」現在家裡東西太多了，隨便什麼都是十位數計，除了吃的。就這些沒完沒了的物品見證全世界人類終於平等，大家都形為物役，透過擁有一切，被這些一切所擁有了。

我家裡有個皮箱子，沈沈的，深咖啡，近黑色。平時放在牆面上父親自己釘的木架上。平常沒人動它，過年時就拿下來。

裡頭其實是空的，沒裝什麼。但是每到過年，大年夜晚上，父親會把皮箱拿下來，放在大床上。大床上鋪了塑膠桌布。要做事的時候，父母親臥房裡的這張雙人床是空間最大的地方，清理屋子，東西暫時堆放時，多數放在床上的塑膠布上。

這時候一樣，父親從高架上拿下了皮箱之後，就放在床上，母親會拿出抹布和花生油，仔仔細細的從裡到外擦一遍，之後放在床上等它陰乾。那時候，這台大皮箱，就像老太爺似的，坐在床上，渾身油亮，掀著蓋，露著空曠的內裡。淡淡的向四周送出花生油的馨香。

等它陰乾的時候，我們就去忙別的，刷水槽，刷碗櫃，洗曬衣服的竹竿，沖洗外牆的牆面，甚至連竹籬笆都從底部往上刷洗……我們那時擁有的東西那麼少，每一樣都是寶貝，用把它們照料得一塵不染，來宣示我們是這些物件的主人。

到了早上，皮箱把油全吃進去了，看上去暗沈沈，有種隱隱的溫潤和暖之感。母親會放一些舊報紙，然後蓋上箱蓋，把老皮箱又送回高架上去。

我們家過年，除了慣例的甜年糕和水磨年糕，父親會自製一些麻花捲。這只有過年才吃得到。我們家不叫麻花捲，叫「雙頭連」。麵皮擀平之後，切成小長方形，中間劃一刀，不切斷，便有了一個四方邊的環形。把兩個「環」套在一塊，愛套幾重套幾重，之後兩頭壓緊。這點心用油炸，炸好了灑上糖粉。

幾乎每年都炸一大堆，放在竹籮裡瀝油，等油瀝得差不多了，裝進餅乾罐裡，可以吃好一陣子。

父母親都是南方人，在老家裡，多半有廚師，原是不會這些的。但是眷村裡什麼都南北合，口音，食物，習慣，甚至嗜好，都互為影響，南北交流。我父親也下廚的，蒸包子饅頭，包水餃烙餅都會。我自己該算道地南方人，但是一直就特喜歡北方火燒，羊角饅頭，鍋盔大餅之類吃食，應該是童年在眷村被調教的結果。

有一年過年，我那時十一歲，身量就是我現在的高度，總之看著是個大人。吃完年夜飯，弟妹們都去睡了。我幫著老媽縫棉被。這工作一定要兩個人做，先把白被單鋪上，再放棉胎，要對好位置，之後放被面，棉胎放下之後，要把被裡扯緊，否則縫來不平整。我和母親各據一邊用大針縫，把三層的被面被胎和被裡全釘縫在一塊。

母親這天心情不好，看我特別不順眼。我娘從不罵人，小孩也不罵。她只是盯著我縫的部分，忽然說：你去幫你爸。

我走開的時候，看到她把我縫的部分全拆下來。

父親那時正在揉麵團要做雙頭連。父親是非常陽剛的人，開朗，愛笑。我去幫他忙，氣氛截然不同。老爸會一邊做事一邊講笑話。我們這邊父女嘻嘻哈哈，忙得不亦樂乎，忽然聽到房間裡砰通一響。

我跟父親都衝過去。原來是母親自己去搆那大箱子，沒拿好準頭，箱子就掉下來。

老爸跟母親埋怨：「怎麼不叫我來拿呢？人砸到沒有？」母親沈著臉不理他。老爸也就識趣的又回和麵板前去。

他給小方麵片上劃長條，我就負責把兩片繞在一塊。好一會，老爸說：你去幫幫你媽。

我回老媽那去。發現她在落淚。

她在擦那台老皮箱，邊擦邊落淚。老皮箱陰幽幽的，整個敞開，露出裡頭帶有毛細孔和細毛的內裡。母親照慣例拿花生油擦拭，我在旁邊等她使喚，可是她什麼也不說，過好半天，說：你去幫你爸。

我又回老爸那裡。老爸這裡也不對了。半天也不說話。雙頭連壓好了這時等著炸。老爸一條條扔進油鍋裡，馬上雙頭連滋滋起泡，繞著油鍋邊上轉。那油鍋裡的歡快和我老爸的沉重完全不成比例。過好一會，他說：「去幫你媽。」

這個晚上，這個大年夜，我就這樣，被他們兩個人差過來差過去，什麼事也沒做，只是來回攪動屋子裡那沈澱著的，無以名之的，鬱結的空氣。

後來母親擦乾淨了皮箱，又用乾布仔細再抹了一遍，之後，開始往裡頭放衣服。我有點吃驚，因為這箱子向來不放東西的。可也不敢問。

母親裝好衣服後說：「去喊你爸幫我把箱子放上去。」

我叫來父親幫忙。父親雙手舉著箱子往木架上送。老媽說：「我看這箱子是用不上了。」

父親不回答，只是把箱子供上了高架。

【導讀】

眷村過年時，大人小孩都忙著幹活，但小孩的活兒可能是「挨打挨罵」——「易子而『打』」、「不打不成器」、「打是情，罵是愛」/「打是疼，罵是愛」（以上危險動作，請勿模仿！）……。「打打鬧鬧」似乎是那個年代裡眷村生活的潛規則，也牽繫著這家那戶的情感。眷村新年登場的不是小學課本裡出現「過新年，放鞭炮，穿新衣，戴新帽」，而是東北皮衣、百樂門長旗袍、高領墊肩黑色燈芯絨短大衣等貴重舊衣物紛紛亮相，然而，不僅衣物抵不住歲月的流逝，變黃、變淡、變薄、變樣……，連早年穿上它的人可能也早已不復當年身量，而「年年勤拂拭」的大皮箱，猶如一只潘朵拉的盒子（Pandora's box），承載著上一代的歷史記憶與重量，漂洋過海來到這座島嶼，「我看這箱子是用不上了」可謂語重心長——「我們回不去了」。

【作品出處】

袁瓊瓊著，〈眷村過年〉，《滄桑備忘錄》（臺北市：九歌，2015），頁157-168。

羊子喬

青青莖葉晚風斜

【作者簡介】羊子喬（1951-）

本名楊順明，臺南市佳里區人。國立臺灣師範大學臺灣文化及語言文學研究所碩士，曾任遠景主編、自立報系資深編輯、南投縣文化基金會執行秘書、前衛出版社總編輯、靜宜大學講師、國立臺灣文學館助理研究員（已退休）。著有詩集《收成》、《該是春天為我們開門的時候》、《羊子喬三十年詩選》、《羊子喬詩文集》、《西拉雅．北頭洋部落紀事》，散文集《太陽手記》、《走過人生街頭》、《微笑人生》，論文集《鹽田裡的詩魂》、《陳千武文學評傳》等多種。

青青荖葉晚風斜

羊子喬

自古以來，在「鹽分地帶」（包括佳里、西港、七股、將軍、學甲、北門），除了佳里鎮之外，可說土地貧瘠，生活困苦，人口大量外流，每個部落都有一座廟。廟愈興盛的地方，就表示生活愈不易。

鹽分地帶有「南方果樹園」之稱的佳里，在荷據時期，稱為蘇僑村；明清之際，叫做蕭壠社；到了日據時期，才改為佳里。佳里的由來，據文學前輩郭水潭先生稱：當時，他在北門郡役所擔任通譯，經由他建議改為佳里，由於在佳里的正北方，有一個部落叫「佳里興」，此地在康熙二十三年，諸羅縣府治所在地，劃曾文溪以北，遠至三貂隸之。

在佳里鎮西北方的一個部落——北頭，是我的出生地，北頭是平埔族的部落。於三十四年前，我在這個部落誕生，至今這個部落還供奉著「西拉雅族」（平埔蕃的一支）的主神——阿立祖。

小時候，村落裏的每一戶人家，都蓋有一座阿立祖公廟，裏面擺著幾個安平壺，壺中盛著清水，清水裏插著菅草或蔗葉，每逢農曆初一、十五，都要向阿立祖祭拜，祭拜時，不用燒香或燒冥紙。直到我七歲左右，村中供奉的「佛祖」，要大家廢除阿立祖公廟，然後把各家的安平壺集中一處供奉，從此這個部落便真正漢化了。

北頭有一座蜿蜒約半公里長的沙崙，部落在沙崙的南北麓集結，家家戶戶，四周都種滿了刺竹，戶與戶之間，有林投樹生長其中，這些長滿刺的竹子和林投樹，有禦敵的作用，如今刺竹和林投樹都被砍伐殆盡，取而代之的是一棵棵的果樹。

據鄉先輩吳新榮先生考證：永曆四年（西元一六五〇），荷蘭巴達維亞之東印度公司以四千里爾，無息貸予古拉維斯牧師，由印度採購黃牛一百二十一頭，交由蘇偷村住民放牧於北頭，所以北頭最是臺灣畜牧業的發源地。

在佳里的開拓史中記載著：「陳永華採寓民於農之政策時，林可棟入墾蕭壠……而當時蕭壠社的西拉雅族，散聚在現在的三五甲、大庭、潭墘、大路尾、公廨宅（今建南里）一帶，昔時有一小溪，由北流南彎西到海，小溪就是現在的中山路到新生路，小溪後來變成大溝，又成為大路，溪的兩側即為鎮兵林可棟的墾地，到康熙年間已成為一大聚落。」

佳里鎮最大最老的廟即為金唐殿，位於舊市場的正門口，至今終年香煙繚繞，供奉著朱、雷、殷、蕭府千歲。金唐殿原是西拉雅族的公廨，後來漢人移入之後，才成為漢化的廟宇。

據「臺南州祠廟名鑑」記載：金唐殿建於乾隆八年，但金唐殿前「宏文及莫」立匾年號，卻是康熙戊寅年，可見其歷史之悠久。在日據時期（民國十七年）重修，聘汕頭名工何金龍裝剪粘，後來有人在廟前右壁上方發見一座國父遺像，栩栩如生，何金龍是汕頭人，深受國父思想感召，才塑此像。在正門石柱上，刻有故司法院長王寵惠「金壁交輝新氣象，殿裏重見舊威儀」的對聯，佳里人把何金龍的國父遺像、王寵惠的對聯、康熙年間匾額「宏文及莫」，合稱為金唐殿三寶。

我從出生有記憶以來，發現家裏在種田之餘，也從事畜牧，除了養豬、雞鴨之外，還養過兔子、梅花鹿。父親在鎮上一家食品工廠就職，下班回來便養些動物，而母親負責種田的粗活。我們下課回來，便挽著菜籃到田野裏，割取餵豬的野菜，一邊割野菜，一邊啃著甘蔗，不知歲月的艱苦，上了高中，便開始專心讀書，不再從事田裏勞動的工作，鄉村裏割豬食的人逐漸稀少了，大家開始用飼料來餵家畜。近十年來，大宗養豬戶，逐漸在鎮上興起，有人一養便是上百成千的，怪不得豬價暴跌時，有人便把豬仔放生，甚至私宰肥豬，大灌香腸，有人養豬致富，也有人養豬破產的。

在佳里鎮，畜牧業有其歷史淵源，除了豬之外，養兔也形成過熱潮，根據《吳新榮日記全集》中載：他曾經在一九四三年到一九四五年，與徐清吉先生合辦「養兔公司」，交由剛出獄的蘇新（後赴大陸，於四年前病亡於天津）主持，最後經營不善而結束。

除了豬、兔之外，養梅花鹿，目前在佳里鎮可說是一項熱門的家庭副業，由於鹿的多種用途，因此，起落較小，風險也較少，所以，佳里鎮養鹿人家不在少數。

養豬、兔之外，目前養雞人家也不少，尤其一些老師，下課之後，便幹起養雞事業，有人一養便成千上萬的蛋雞，由於養蛋雞風險比養鹿還小，所以，養雞便成為企業化的經營方式。記得國民小學有一位體育老師李榮美，由於養雞成功了，便辭掉教職，專心發展牧業，如今出掌尚德畜牧食品公司的總經理。

畜牧業在佳里鎮，可說是經濟動脈，所以造就不少中產階級，致使佳里鎮的經濟起飛。

「在原野上可見煙囪」原是鹽分地帶作家林芳年在日據時期寫就的一首新詩的題目，這首詩深受普羅文學的影響，流露了鎮上一家油漆工廠的工人心聲。然而，在佳里鎮，祇要站在原野上，便可以看見蕭壠糖廠的大煙囪。

糖廠的大煙囪對我而言，是小時候的精神座標，往往坐在田埂上望著它發呆，一看見它冒煙，便知道甘蔗開始採收了，糖廠開始製糖了，家鄉的父老都叫做「廍動」。由於古代的糖廍，到日據時代，被轉化成製糖株式會社之後，日本統治者開始大量剝削農民的農業經濟，到了光復之後，我們依然可聽到：「第一戇種甘蔗給會社磅」的俗諺。

佳里鎮基本上是屬於農村經濟的鄉鎮，四周農田種植著甘蔗、稻米、甘薯和其他經濟作物，這些經濟作物往往依隨政府的政策而改變，曾經大量種植過棉花、蘆筍、小番茄以及玉米。但是始終大量生產的，還是稻米和甘蔗。

由於佳里鎮是北門區（鹽分地帶）商業轉運站，農作物、魚類、水果皆在佳里交易。因此，一些較有錢的人，便在佳里街上購樓房，或是投資興建工廠，尤其近十幾年來，佳里鎮郊，有了針織廠，聞名於全省的有：華王和大洋針織廠；還有食品加工業像七喜、尚德；另外，有幾家鞋廠，專門製造外銷，甚至於有電風扇外銷、家具外銷工廠，都經營得有聲有色，由於有了這些工廠，鄰近鄉鎮一些從業人員，便大量往佳里鎮集結，所以，鹽分地帶的人口大量外流，祇有佳里鎮有增無減。

佳里鎮近十年來工廠增加，流動資金也多，所以，才會造成數十億倒會案的發生，給全省省民一個熱門話題。

北門郡是日據時期「鹽分地帶」的舊稱，郡轄西港、佳里、七股、將軍、學甲、北門等六鄉鎮。光復後廢郡改區，後來又去掉區這個行政單位，不過這六個鄉鎮仍然沿用北門郡或北門區，現在則通用「鹽分地帶」這個文學史上的用辭。鹽分地帶的出入門戶在佳里，日據時代日本人在佳里設有小火車站，北門郡的人大多從佳里搭火車到番仔田（現在的隆田），再轉搭縱貫鐵路的火車到全省各地。

記得小學六年級，學校舉行一次烏山頭水庫郊遊，要去郊遊的前一天晚上，一直睡不著覺，由於我第一次要坐小火車到隆田，再從隆田步行到烏山頭水庫。

光復後，興南客運公司在佳里設客運站，再從佳里行駛客運車到各鄉鎮。北門郡的人從佳里南往西港、安順、臺南，北往學甲、鹽水、新營，從此，隆田不再是北門郡的轉運站了，客運小火車也逐漸沒落了，尤其高速公路通車之後，從佳里到麻豆交流道，南往臺南、高雄、屏東；北往嘉義、臺中、臺北，交通更形便捷。

到了民國六十三年，客運的小火車停開了，小火車站的土地被拍賣，而蓋了一長棟四層樓房，造成了佳里城市化的第一步，緊接著小火車站對面的空地，以及高中校長施金池住過的宿舍，也被拆掉，蓋了一棟七層樓大廈之後，戲院、西餐廳、韻律舞蹈社，以及各種名店便在此大廈展現，這是城市化的極端反映。

小火車站消失了，佳里街上日益繁華，城市化愈來愈厲害，整個小鎮都變化起來了，好像村姑進城一樣，衣著、打扮都與往日大不相同。

不管離鄉多久，一旦回到佳里鎮，便會聞到一股荖藤花的香味，這是佳里鎮特有的風味。

在日據時期，佳里鎮即以盛產荖藤及皇帝豆聞名於全省，如今皇帝豆已不多見，荖藤也逐漸減少。當時每棵荖藤值日幣十五元，而在郡、街役所的公務人員，每月薪水才日幣四十元左右。

從明鄭墾殖以來，由於蕭壠社是西拉雅族四大蕃社之一，以至於居民皆有吃檳榔的習慣，而荖藤是夾在檳榔裏的作料之一。自古以來，在佳里出產的荖藤，不但供給佳里住民吃檳榔之用外，還供應全省嗜食檳榔的人士，因此價錢高，獲利頗豐，所以，種植的人很多。

由於蕭壠社人士有嚼檳榔的習慣，因此，佳里街上的人家，屋前屋後檳榔樹林立，構築了南國風光的特殊景觀，遠遠望去，頗富情趣。

如今佳里的城市化，地價暴漲，這些荖藤園皆紛紛蓋起公寓，造就了不少暴發戶，工廠一家一家地蓋起來，附近鄉鎮人口大量湧向這個小鎮，佳里如今是已超過五萬人口的大城鎮了。

凡見到過佳里的人，沒有吃過佳里肉圓，我敢說他是白跑了一趟。據許多佳里鎮的同鄉表示：他們從來沒有吃過比佳里鎮出售的肉圓更好吃的。每次我回到這個風吹的小鎮，這裏有稻田的芳香，以及海的體味；然而，那誘人垂涎的肉圓，更是喚我回鄉的理由。每次，許多居住臺北的同鄉，都會從佳里帶幾個肉圓回臺北，然後慢慢品味故鄉特殊的口味。

其實肉圓裏包著：瘦肉、香菇、筍乾而已，說穿了人人會做，但是吃起來卻與他地不同，據說，舊市場那個賣肉圓的，光靠賣肉圓就賺了幾百萬，如今已有好幾個攤子在賣了，也賣出名氣來。

二十多年前，佳里鎮擁有兩家戲院，都是省議長高育仁家族所有，由於都叫做佳里戲院，一家叫做佳里舊戲院，一家叫做佳里新戲院，舊戲院大多演布袋戲或是歌仔戲和新劇，新戲院大多放映電影。

記得上初中之際，布袋戲正流行，長年累月舊戲院都由鄭一雄演布袋戲，下完課匆匆忙忙地趕到戲院，看那不用買票的戲尾，戲尾往往是最刺激、懸疑、打鬥最厲害的，好讓觀眾明天再購票進場。但是十幾年前，電視興起之後，舊戲院沒落了，最後拆掉改建成商店樓房，而僅剩下佳里新戲院。七、八年前，小火車站前的空地，蓋起了一座七樓大廈之後，又增加了一家戲院，叫做「國賓戲院」，如今佳里鎮依然有兩家戲院，大多上演國片。

除了兩家戲院之外，佳里街上還有一家酒家。在日據時代，佳里街上曾經擁有六、七家酒家，一些經營漁牧業的有錢人家，在佳里街上拍賣完貨物之後，便到酒家買醉。光復後，由於生活水準提高，酒家課稅重，因此，酒家沒落了，如今僅剩一家；可是佳里鎮郊的地下酒家，卻大為興起，一些打著海產店招牌的餐廳，也兼營酒色，頗令好於此道的人士大為樂道。鹽分地帶地處濱海地方，海鮮四時皆有，因此，吃海鮮、喝酒，再有脂粉味，更是讓酒徒大為滿意。尤其佳里鄰近幾個鄉鎮：七股、將軍、北門鄉都靠海，海邊村民只能捕魚、養魚與曬鹽為生，漁民及鹽工生活窮苦，也都大量遷居都市營生，但是在此捕魚維生的漁民，往往利用捕魚之便，大量走私大陸酒、藥材、茶具，有人獲利頗鉅，尋歡作樂，色情海產店興起，各地靚女來此撈金，入夜三更，海產店人頭鑽動，形成了一種畸型的娛樂方式，這是屬於中、下階層的。

屬於上階層人士的娛樂、休閒方式，往往出入臺南市。記得，當我上高中時，常常看到一些些打扮入時的紳士仕女，他們手中捏著客運車票，在車站等待開往臺南市的車子，或是包著計程車到臺南市，看電影、跳舞，或是打保齡球。這幾年來，佳里街上也有太極拳社、土風舞社……等社團，一些婦女紛紛學習大都市的生活方式，參加各種社團。有些人卻迷上釣魚，由於佳里靠海，一些有閒的人，往往一大早就到海邊垂釣，直到傍晚才返家，當然，也有人以釣魚為生的。

鹽分地帶開發早，人口多，耕地窄，居民每戶大約只耕三五分地，實在無法養家活口。在小時候，每當廟會，各鄉鎮的乞丐便會蜂擁而至，那時便在心靈裏，深深地體會到什麼叫做貧窮，於是幾乎家家戶戶都有人出外討生活。民國四十五、六年左右，在高雄、臺北踩三輪車為業的頗多鹽分地帶的人，記得那時，父親遠至臺北踩三輪車，直到我上小學，鎮上有一家食品工廠開業，父親便返鄉就職，一幹就二、三十年。

我七歲入小學，每天沿著兩旁植著木麻黃的碎石子路上學，有時一不小心、便會踢到石頭，而腳趾便流血或黑青瘀血，那時真是痛恨不已。如今，石頭不見了，馬路上已經鋪上了柏油。路的兩旁，椰子樹也取代了木麻黃，部落的小茅屋，都已經變換成磚頭房子，街上矮小的屋舍，也樓房高築，這一切都在說明經濟成長。

佳里鎮是鹽分地帶的政治、經濟、交通、文化中心，在北門郡各鄉鎮，皆以佳里為中樞，一些在其他鄉鎮較有錢的人，都會在佳里街上置產，這種情況從日據時期即開始，像吳新榮先生自日本東京醫學專校畢業，即從將軍搬到佳里，在街上懸壺濟世。尤其近十幾年來，佳里鎮郊工廠林立，像食品加工、外銷成衣、鞋廠，以及各種機械零件裝配廠，如雨後春筍，造成佳里城市化的動因，於是都市化日漸形成。

都市化給佳里街上帶來了繁榮的外衣，相對地，它也喪失了那內在純樸自然的原貌，人際關係也日趨複雜。從前未曾發生的，如今也隨著經濟變化而產生，例如：數十億的倒會案，以及經濟犯罪和社會問題，民風從保守變成開放，這對佳里鄉的居民是幸抑是不幸呢？卻是值得全鎮居民共同深思的。

【導讀】

本文點出佳里命名沿革：荷蘭時期稱蘇偷村，明清之際稱蕭壟社，直到日據（治）時期，才改為今名，而早在荷蘭時期，（佳里北頭）即是臺灣畜牧業的發源地，加上明鄭以降不斷拓殖，後來也成為鹽分地帶最富庶的地區，尤其，該地也是西拉雅族重要據點之一。而在其歷史人文與庶民生活的交錯敘寫中，也不斷閃現諸如郭水潭、吳新榮、林芳年、徐清吉、蘇新等鹽分地帶重要文學家。

【作品出處】

羊子喬，〈青青茎葉晚風斜〉，收錄於阿盛策畫、主編，《歲月鄉情》（臺北市：洪建全教育文化基金會，1987），頁 253-263。

鄭文山

古堡歲月

【作者簡介】鄭文山（1952-）

筆名鄭喬。現任華聲文教機構總經理、臺南市寫作教育學會理事長。曾獲中國時報文學獎小說獎與敘事詩獎等、梁實秋文學獎散文獎、洪健全兒童文學獎。著有《寫作津梁》、《哭泣的精靈》、《閃電大俠》、《童詩30》、《水溝裡的大肚魚》、《天空會老》等。

古堡歲月

鄭文山

遠方，午后的斜陽穿透灰濛濛的雲層，在亮藍的海面折射出粼粼波光。一兩公里之遙，海存在陽光下輕輕吟唱。登臨古堡瞭望塔，讓眼波越過鳳凰木綴滿花苞的樹梢，斑駁外牆的文物館、錯落的魚塭、排排站似的木麻黃防風林，安平的海比三百多年前退出好遠好遠，那泛海的點點船影，可是鄭國姓凌波而至的船艦？

海風依舊三百多年前的鹹濕吧？彷彿自天際撲來，又好像自海中潑刺攫至，吹得滿頭亂髮，舉手梳理，順過手指後那份海特有的黏膩感，很清楚的感覺到。三十八歲鄭國姓威凜的站在雙桅杆的戰船自澎湖橫渡海峽，該也有那份感受吧？

遠方，東北邊有一條溪蜿蜒入海。極目處，它由市區鑽過一座橫臥的灰色水泥橋，迤邐兩岸翠綠的游入海中。府城是開臺的老都市，新都市的格局在溪的兩岸不遠處急遽擴張開來。剛開拓的西濱道路筆直的畫過，縱身向北方遁去，車流在陽光下閃著金屬的硬光，頭頭尾啣的川流不息。更遠的東邊，那座高幾十層猶在建築的圓形鋼樑大飯店，突兀的插入灰濛濛的天空，彷彿宣誓著什麼。宣誓府城已然擺脫歷史的塵埃，正撐身撲向價值觀解體的高經濟文明？還是宣誓古都文化精神已然被西方的科技文明徹底瓦解，三百多年後，猶迫不及待投懷送抱於昔日恨恨離臺的紅毛蕃文明？這是一趟虔誠的巡禮與尋根，仲夏的午后，慵懶的人群在煙塵的城市裡吹冷氣假裝勤勞的忙碌著。拍拍落滿塵埃的兩袖，單獨造訪昔日繁榮的熱蘭遮城，窺探白面紅髮的荷蘭人殖民的巧取豪奪，緬懷國姓爺身在東都西望大明，耿耿日月忠貞一生的文經武略。

有誰能細細訴說這段湮沒的往事？有誰能準確描繪，當葡萄牙人航過太平洋濱乍見蓊鬱蒼翠、立霧溪口一片白霧迷濛的臺灣時，那份驚豔的悸動？當然，那是比卡拉ＯＫ裡熱情洋溢的流行歌曲更難詮釋的一種感覺。何況，這份感覺早已還落在太平洋訇然的浪濤聲中，不復記憶。

不禁要自問：福爾摩莎還美麗嗎？而，國姓爺日月可表的忠貞還在人間遺傳嗎？

驅車泊臨城下，揣想鄭家軍當年兵臨熱蘭遮的豪情。沙洲上隨著海風搖曳生姿的檳榔，城門外婆娑亮藍的清淺海水，而今安在？熱蘭遮城也好，臺灣城也好，安平古堡也罷，真正的遺風韻事，要向內城門旁前的那堵斷垣殘壁去追尋。這堵和著糖水、糯米、貝殼板，用紅磚砌出的城牆，是當年熱蘭遮的外城南牆，悍然阻擋過由鹿耳門溪偷偷襲掩而至的鄭家軍。殘牆上荒草蕪雜，盤踞著被鋸去樹身的老榕軋曲糾結的氣生根，被鋸斷的樹頭結著疤似的，紛紛在乾燥的牆頭又冒出叢叢綠葉。年代久遠的紅磚，裂口處逐漸風化鋪上一層紅粉，遊人好奇挖掘它的凹洞痕跡比比皆是，像歷史的傷口，淌著紅色的粉血。

一級古蹟。斗大的字提醒著，它擁有的關懷只在牆下豎立的大理石柱。其他，就問長年吹襲的海風了。

緊臨殘壁北側，獅子會新闢了一處安平古堡史跡公園，入口處，獅子會的富有名人一一臚列大名勒石碑刻以為記，大約估計這史跡公園可以與一級古蹟齊名同壽吧。公園內花木扶疏，散立不少新塑的粗糙人像，青黑色的底，約略是水泥鋼筋塑的吧。歷史就那麼不經意的被呈現，歷經滄桑的殘牆大概會哂然一笑吧？由殘牆的方形小洞中，可看見緊臨殘壁南側有一間小商店及一座落地型的冷氣機的冷卻水塔，正轟然轉動著。委屈了，看過三百多年滄桑，看過多少爭鬥血流，看過多少繁華落盡，你，該有佛家的泰然與釋懷吧？懷想當年，臺灣在明人保澎棄臺的觀念中，允許荷蘭人據臺。喜出望外的荷蘭軍，由澎湖分乘十三艘多桅杆的船艦，趁著季節風，很快就望見椰林婆娑，海水清澈盪漾的安平，平坦的小沙洲銜接一列，彷彿歡迎的儀隊。荷軍船長桑克佇立船首，略微外翻的寬邊帽替他遮擋南島炙熱的烈陽。瞇著眼，他觀察到這當時叫臺灣嶼的小沙洲，向東隔著一灣平靜清淺的內海才是臺灣本島。若果面洋建城，無異銅牆鐵壁，恁誰也難以攻進。於是欣喜之下，細長微彎的軍刀一指，十三艘龐然船艦登陸安平，進行長達三十八年的統治。小小的安平港剎時桅杆林立，彷彿憑空生長出一片森森白木林。正在潮汐間帶從事狩獵、漁撈的漢人移住民與平埔族原住民，都錯愕的停止活動，心中升起不安及驚疑。他們做夢也想不到，這片化外的自由天地，會有這批白面紅鬚的傢伙泛海登陸。隨即，原住平埔族對這批看似體態威猛，服飾華麗，擁有新式武器的荷蘭人產生好感，那是一種草昧式的善良崇拜。平埔族加入築城的行列，而對岸渡海來尋求自由生活的漢人，滿腹疑慮的背著手在遠方沉默的看著城堡逐漸完竣。殘壁啊，矗立在海風吹拂，潮汐輕拍下的沙洲，你是經由平埔族的手抑或荷蘭人的手成長起來的？歲月淘洗下，滄桑如你，想必也早已遺忘在沉積的時光塵埃裡了。因為，你沉默如昔。

古堡在日據時代改建過，高踞在原熱蘭遮內城的臺基上。午后的斜陽穿不透那些些晦暗的廳室，陳列的文物、圖片，嗅得出時間侵蝕的霉味。風更阻絕在交錯的門外，遊人個個汗流浹背。那邊一群是日本遊客，東瀛腔音一聽便知，他們特別對日據下的文物有興趣，向導遊問東問西。這邊一群白面金髮的較沉默，細聲的低低問，他們群聚於三百多年前的安平地形圖指指點點，聽出他們對安平附近的新港社、蕭壟、大目降有興趣，一再詢問那是現在什麼地方。兩個打著漂亮領帶的臺灣導遊，斟酌了半天，咿哦了半響，才吞吞吐吐的說，那是荷蘭當時的古地名。

辨認。那是一種失根，徨徨然的悲痛。就讀國小四年級時，祖父就過世了，記憶中，他是一位不苟言笑的鄉野人物，他年輕的那年代，學個保身的功夫是平常事。祖父拳腳功夫了得，是鄉裡頭「阿哥」級的人物，記得常有他鄉外地混不下去的兄弟找他求援，祖父雖然手頭並不寬綽，給個跑路錢卻從來沒皺過眉頭，任俠的作風，是他贏得鄉里敬重的一個主因。有關先祖的事，都是由父親的口中傳述出來。一向無緣親炙祖父的慈暉，是一直引以為憾的事。清祚末年是個兵荒馬亂的時代，祖父十三歲，叔公三歲，隨著曾祖父母顛沛流離的，一路由大目降逃往山區。土匪作亂，燒殺擄掠的行徑逼得不四處走避。逃難中，曾祖父母又相繼染上瘧疾，先後撒手人寰，臨終前只交代已經懂事的祖父要回安平尋找親族，原來先人是鄭國姓由泉州帶過來的家臣，清朝施琅將軍擊垮鄭克塽後，四兄弟四散奔逃，這一房血脈遁入平埔族部落，始終在遷徙困頓的歲月打滾，未嘗安過居樂過業。草草埋了雙親的祖父，在莽莽榛林的山區，攜帶猶懵懂而嗷嗷待哺的三歲幼弟，真個是叫天天不應，呼地地不靈，回應他的只是滿山遍野臺灣獼猴的啼哭，令人倍覺人世飄零的淒涼無助。山中小徑好長好長，都是渺無人煙的荒林，由大目降千迴百轉爬升，越過山谷，爬過斷崖，涉過山澗，避過翦徑的山匪，渴了飲汩汩湧出的山泉，餓了尋找野生的香蕉野果充飢，飄零而幾乎凋落的兩兄弟，終至來到噍吧哖部落。祖父千懇百求的得了一個大戶人家長工的工作，工資就是給三歲的幼弟多添一雙筷子一碗飯。

父親的口述史中，先祖輩是泉州移居安平人氏，至於名諱卻無從得知，就連曾祖父埋骨所在，也在荒湮蔓草中不復追尋了。兵荒馬亂的歲月，人與螻蟻只不過軀體大小的區別罷了。

明知道往訪安平尋根是一種徒然的大海撈針，那份尋根的衝動，以及憑弔先人生息土地的虔敬，卻驅使我屢屢往訪安平，屢屢空手悵然而返。

古堡附近都是臺灣古街。尤其是延平、效忠兩街，交錯的巷衢如蜘網，狹隘的街道只容兩人併肩，是摩肩擦肘的古街。古街雖失去往日的風采，雖落滿一街的晦暗陰霾，卻仍可窺見往昔繁華的點滴。雕樑畫棟的閩南宅院，夾在翻改的小洋房間，已大都傾圮了。野生的雞屎藤、洛葵爬滿了頹牆殘瓦；半崩的屋脊上，有的站滿長不高的老榕，有的駐了俗稱黑甜仔的龍葵，最多的是長滿一歲一枯榮的狗尾，迎風飄搖。想百年前，或再推溯兩百年前，這兒可是商賈雲集。腰纏萬貫的巨商，往來大陸安平或日本安平間，大貨船往往在港灣下錨交易，賣出陶瓷玉器綾羅綢緞，再買進大批臺灣鹿皮、鹿茸、蔗糖。買辦完畢，且慢匆匆整裝回返，怎可錯失這美麗的南島風情，何妨暫且放懷一番。縱使港灣內的商船已升帆待發，只管狂歡於臺灣小街的酒樓茶肆吧，醉臥平埔美人、泉州美人、荷蘭美人或日本藝妓的膝上，未嘗不是人生一大享受，何況往來一趟，海路的波浪兇險，加上舟楫勞頓，也總該消除心頭的那份驚悸吧？

幾番徘徊古街的巷衢裡，遇耄耋長者，總會相詢可是鄭姓，可有遁入山區的親族。回復的有冷冷異樣的眼光，有茫然不知的神色，有熱心協助卻不得要領的無奈。古街確實不識滄桑，卻又讓滄桑悄然占據不去。

古街新舊屋宇稠濁雜沓，閩南古建築往往被夾峙於小小洋房間，動彈不得，卻猶自想掙扎出一小片天日的樣子。陰濕狹隘的古屋裡，有好幾戶擺上一臺臺聲光色具全的電動玩具，一群群不識愁滋味的少年人，在他們先祖生息奮鬥的屋宇，埋首於畫面的爭戰中，彷彿他們的先祖埋首於拓荒墾殖的爭戰中，一樣的專注，一樣的義無反顧，一樣的不向宿命低頭。悠悠歲月，古屋中的魂魄一定幽幽連番嘆息。

常拜訪延平街的一位長者，蔡老先生。不敢冒瀆問及名諱，只知八十二歲的高齡，與民國同壽。二十年前左右由稅捐處退休，接掌由先人傳下延平街尾的一間小雜貨店，古樸拙趣的建築擺設，零星擺上一些傳統的豆豉、魚干、醬瓜、豆簽等食品，待價而沽，守候跨越多少歲月的客人。蔡老先生嘆息人潮不再，繁華不復擁有，百多年物換星移，移去了人群喧囂，移去了過眼繁華，只留下一街的晦暗與寂寥。談及這條臺灣老街為何沒有好好保存，他忽然神情有些激動的說：「保存什麼？保存貧窮與落後嗎？」然後又喃喃自語說：「市政府已拆了幾條拓寬成大馬路，這條街是輪不到了，像我，只好等老了，朽了。」

沒同他爭辯什麼，蔡老先生說什麼也不會明白，有些東西是不應該與草木同朽的。

環顧新舊雜陳的古街，確實掙扎得讓人唏噓。不禁想起三峽的老街，不也在保存文化與發展經濟中苟延殘喘嗎？也許，沒有對與錯吧，人類什麼也不該去強求，就讓一切還諸天還諸地，還諸亙古的草昧洪荒。

遠方，躁鬱的市區，一片蒸騰的煙霧廢氣，人群車潮翻翻滾滾，一手提著名一手握著利的人們，似乎義無反顧的奮力衝刺。而，當夜深人靜，星辰寥落時，靜寂的天地間，一定有某些東西飄浮起來，除了鼾聲，應該還有些什麼。是的，是應該有一些什麼的。

【導讀】

本文不只是一趟古蹟巡禮，同時也是一趟歷史尋根之旅，更確切地說，是追溯臺灣史與個人家族史的歷程，可謂深具懷古幽情，當中，有著面對現代文明不斷入侵、衝擊的深切反思，也透露著時下年輕人對過去歷史無知的隱憂。從南明鄭成功蹈海而來，到清末鄭氏先人的困頓打拚，其訴說的都是福爾摩莎一頁頁「華路藍縷，以啓山林」的開拓史。

【作品出處】

鄭文山，〈古堡歲月〉，《南臺灣文學作品集二：哭泣的精靈》（臺南市：臺南市立文化中心，1996），頁245-253。

許素蘭

舊巷

【作者簡介】許素蘭（1953-）

臺南市人。成功大學中國文學系畢業，靜宜大學中國文學研究所臺灣文學組碩士。曾任《書評書目》雜誌編輯、長老教會新竹聖經學院、真理大學臺灣文學系、臺北教育大學語教系、靜宜大學中文系、通識中心兼任講師，現任職國立臺灣文學館研究助理。著有《給大地寫家書——李喬》（李喬傳記）(2008)、《冰山底下的大水河——鄭清文短篇小說研究》（碩士論文，2001）、《文學與心靈對話》（散文、評論合集，1995）、《昔日之境——許素蘭文學評論集》（文學評論集，1985）等，另有未結集單篇論文近三十篇。

舊巷

許素蘭

走出臺南火車站正門，筆直望去，飯店、速食店、西餐廳、KTV、補習班、24小時超商……沿路林立，再也看不到半棵樹的成功路，很難想像在一九七〇年代以前，是一條遍植鳳凰木，幽靜、充滿綠蔭的美麗市街。每年初夏六月，鳳凰花艷陽般盛開的季節，張開如傘蓋的鳳凰樹冠，密生一簇簇大紅的花朵，在南臺灣熱情的陽光下，靜靜地燃燒，深情而任性。

從成功路一直走下去，故鄉的家，就在成功路上，面對三級古蹟「大道公廟」的巷子裡。

小學時代，從住家走到同樣位於成功路的成功國小，大約七、八分鐘路程。鳳凰花開的季節，也就是暑假即將來臨的學期末，每天上學，走著走著，總要停下腳步，撿拾飄落地面的鳳凰花瓣，再在書頁間夾出蝴蝶的形貌，內心既想望蝴蝶的浪漫，也期待假期的解放與自由，既沒有花落的哀傷，也未曾把鳳凰花當做別離的象徵。

隔著「官廳」，與「大道公廟」為鄰，供奉觀音佛祖的「觀音亭」，同樣也面對我們家所在的巷子，因此，這條巷子，在過去就被稱為「觀音亭街仔」。

「觀音亭」有大榕樹、有賣剉冰、蜜餞、糖柑仔等零食小攤的廟庭，經常搬演酬神的歌仔戲、布袋戲，也經常有江湖賣藥的走唱者駐留。

小學階段，我幾乎很少錯過廟前經常上演的野臺歌仔戲、布袋戲，以及江湖賣藥人生動精采的說唱表演或武功特技。彼時，歌仔戲富於戲劇性的故事情節、布袋戲吐放劍光的魔幻情境，與民間藝人充滿草根氣息的表演，在我生命的早期經驗裡，既充滿無以言喻的魅力，更是一個可以讓想像力無盡奔馳的自由世界。

從成功路的盡頭左彎，沿「大舞臺」走去，到了以「寶美樓大酒家」為重要地標，輻射出西門路、民族路、永樂路，俗稱「小公園仔」的西門圓環，才真正是府城熱鬧街市的起點，府城的繁華，從此迤邐綿延；而這裡也是葉石濤《西拉雅的末裔》裡，潘銀花從平埔家鄉，進入府城地主家庭的起點。

做為西拉雅末裔的潘銀花，或許並不知道，伊住進府城之後，經常望見，被稱為「番仔樓」的赤崁樓，在西元一六五三年以前，原是臺灣平埔族的聚落，後來被荷蘭人以十五匹花布做交換，興建「普羅民遮城」，才成為荷蘭人商業、行政中心及政務機構的所在地。

一九六〇年代初期，正在緊鄰赤崁樓的成功國小唸書的我，經常從二樓教室臨街的窗口，望向有多家棺材店的赤崁街。店門口漆上鮮豔橘紅色彩的棺材，雖讓我驚懼不敢久視，但是街路往來活動的車輛與行人，卻經常吸引我浮動的心緒，忍不住飛出學校圍牆之外……。

從學校後門出去，彼時赤崁樓外面尚未被規劃成停車場的一大片空地，是攤販聚集的地方，因空地前方有一可供表演的舞臺，那時稱做「康樂臺」，老一輩的臺南人也就把這整片攤販聚集的地方，稱做「康樂臺」。

「康樂臺」賣著各式各樣的小吃、零食，也是我們小學時代放學後喜歡逗留的地方。

從「康樂臺」沿民族路往永樂市場方向，直到與「米街」相鄰的「石鐘臼」，這一帶即是府城有名的「民族路夜市」的發源地。臺南著名的點心：炒花枝、炒鱔魚、虱目魚粥、香菇飯湯、筒仔米糕……，幾乎都匯集在這一帶。

以「吃巧嘸吃飽」、簡單、原味的烹調方式，表現府城飲食文化的臺南點心，反映的並不只是府城人吃食的品味，更是府城人生活態度、生命情調的呈現。府城人可以不嫌麻煩地將虱目魚的魚頭、魚肚、魚腸、魚皮、魚背鰭各自分開煮食，但是烹調方式却是極簡單的白水煮熟，或抹鹽乾煎而已——在簡單中品嚐真味；府城人以近乎耽美的鑑賞心情，觀照人生的生命特質，從吃虱目魚的方法，隱約可以看出。

除了各式令人「嘴飽目睭飫」、具有府城風味的點心之外，「康樂臺」也是叫賣蛔蟲藥、運功散……，以及新產品推銷商匯聚的場所。大概是初中時期吧?!我就是在「康樂臺」看著商人彷彿變魔術般，介紹新出品的SKB原子筆，而心中昇起想擁有一枝那樣神奇的筆的念頭。

在物資不豐、電子聲光娛樂尚未形成風潮的六〇、七〇年代，「康樂臺」的攤販，既提供市民生活用品的物質需求，同時也以素樸的方式娛樂府城的市民。如今回想起來，在那樣的年代，「康樂臺」實際上已為我呈現一幅踏實、認真的庶民圖，以充滿人間煙火的景象，豐富我的童年生活。

「觀音亭街仔」其實就是垂直連接成功路與民族路的巷子，在「民族路夜市」大部分小吃攤（以前稱為「點心攤」）搬到另一集中處——「小北」之前，每天黃昏或晚飯後，到民族路逛夜市的人們，三三兩兩結伴走過「觀音亭街仔」，鬧熱滾滾。

雖然鬧熱滾滾，但那時候車子少，頂多是摩托車，大部分是腳踏車，或步行的人來來往往，所以我們還是可以坐在家門前聊天、嬉戲，小孩子玩累了，就在柏油路面鋪上草蓆，一樣睡得很安穩。

「觀音亭街仔」還有一棟非常漂亮的巴洛克式建築，那是府城醫生，也是日治時期「文化協會」成員——王受祿醫師的宅第。

小時候我們如果不想走大馬路上學，便會從彼時已分租給民眾的王家宅第，有防空壕、有美麗草坪的花園，穿過有典雅圓柱的迴廊，再從另一條街走去成功國小，而這也是一條讓喜歡探險的小小心靈流連的路徑。

祇是，歲月流逝，隨著都市更新、「民族路夜市」搬遷、道路拓寬，「觀音亭街仔」也從「成功路一七五巷」變成「觀亭街」；王受祿家的巴洛克建築，也因後人放棄維護、決定拆除而變成停車場。

此後，我從客居的臺北，回到仍在故鄉的舊家，見到的只是門前來往奔馳的汽車，行人變少了，人們結伴經過「觀音亭街仔」前往夜市遊逛、從容悠閒的景象也不復再見⋯⋯。

【導讀】

舊巷週遭是臺南最早發展的地區之一。走進〈舊巷〉，猶如進入一條時光隧道，從現在到過去，又從過去回到現在，來去之間，多少珍饈百味與江湖雜耍，挑動著作者年少時各式各樣的感官，當然，也勾起了一段段市街地景與青澀少女階段的記憶，這是一幅曾經存在卻已逐漸褪去的庶民生活圖像。而除了文中提及的鳳凰木外，府城也流傳著一則關於鳳凰的美麗傳說：臺南地勢略有高低起伏，為一丘陵地形，從空中鳥瞰猶如一隻展翅的鳳凰，赤崁樓正位於鳳凰之首，而當地街道四通八達，猶如「蜘蛛結網」，正是為了網羅住此鳳凰，故府城有「鳳凰城」之美譽。

【作品出處】

許素蘭，〈舊巷〉，收錄於陳明柔、林美蘭主編，《流動．光影：靜宜大學．閱讀與書寫．生命敘事文選》（臺中縣：靜宜大學閱讀與書寫課程推動小組，2010）。

蘇偉貞

租書店的女兒

【作者簡介】蘇偉貞（1954-）

祖籍廣東番禺，出生於臺南市八〇四醫院（今國立成功大學力行校區址）。香港大學哲學博士。曾任《聯合報》讀書人版主編，現任教於成功大學中國文學系。曾獲聯合報小說獎、國軍文藝小說金像獎、銀像獎、中華日報小說獎、中國時報百萬小說評審團推薦獎（《沉默之島》）及中國文藝獎章等獎項。著有《紅顏已老》、《陪他一段》、《沉默之島》、《旋轉門》……等十餘種。

租書店的女兒

蘇偉貞

父親晚年消磨時間的方式說來挺酷的——他看武俠小說，手不釋卷的看。善惡輪迴的武俠天地價值觀如是分明，故事情節對話重口味，加上眾多江湖人物呼嘯來去，難怪我爸拚老命融入那世界，簡直到達廢寢忘食的地步，一直以來，我眼中的父親，老年生活來不及寂寞。

偶爾回家小住的日子，夜深人靜，父女倆各捧一本書，分據一角，熒熒光池下，父親讀書是我記憶中永遠的經典畫面，比一切我所知道奮發向上的故事更讓人感動。父親少鹽少糖的晚年生活得以提味不少，我則努力發揮鴕鳥精神，光埋住頭嫌不夠，根本全身趴在「老豆（廣式發音）有書陪伴」的沉沙裡完全不肯面對現實，邊阿Q式鼓舞自己將來要如此老。功課一做數十年，我母親大惑不解碎碎唸：「就這麼好看！半夜三更還不

遙，武俠小說誼屬客層主流，較合阿兵哥胃口，當然，架上少不了言情偵探歷史小說。至於咱父女倆，老爸專攻武俠，我呢，小女孩不好打打殺殺，歷史太深，剩下只有言情了，但我還保留偶爾越界練練武功什麼的興頭，倒是父親從來獨沾一味。那說明了他是一個怎麼樣的人。

最初，剛進小學的我僅能裝模作樣翻弄落到當包書紙的零散漫畫，等上了小二，認得的字多了，正式「下海」看小說不提，還被教會租書作業流程，充當父親偶爾出門補書喝喜酒陪客人下圍棋看店候補，我算不算租書界最小的童工？總之，管他童不童工，我白天黑夜天醬在言情小說美女俊男情史裡，我爸壓根沒想「分級閱讀」這回事。我呢，掃完嚴沁《烟水寒》、《桑園》，快攻依達《斷弦曲》、《舞衣》、《蒙妮坦日記》，或急吼吼追玄小佛《沙灘上的月亮》、《又是起風時》進度，要不來本金杏枝《一樹梨花壓海棠》、禹其民《籃球情人夢》……，惦著這本想那本，被自己攪得魂不守舍，恨不得長出幾對眼睛；舊的未看完，放學沒進店門老遠放出連珠炮：「依達來了沒有？嚴沁呢？」我爸則從棋盤或書頁間回丟個衛生白眼：「誰都沒來，人在香港忙著呢！」繼續埋首他的世界。

有個不知道準不準的印象，那年代出書之快簡直像印報紙，騎腳踏車的倒楣郵差每天都來送重重的包裹，成日都有出版商寄新書來，另就是咱們阿兵哥除了武俠還挺愛言情，沒武俠新書，順便打聽：「依達新書來了嗎？有沒有嚴沁還是玄小佛？」我把這些大哥哥引為知己。至於我自己，小說摸熟了，自然也瞧出了個門道，言情小說有套基本公式，人物缺少理想性，情節忌拖泥帶水沒勁兒，最重要事件發展、節奏得快，否則讀者會失去耐性。（我性子急，準不定就如此這般被養成的。）這況味使得喜歡讓女主角來點古典詩的瓊瑤顯得不太「言情」。舉例說吧！嚴沁《烟水寒》第一章，早秋，開學第一天，臺北最高學府T大，外文系二年級教室，旗鼓相當二死黨古典氣質富家女黎瑾、韻味天成亦筑正聊著天，男主角上場：

教室門口瀟瀟灑灑走進一個高大英偉的陌生男孩，他臉上帶著淺笑，……同學都停止下來，怔怔的注視這陌生人，……像一枚炸彈突然投入不設防的地區，他是誰？……

「我是雷文。」男孩大方自我介紹，他的聲音很開朗，很溫柔，彷彿有磁力，「新轉學來的插班生！」

我現在知道了，這段鋪排無非為三角戀情未來的糾葛夾纏預埋伏筆，總之，死黨、古典氣質、富家女、高大英偉、插班生等等設計，都為了讓人物不死也得脫層皮。幸好，這是小說，真實生活沒得對照組。直等到有天我從書架抽出早在那兒的郭良蕙《遙遠的路》（一九六二），小說寫一對姊妹因畫家父親過世，母親改嫁的對象只讓帶去一個小孩，於是三兒妹哥哥被大伯領養，羅凱若是姊姊比較大，被未婚的律師姑媽羅若男領養，帶到了上海，母親及妹妹凱莉則留在北京。那時候凱若才八歲，母女姊妹分隔兩地，姑媽的嚴格管教，越發使得凱若盼望有一天能回到母親妹妹身邊，但等待的路途漫長遙遠而寂寞。故事的結局其實正好與凱若原來的期待相反，妹妹和至愛的男友一起背叛了她，反而姑媽才是真正關心她的人。以我當時年齡並不懂情愛、背叛的部分，光看見自己的遭遇，我正好有個妹妹住姑媽家，我姑媽是老師，也比較嚴肅規律，一下子，小說情節居然與真實人生吻合深深震撼了我之外，同時興起的迷惑是，原來小說不全是殺父之仇滅門之恨小兒女情路糾葛或著高來高去的無影俠蹤。我開始思索：其他人都看什麼小說？我跌跌撞撞一路亂看，挨到小學六年級結束。

不久，我考進的臺南德光女中有圖書館，「其他人都看什麼小說」的答案浮現了。學校書架上沒有日日新書店裡的人氣小說，有的是張愛玲、司馬中原、朱西甯、郭良蕙、孟瑤、蘇雪林、張秀亞、白先勇……我少數有印象的名字是郭良蕙、司馬中原。最讓我不知該喜還是該憂的是，張愛玲《怨女》、《短篇小說集》、《流言》、司馬中原《狂風沙》、朱西甯《鐵漿》、白先勇《謫仙記》……統統完全不要一毛錢。我開始站在生命另一列書架前面，朱西甯〈鐵漿〉裡一口灌下整臼鮮紅鐵漿的孟昭有、白先勇〈寂寞的十七歲〉裡逃避學校逃進了新公園同志懷裡秀氣的楊雲峰、林懷民〈蟬〉裡青年們夏天在臺北西門町聽到再也不曾聽到蟬叫……我突然就懂得通俗小說與純文學的差別，我還明白，自己是踏著別個高度才到了這個高度。言情小說愛死人不償命的陣仗我膩了，小說除了言情總還有些別的。感傷的是，我守著這祕密不敢讓我爸知道，否則我們家那些書可以「想像」租給誰呢？

不等我心憂太久，不久砲校另遷，時代更迭，月租客人約滿即退租，零租忠誠度原本就不高，書店生意說壞就壞，門前冷落，先是每月後來是每天開店門成了沉重的事，我父親掙扎著掙扎著收掉租書店。那些書哪裡去了？我不知道。書是買的時候貴，要賣就低得太多，我從此養成自己買書的習慣，我算是清楚作家、出版社、書店的難為。（氣人的是，九〇年代中，我開始編《聯合報》讀書資訊版《讀書人》，一路進入二〇〇五年，臺灣年出版品已累進到四萬餘種，數量之大，出版社新書無不希望傳媒能廣為推介評論，所以，大量的出版品堆滿我桌面，看著那些書，我每浮上個念頭：「這到底算是懲罰我呢？還是獎勵我？是懲罰我上上上輩子沒看書呢？還是獎勵我下下下輩子不必再看書？」最重要，完全打亂我只買書不要書的習慣，竟昏了頭異想天開咒罵局面：「為啥我爸開書店時不送書給我呢！」哎！人算不如天算。唯一可以確定的，我跟書真結上不解之緣。）

我們家書店倒閉了，書還是得念下去，又跌跌撞撞進了高中。七〇年代初，剛回國的林懷民巡迴全省講演現代舞，移站臺南美新處，現場擠爆了，全是學生，像大家一樣，我知道林懷民是因為他的小說，雙手抱緊《變形虹》，拚命擠到臺前，（我也不清楚要幹嘛！我甚至不知道可以請作家簽名呢！）當林懷民緩緩開始以文學的語言敘述自己舞蹈生涯，滿場立時鴉雀無聲，生怕漏聽什麼；之後，這位身穿白襯衫卡其褲的大男孩，換上全套玄黑舞裝當眾示範舞蹈動作！逸出小說與另類藝術結合的形式，令人震驚，和舞蹈比起來，我更懂小說，但那一刻，《變形虹》裡受苦的年輕靈魂困在身體的情欲裡，此時以真人向眾人展示，揭開我以讀者身分和作家距離最近的第一章。暈陶陶的我走出美新處，心底湧現一道微小之聲：「如果，我也能寫小說呢？」

於是，讓我們來到一九八〇年。在「如果，我也能寫小說呢？」之聲冒出約十年，我以《紅顏已老》得到《聯合報》中篇小說獎，報上連載時，插畫家王明嘉筆下，女主角費敏的型塑，與想像中嚴沁、玄小佛、瓊瑤筆下的女主角近似極了，久違的文字記憶襲來，真正難以言說，但心知肚明，自己是踏著哪一階走到這一步的。我父親比喻含蓄：「以前我就是開間小租書店麻！倒沒想到影響有這麼大。」我寫著寫著，每有評者指出我小說中情愛幻想具有通俗小說特質，是「挪用菁英文學形式探索流行小說的新可能」，我十分感謝：「哎呀！沒得說的，我是租書店的女兒嘛！」我很願意承認，通俗閱讀的啟蒙，我還蠻懷疑人世沒有「偶然」這回事。

我爸單眼〇．二視力維持了段時間，空白人生。有天回家，進門便瞄到茶几上躺著久違的報紙，老媽湊上來說：「老先生一大早突然說想看報，我趕緊去買。」深恐驚動文曲星，我壓低噪音：「爸能看了？」老媽：「挑大字看，過個癮頭！」父親此時喚我取報紙給他，《中國時報》，他手指頭版頭題一字一聲唸道：「建、仔、入、選、全、球、百、大」，翻過一頁：「停火不熄罰五千」若無其事放下報紙，表情平靜，無聲，隱隱勝過天地洪荒巨響。

就這樣，父親在更老的老年開啟閱讀新頁。我還知道，人們學會一件事不那麼容易丟掉。為了那幾個字，每天，我媽得花十元新臺幣買報紙。

租書店裡賺來的人生，現在，一塊錢一塊錢往回填。

【導讀】

這篇作品寫作者個人從童年到當下閱讀經驗的記憶與感受，開租書店的父親忠於武俠，女兒則鍾於言情，二人廢寢忘食，各據一方天地，耽於書本的世界；而隨著作者進入女中，也「意外發現」學校圖書館的純文學天地……，父親晚年則因眼疾，進入另一段閱讀歷程。這同時也是作者從看、讀到寫的一段心靈簡史。

【作品出處】

蘇偉貞，〈租書店的女兒〉，《租書店的女兒》（新北市：印刻文學生活雜誌出版社，2010），頁 14-22。

王浩一

樹蘭

【作者簡介】 王浩一（1956-）

出生於南投，現定居臺南。學的是數學，喜歡的是建築，醉心的是歷史。自稱是雜食性閱讀者，也是雜知識的實踐者。曾經從事國際貿易，也是工業設計人和品牌管理人。目前擔任：臺南市政府珍貴老樹保護委員、文化創意產業發展諮詢委員、三少四壯集與《美印臺南》專欄作家、高雄醫學大學「經典文化領域」兼任講師、主持公視「浩克慢遊」文化旅遊節目（與作家劉克襄共同擔任主持人），獲頒二〇一七年金鐘獎「生活風格節目主持人獎」。著有《慢食府城》、《黑瓦與老樹》、《漫遊府城：舊城老街裡的新靈魂》、《當老樹在說話：那一年，他們在臺南種下的樹》、《旅食小鎮：帶雙筷子在臺灣漫行慢食》等十四種。

樹蘭

王浩一

延平郡王祠後院靠牆處，中軸線上有一株百年老樹蘭，談不上高大，卻是常綠灌木難得尺寸。我年輕以來，好讀《易經》，也喜建築，因此略通風水穴位。當年，珍貴老樹保護委員會在此現場會議中，大家嘖嘖稱奇竟有如此珍貴老樹隱晦於牆角，全數樂得通過將其列在保護名單上。我卻隱約明白，此樹被栽於此重要穴位必有不凡的意思，翻遍史料加上推估臆測，終於明白這是沈葆楨創建延平郡王祠之際，私下手栽。

為何是樹蘭？因為，當年鄭成功立足臺灣時，除了心懸抗清復明，也篳路藍縷開發這蠻貊之島。三十八歲的他是三軍統領，堅毅奮發，但是私底下一樣有凡人脆弱孤獨時刻，於是鄭成功從廈門引進了四種故鄉香花到了臺灣，當是新鄉與故土的連繫。含笑、夜合花、玉蘭花和樹蘭，就是他所心繫的君子之香。

古人有以香花、香木惕勵自己忠貞不懈，堅忍不拔。這件事，同樣是福建人沈葆楨懂得，他在建了廟後，手植一株樹蘭新苗，不明顯的牆邊，隱隱遺世獨立，特地贈與清幽蘭香給鄭成功，當是芬芳在人間的暗喻吧！也是英雄之問的隱語。

【我的詩】樹蘭，樹上有蘭？

真好，這般英雄相惜的暗喻／一位是明末的孤臣，一位是力抗外侮的清臣／福建之子，都沸騰著海洋的血液／他們借著幽幽的，不顯的蘭香／述說一道鞭痕的自尊

在歷史水槳中，我曾凝視道光帝幽藍的詔書／他說，在武昌的林則徐，你赴京一趟吧！／天光未亮，君臣二人在隱去新月和晨風的地方

道光說怎麼辦？罌粟是詭紫的瓶子／把朕的江山都收了去／大清都成了日蝕的魘夢／我無法計算出將要到來的月蝕／會是如何窒息？

林則徐頂戴花翎，手握朝珠／穿上仙鶴一品文官補服到了廣州／一把虎門火燒掉了毒鴉片，那是不朽者的氣魄

燒出大不列顛戰火，不懼／彈劍人舞著歌，飄飄儒衫，冷眼望去珠江外海／劍鋒寒光向敵而去，那是第一次戰役／道光卻在火藥與鐵船的撞擊音色中懦弱／戰火裡的老皇帝是淋濕的處女座／無情地把林則徐扔擲到伊犁／用《南京條約》向敵人曲膝／也罷，英雄悲涼西行，謫落的靈魂／贏得了人民信任，提燈相迎／民族的脊梁從此寫在史冊扉頁

沈葆楨接了棒，踏在歷史的石板路上／勻稱的腳步聲，如落雷／他是林則徐的外甥，也是女婚／小沈葆楨十一歲在大舅書房，一大一小對談洋務／起了念頭，在藏書的角隅，有個決定

爾後秋色一湖，將映著白雲一片／他將十歲的三女許配給眼前的旭日／鴉片戰火剛歇，林則徐發配新疆前夕／二十一歲的沈葆禎與表妹成婚了，也肩上了社稷／銅鼎的圖騰，殿前的石獅之間／有朝陽昇出

道光的進士，咸豐的巡撫／同治六年任了船務總理大臣，在馬尾造艦／十二年，妻逝，輓悼月冷夢悲，他說／妳為名臣女，為名臣妻／妳以中秋生，以中秋逝／十三年，五月，牡丹社事件日軍登陸屏東／欽差大人率領艦隊，站在浪頭／向東，到安平吧！／二百一十三年前，鄭成功也是這般涉渡

當時迎擊的是荷蘭人，現在入侵的是日本人／建了億載金城，炮臺面海／也築了恆春城抗拒倭軍，南門叫做明都門／敏感的城門名稱，他真敢

他又在開山路蓋了延平郡王祠／拖著長辮子，豎起明末招討大將軍的神位／說是奉旨，大門還是多了七排五路門釘／祠廟向著東方，藍縷的世

界／舟楫停泊在一列鯨行的七個沙洲／那是漢人王朝的壓卷處／他在殿後
種了梅，原是鄭成功墳前的遺憾／又在龕席中軸線的末端，隱植一株樹蘭
／不顯眼，無聲，腳印也無痕／這苗有當年孤臣最後的故鄉花香／輕輕
地，喚醒了昔日珍藏的蘭味記憶
那是英雄之問相贈的酒觴／和一記鐘聲
我在樹下聞到了英雄蘭，和嘆息

【詩後】君子有清香

年輕時讀歷史，從道光之後大清帝國夕陽餘暉，國事沉淪，到槍炮轟鳴下的尊嚴，總是複雜慨謂。但是，歷史也每每顯示當世道混亂之際，就是英雄輩出之時。道光時期以降，有林則徐、姚瑩、曾國藩、左宗棠、沈葆楨等等。其中，我對林則徐、沈葆楨兩人有深刻認識，感佩有加。所以，當探得樹蘭老樹為沈葆楨親手栽種之際，是有些「偷偷狂喜」的情

緒，直覺得真好！真好！見樹如見人。

詩裡有寫到沈葆楨與表妹結婚一事，雖有些「硬塞入詩」的感覺，但是自己實在喜歡這段「愛情八卦」，兼深感其鶼鰈之情，所以舉重若輕地交待了幾行，希望讀詩的人可以同感我對他們的敬意。

話說教書家庭的林則徐。十二歲時，被甄試入選為福州孔廟的佾生，這是「童生」的榮譽身分。不久，在一個場合，曾經任職河南永城知縣的福建進士鄭大模，觀察到林則徐文思敏捷，認為此子必成大器。果然，林則徐十四歲時考上秀才，鄭大模便將十歲愛女鄭淑卿許配給他，一位進士門第的千金與家境寒苦的林家小秀才定親，轟動了福州城。嘉慶九年，一八〇四年，二十歲的林則徐參加鄉試，中舉人。就在放榜的那一天，他同時迎娶鄭淑卿入門，雙喜臨門。

古人真是早婚，他們父母的理由都是「這樣可以省掉年輕人不少擇偶求愛的時間、精力和情緒紛擾」。蘇東坡十八歲結婚，他娶了十五歲的王弗。第二年，十六歲的蘇轍與十四歲的新娘拜堂。都是同一個理由，有趣吧。所以，當林則徐在書房與十一歲小沈葆楨對談國家大事時，讚歎青出於藍之際，便把三女林普晴許配給他，似乎也不會太奇怪。然而這些人的夫妻生活大多能同甘共苦，榮辱與共，其中原因是否能讓一些婚姻專家理一理，告訴我們答案。

一八四一年，當林則徐在廣州銷煙後遭到革職，香港和虎門先後失守，國家有難而他又使不上力之際，四月八日是妻子的生日，於是寫下生日詩句，其中「蓮子房深空見薏，桃花浪急易飄萍」，寓意愛國救民的苦心不能見到實效，自己命運也如浮萍飄忽不定。次年八月，林則徐被謫往新疆，在長安告別妻兒家人，賦有二詩，經典「苟利國家生死以，豈因禍福避趨之」是其一，另外有「戲與山妻談故事，試吟斷送老頭皮」。這裡「斷送老頭皮」有很棒的典故，容我掉一下書袋。

宋真宗聽聞隱者楊朴擅長吟詩，便召他談談，問道你來之前有人「作詩送卿」？楊朴回說妻子有一詩「更休落魄耽杯酒，且莫猖狂愛詠詩。今日捉將官裡去，這回斷送老頭皮。」宋真宗大笑，就讓楊朴回去了。蘇東坡因烏臺詩案被彈劾，入獄前，妻與子送出門都垂淚哭別，蘇東坡說了：「子獨不能如楊處士妻作一首詩送我乎？」妻子被逗笑了，蘇東坡昂然出門。這也是林則徐的態度，泰山崩於前，依然冷靜面對。林則徐六十三歲，妻子病逝，撰聯相挽：

同甘苦四十四年，何期萬里偕來，不待歸耕先撒手；
共生成三男三女，偏值諸兄在遠，單看弱息倍傷神。

焦點回到沈葆楨。話說同治五年，一八六六年，左宗棠在福州設立馬尾造船廠，還在籌建階段，他被調任陝甘。左宗棠是林則徐的頭號粉絲，對林則徐早早選為女婿的沈葆楨也是欣賞有加，所以籌建馬尾造船廠的續任者，左宗棠希望沈葆楨能接棒，沈葆楨當時母喪丁憂，正在福州老家守孝，左宗棠前去遊說，沈葆楨拒絕，三顧茅廬依然無果，最後透過皇上下旨「不准固辭」，沈葆楨於次年被任為船政總理大臣。在辦船政局的製造現代船艦以裝備福建水師的同時，他體認到了人才的重要，開辦了求是堂藝局（船政學堂），招募青年學生學習近代科學、造船和艦船知識，招聘外籍技術人員、招考水手……沈葆楨這段時期在歷史上影響深遠，我們留給歷史學家爬梳。就在臺灣牡丹社事件的前一年，五十三歲的林普晴於中秋夜在福州官巷家中去世了，沈葆楨哀傷不捨撰寫輓聯：

為名臣女，為名臣妻，江右佐元戎，錦傘夫人分偉績；
以中秋生，以中秋逝，天邊圓皓魄，雲裳仙子證前身。

同治十三年，三千六百名日本浪人大兵在屏東半島登陸，那段歷史是虎視眈眈的日本直撲臺灣的野心，細節留給歷史老師說明。我倒高興沈葆楨來了，率領他一手創建的鋼鐵艦隊首航，而且橫渡臺灣海峽，抵達安平，沈葆楨再遣艦隊巡弋屏東外海，示威，恫嚇日本人不要造次。事件究竟是落幕了，而沈葆楨卻在臺灣留下了精采的文化資產，也留下了一株暗藏忠貞不移的樹蘭，一百四十年了，老樹年年飄香，清雅隱隱，故事不朽。

【導讀】

文中拈出大清帝國兩位名臣：林則徐（1785-1850）與沈葆楨（1820-1879）。林與沈兩家原本就是親家，後來，林則徐「君子愛『才』」，便把三女林普晴許配給沈葆楨，這是「文人相『親』」的一種典型；同治十三年（1874），沈葆楨因牡丹社事件來臺，接受臺南府進士楊士芳等人請願，上奏「奏，為明季遺臣、臺陽初祖，生而忠正，歿而英靈，懇予賜謚建祠，以順輿情，以明大義事。……臣等伏思鄭成功丁無可如何之厄運，抱得未曾有之孤忠，雖煩盛世之斧斨，足砭千秋之頑儒」，延平郡王祠擴建完後，沈氏又撰〈延平郡王祠題聯〉云：「開萬古得未曾有之奇，洪荒留此山川，作遺民世界；極一生無可如何之遇，缺憾還諸天地，是創格完人」，這又是一種超越政治藩籬的惺惺相惜。

【作品出處】

王浩一，〈樹蘭〉，《當老樹在說話：那一年，他們在臺南種下的樹》（臺北市：有鹿文化，2014），頁 122-131。

王美霞

那一個小孩

【作者簡介】 王美霞（1960-）

曾任臺南女中國文教師、臺南女中學務主任，並擔任臺南市國文科輔導員、南市青年主編、救國團全國大專編輯營常設講師與中華民國孔孟學會嘉南推廣中心秘書等職。曾獲趙廷箴文教基金會第九屆全國優良國文教師。目前經營南方講堂，並擔任社區大學講師及全國國文科教師學習領域常聘講師。長年參與臺南市文化活動，推廣在地文化不遺餘力。著有《臺南的樣子》、《臺南過生活》、《南方六帖》、《南方誌》。二〇一四年《臺南的樣子》被選入法蘭克福世界書展文化風格及城市印象類優良書籍，同年《臺南的樣子》及《臺南過生活》選入墨西哥瓜達拉哈拉書展。

那一個小孩

王美霞

「日出，日落／日出，日落／時光飛逝／幼苗在一夜間長成向日葵／在我們注視下綻放」——節錄自〈屋上提琴手．日升日落〉

在機場出關口，他左肩揹著要帶去英國的吉他，右肩抱著我說：「老媽，要保重。」

我的頭只搆得到他的胸膛，沒有抬頭，因為就怕眼淚掉下來……什麼時候，兒子長這麼大了？

記得那年，他才小學六年級，從美術班轉入一般國小普通班級，為了這個轉變，我們下了很大的決心，因為升學的大環境，美術班不斷的比賽，將使他失去了競爭力，喜愛繪畫成癡的他，卻一句抵抗與抱怨都沒說，就轉出了立人國小。所幸，老天垂愛，在新的學校遇到好老師與好同學。

擔心與憂慮的夏天過去了，當秋來，風轉涼時，兒子迷戀上了騎腳踏車，他在兩輪的世界，轉來轉去好不樂乎，什麼力量讓他蹬上那過高的腳踏車呢？

他說：「我喜歡有風的感覺。」

我任職的學校，離他就讀的小學不遠，每天早上，我會先開車送他去學校，然後才上班。黃昏的時候，他會沿著南寧街、樹林街，走回我的學校。每天放學後，回家的車上，他會告訴我走回來這一路發生的新鮮事。童年的生活是充滿興味的，我時時聆聽並享受他的奇幻之旅。他是一位貼心的孩子，每一次一邊滔滔不絕地敘述奇幻之旅時，都是我們一起走向臺南女中後門停車場的路上，走這段路，他會幫我提著學生的作業簿。

直到有一天，兒子問：「我可以自己騎腳踏車去上學嗎？」

我瞪大眼睛：「為什麼？很危險呢！」

我們的爭執與討論從此開始，然後，我的堅持終於在「兒子總是要長大」的這個前提下，投降了。

那天清晨，我將車開到我的學校門口，他蹦蹦跳跳地揹著書包跑進車棚推車，不一會兒，又蹦蹦跳跳推著心愛的腳踏車出來了。只見他輕輕拍一拍座墊，把書包綁在後座，然後，回頭對我露出「我將萬里長征」的凱旋笑容，比了一個YA，就跳上車，騎走了。

我將車速放慢，一路緊緊跟隨著他，繞過學校紅磚外牆，進入樹林街，他看我並沒有把車轉進後門停車場，就回頭揮揮手，示意我可以不用擔心，他自己騎就好了。但，我還是跟著他，慢慢走下去，轉過慶中街，騎到了南寧街，那時，這輛腳踏車對他而言，其實是過大了，只見他騎著車，屁股滑上滑下調整位置。車，筆直前行，他的身子卻在游動中找出一條平衡線，我的眼睛濡濕了……。

那種感覺很複雜，彷彿在遺忘這麼多年後，卻親眼看見這孩子，還是挺出自己最具本能的生命韌度，他用這樣的速度、平衡與前行的動力，告訴我，他的生命要追一個理想，那是迷人的高度與深度，而當他決定自己騎車前行時，我知道，他眼前所看到的風景，不再侷限於媽媽車上的小小窗景，他有自己的視野。

經過南門路，停下來等紅綠燈時，他還是回頭對我揮一揮手，要我趕快回學校去，早晨的陽光下，他因為擁有這一次的長征，笑得很開心而燦爛。

經過中山國中校園，上學的人潮變多了，他的車左閃右拐，穿梭在車陣與人潮中，我的車再也無法貼近他的腳踏車緊緊跟隨，等到我好不容易也衝出人陣，將車開到進學國小門口時，我以為他已經騎進校門了，卻沒想他早已在校門口，等著我。校門口的旗幟在風中飛揚，他像一個小小童軍一樣，挺拔地站著，那一幅畫面裡有一個到達目的地的勇士，和他的腳踏車，那個笑容很得意，好像勝利的宣告：「我做到了，自己騎車上學！」

我在車內揉了揉濕眼，驚覺：兒子已經長大了。

十幾年前的心情，就像在機場送他去英國深造時一般，也像他英國研究所畢業之後，遠赴大陸就業，而我必須每次心疼地送他去搭機一般。

在北京就業，冬天的時候，租賃房屋的水管因為冰爆漏水了，那時是晚上十二點，「怎麼辦呢？」在SKYPE那頭，我很緊張地問他，兒子說：「可愛的老媽，兒子長大了，會自己處理，不要擔心啦。」

進入職場之後，他的耐心與毅力，被大企業磨得越發穩重成熟了，反倒是我因為想念兒子，越來越忍不下那無止盡的遠隔兩地。前一陣子，因為教育召集，差一點無法順利回來過中秋節，接到電話時，我忍不住放聲大哭，先生看我哭得一塌糊塗的淚臉說：「媽媽怎麼越來越不堅強了呢？」兒子也說，這一代年輕人，就是要去闖闖，離鄉背井是宿命！母親的眼淚未乾，那是因為「海上生明月，天涯共此時」的瀟灑不能放在一位母親的身上去講，是大環境讓孩子必須遠離，那麼，是誰讓我們孩子的就業市場只剩下22K呢？兒子安慰我的話，越來越多，老媽想念兒子的心情，越來越重。每天無法熱煮一鍋飯、一碗熱湯給兒子來嚐，那是許多媽媽的痛，誰知道？

我不禁想起在他高中時，我們一起背誦的一段詩篇：

耶和華是我的牧者，我必不至缺乏。

The Lord is my shepherd, I have all that I need.
祂使我躺臥在青草地上，領我到可安歇的水邊。
He lets me rest in green meadows, He leads me beside peaceful streams.
祂使我的靈魂甦醒，為自己的名引導我走義路。
He renews my strength. He guides me along right paths, bringing honor to his name.
我雖然行過死蔭的幽谷，
Even when I walk through the darkest valley,
也不怕遭害，因為你與我同在，
I will not be afraid, for you are close beside me.
你的杖，你的竿都安慰我……
Your rod and your staff protect and comfort me.

我並不是一位教徒，然而，每次閱讀這則詩篇，心裡總有一份安詳與喜悅。我也願這段詩篇的美麗力量，引領那從小就想做大事的孩子，勇敢前行。

成長路上許多生活中的片段不斷演繹著，像一幀幀不會忘記的畫面，帶著這些回憶，我只能虔誠地感恩老天的扶持，並願他有一趟平安與健康的生命學習之旅。

【導讀】

這是一篇由母親的角度觀看孩子學習獨立成長的過程，而當下沒辦法對孩子說出口的，現在則一股腦兒都和盤托出，當中充滿的又豈只是身為母親對孩子無微不至的呵護與與細膩周到的關懷而已？「我可以自己騎腳踏車去上學嗎？」是徵詢，也是決定，「當他決定自己騎車前行時，我知道，他眼前所看到的風景，不再侷限在媽媽車上的小小窗景，他有自己的視野」則是知子莫若母，而一路尾隨在後，看著孩子在車陣裡穿梭，不即不離，依依不捨，誰說這不是又一課令人感動的「背影」？爾後，出外、出國，「漸行漸遠」，孩子留給母親的又僅僅豈是背影而已，孩子永遠是母親心頭不能放下也放心不下的一塊肉。最後，全都交給神吧，這是《聖經．舊約．詩篇》二十三篇，大衛王對至高者的詠嘆，也是全能者對屬祂羊群的應許。

【作品出處】

王美霞，〈那一個小孩〉，《臺南過生活》（臺北市：有鹿文化出版，2014），頁 216-223。

費啟宇

安平擺渡人

【作者簡介】費啟宇（1961-2017）

臺南市人。成功大學地球科學研究所碩士。曾任高雄國中老師、臺南國中老師，並曾擔任高雄市港都文藝學會理事長、高雄文藝協會理事……等職。曾獲青溪小說獎、高雄市文藝獎、府城文學獎、南瀛文學獎、磺溪文學獎、吳濁流文學獎、竹塹文學獎、教育部文藝獎、文建會臺灣文學獎、黑暗之光文學獎……等獎項。著有小說《什麼！你拿了我的頭顱骨》、《通往天堂的路》、《天鵝湖》、《竹田明雄的年代》、《歸鄉》，散文《想我當兵的日子》、《舞蹈大師李彩娥》、《歡顏》與詩集《雅美舟的家》、《不死的太陽》等。

安平擺渡人

費啟宇

我和安平的外公沒有往來的原因，是因為母親的緣故。母親原本姓林，出生於安平，出生地點就在喧騰一時擴寬路面的臺灣第一街——延平街附近。由於外婆生了太多子女，母親在女孩中排行第三，上有會做家事的姊姊，下有長得惹人疼愛的妹妹，她剛好處於中間，人長得暴牙又不會撒嬌，得不到外婆的寵愛，又因謝姓外公要收養子女，才決定將母親過繼給他當養女。

小時候，我覺得很奇怪，人家都只有一個外公，而我為什麼有兩個？還有三個外婆呢？我想問母親，母親不願正面回答，我想她仍對此事耿耿於懷，即使已過花甲之年的人，也是很在意當初的父母親為什麼要將她送給別人，而不是其他兄弟姊妹，彷彿自己是多餘的，沒有得到應有的尊重與地位，不能和其他人同享天倫之樂。

我的安平舅舅們大抵上比較屬於「無所事事」的道上弟兄，年輕時不是殺人，就是被人殺，天天上演的是悲情的浪人、或者飄泊的「討海人」，他們身上刺龍刺鳳的，長得身材魁梧，一副兇神惡煞相，似乎人家欠他很多錢常擺出一副臭臉模樣。有一位名叫雲銅舅舅沒有結婚，年輕時不是跟那個女人逗陣，要不然過一陣子，就跟那個女人「切切」分手了，沒有為將來安身立命作打算，難怪他的「伴侶」經常在換。雲銅舅舅說話喜歡吹牛說大話，把自己的身價說得很膨風，唯恐人家看不起他，母親在他背後叫他「白賊七仔」。不過，他來家裏拜訪，總不忘帶一些沙蝦、龍蝦、紅蟳之類的海產過來，父親看到他來，會擺出不悅的臉色，認為收了他的東西，一定又有事情前來麻煩，每每警告母親千萬不要收他的東西，以免犯了「吃人嘴軟」的禁忌。

雲銅舅舅常常在外惹事生非，常出狀況如做出不名譽的事，被扭送警局、派出所，就會打電話叫父親過去關切一下，每次接到當地駐警單位打來的電話，父親總會不好意思厚著臉皮去駐警單位看他，雲銅舅舅也會套關係希望警方能法外開恩減輕刑責。所以父親看到他來，總是「敬鬼神而遠之」，怕一生平白建立的「警譽」被他拖垮。

有時，父母親吵架，父親心情不好，若看到我們這些小孩相互爭吵，也會擺出慍色臉孔，聲色厲疾地對母親說：「你看看孩子們跟你一樣都是安平種，我們費家的人怎麼會有這樣好強逞鬥的個性呢！」

我很納悶心想，難道安平種就代表好強逞鬥的個性嗎？我想安平是臺灣最早開發的港口，那是個與天爭鬪的海港，那裏的漁民一旦出了海，就必須與浩瀚無垠的大海抗鬪，整條生命交給大海，與無情的大風大浪爭一口飯吃而已，所以這種無常際遇抗鬪性格其來有自，尤其先民從福建泉州、漳州遠渡黑水溝來到臺灣這塊土地，拓荒開墾繁衍後代，從此落地生根建立家園，整個臺灣史就是一部先民與大海、土地的奮鬥史，我想安平種的人，他們的血液流著冒險犯難的因子，不易屈從環境的剛陽之氣。

有一次，我坐著國光號車子上臺北讀書，無意間翻到一本時報周刊雜誌，不經意瞥到一張擺渡人的照片，只覺得那照片的人好熟悉，再看標題與內文，是記者採訪擺渡人林呆先生的專訪，再看下去的描述是說，連接安平到億載金城的大橋已經蓋好可以通車了，對於這條河流的擺渡人將面臨失業的危機。我仔細一看那照片人物與名字，不正是外公嗎？外公站在自己的擺渡上，手撐著划槳，夕陽從他的背後斜照，一副憨厚樸實的模樣，外公全家人就靠這條河流仰仗吃飯。記者的內文說林呆先生眾多子女的生活費、教育費就靠著這條河流供給已五十多年了，在最早期兩地的人要來往，必須靠擺渡人的幫忙，搭這些簡陋的竹筏過河，而林呆先生五十年如一日從不間斷，從早到晚為乘客服務，勉強糊口。在全盛時期，有許多擺渡業者，靠這行業賺錢養家活口好不熱鬧，如今大橋連結兩地，擺渡業者無以為生，只好紛紛轉行，年紀大的只好退休，從此切掉與河流依存的臍帶。有些人只好剝牡蠣、補魚網、打些零工過活，唯獨林呆先生仍自己一個人守候在那裏，守著運河、守著安平夕陽的海面、守著這一條全家賴以為生的河流，真是一位平凡樸實的老擺渡人。我讀了內文不免鼻酸起來，原來我是擺渡人之孫，想想自己的出生也是平民之子，並不是什麼權貴之家，如府城古時候那種住在深宮大院可以呼風喚雨的大戶人家，他們那種具有「高貴」的血統，而我卻是出生於三餐吃不飽靠天吃飯的平常人家的後代罷了，當時內心不禁為外公噓唏起來，為這位老人家感到不甘心，我諒解了母親的心情和外公無奈的晚年，我告訴自己，既然我無法改變先天的命運，那就只好改變我自己吧！如果有一天，個人稍有一番小小成就，也不會忘本，忘掉自己身上流著安平種的血液。

印象中，小時候曾去安平找外公玩，外公和我沒有話講，只是駝著背戴著斗笠，穿著一件白襯衫，走在我的前面很少說話，我聽母親說外公人很老實，常被厲害的外婆欺負，外婆說話有時會顛倒是非，造成子女之間的不睦，反而是外公什麼事都裝作不知道，對外婆所說的話不太理睬，只是躲避不想再聽下去。

外公的家並不大，三合院內只有一面正廳，外門走進去就可以看到正廳，正廳供奉三尊大神像，供在供桌上，點上香，聞起來很不舒服，聞久了會窒息，每次坐在那裏都想走出去透氣。外門前有一個深水溝，通往運河，我低頭看水溝，溝內有許多昆蟲和蟑螂在那裏爬上爬下的，另一種生態的生活悄悄在這裏上演。

後來，外公失業了，生活失去了重心，不久，人也過世了。出殯的時候，很遺憾我們這些孩子沒有去祭拜、送他。我想上一代的恩怨是否能化解，只有靠時間來解決了。

最近，我特別去看大橋，看著運河的水從橋下嗚嗚流過，我站在橋上，想著一幕幕往事，想著外公的擺渡生活。橋下有一家海產店，我走過去看到雲銅舅舅在海產店招呼客人，我走進去叫了他一聲「舅舅」，他老了，不似當年血氣方剛之豪邁氣魄，反而老成收斂多了，他愣了一下，我說我是阿香的兒子，他若有所悟地大叫：

「你是啟宇，是不是？你怎麼有空來這裏，坐，這家海產店是舅舅和你兩位阿姨一起合開的，舅舅看到你好高興，今天我擺一桌請你，不用客氣，愛吃什麼就叫什麼，看到你來真是高興，來，快來，這位是你的阿姨，她現在正忙著煮魚，這位是你的表妹，芬啦！過來叫哥哥！」

雲銅舅舅殷勤招呼我，問我家人怎麼樣？我在那裏工作，我看兩位阿姨容貌並沒多大改變，的確比母親好看多了，兩位表妹一個讀國中，一位讀國小正在幫忙端菜，兩人長得亭亭玉立頗有姿色，我很驚訝有如此漂亮的表妹，即使在路上看到也是不認識，真有點為同是親人卻不曾相識而感傷。吃完餐，雲銅舅舅帶我穿過馬路去看外婆，外婆家因拓寬馬路，房子已變了樣，看到外婆時，發現她人雖老了，但記憶還是很清楚，身體仍算強健，她一直強調當年家裏窮，才不得不把我的母親送給人家當養女，叫母親一定要原諒她，我安慰她說，我回去會轉告她的話給母親的。

我離去的時候，雲銅舅舅叫我多帶一些海產回去給母親，我滿載而歸回去，將去外婆家的事情告訴母親，母親卻罵我雞婆，以後不可再去安平，以免「那家人」再來糾纏，我為了避免激怒母親，內心感到無奈，我想只好等待來日再來化解她們之間的心結了。

【導讀】

這是一道難以化解的家族恩怨習題，卻也是「我」發現母系家族史的過程：我的外公將女兒過繼給人當養女，造成母親一生難以磨滅的傷痛與揮之不去的陰影，直到安平到億載金城大橋竣工、擺渡行業蕭條沒落之際，「我」在一則周刊雜誌的報導中，意外發現自己原來是擺渡人之孫，而母親自幼送給別人的原因也終於真相大白……。這是關於他的（外公）擺渡人生，也是關於她的（母親）情感擺盪過程，親族間的嫌隙糾葛，一時間雖然難以消弭填補，但總已稍露一線曙光。

【作品出處】

費啓宇，〈安平擺渡人〉，《歡顏》（高雄縣：愛智，1997），頁136-142。

呂政達

郁永河的歷史課

【作者簡介】呂政達（1962-）

臺南市人，臺大國家發展研究所碩士，輔大心理系博士生。曾任《張老師月刊》總編輯、《自立晚報》記者及副刊主編暨總主筆、信誼基金會《學前教育月刊》主編、《魅麗雜誌》編輯總監、大學心理系教師等職。曾獲時報文學獎散文首獎及評審獎、聯合報文學獎散文大獎、梁實秋文學獎散文首獎、宗教文學獎散文首獎、林榮三文學獎散文首獎……等獎項。著有《怪鞋先生來喝茶》、《走出生命幽谷》、《孤寂星球，熱鬧人間》、《長大前的練習曲》……等數十種。

郁永河的歷史課

呂政達

坐上一班陌生的公車，在天母，沒有開往街上，卻右轉上山，走行義路，來到風光明媚的山谷，很有《梁山伯與祝英台》那句「看此地風景甚妙，伸伸腰啊歇歇腳」的韻味，決意下車一遊，始知這裡就是龍鳳谷、大磺嘴，著名的硫穴。

道路由此處向四方擴散，東上紗帽山，西往北投，南通天母，十字路口已成為一個買野菜、吃點心的市集，再往山上走幾步路，發現一塊光可鑑人的黑石碑：「郁永河採硫處」。

郁永河和他寫的遊記《裨海紀遊》是從小就熟悉的名字。我讀國中時，地理老師常常跟我們提起郁永河，說他是坐著牛車遊臺灣的第一人。不過，我常把他和當時連續劇裡遊臺灣的嘉慶君混在一起，因為，電視上也有嘉慶君坐牛車的鏡頭。這樣說，實在對歷史不敬，嘉慶君沒來過臺灣，郁永河不僅來了，他的足跡顯然也留下了記錄。

看見郁永河的名字，就像在深山山谷遇見多年前失聯的老友，覺得非常親切，趕緊趨前細讀，才知道郁永河會來臺灣，也是為了軍事用途。話說清康熙三十六年，福州火藥庫一場大火，五十多萬斤黑火藥悉數燒燬，郁永河於是奉派渡海來臺採辦硫磺。他從八里渡河到淡水，別誤會，那時肯定沒有淡水線捷運，他是坐船進入臺北盆地，在北投雇請住民煉硫。《裨海紀遊》則是軍事物資採辦下的副產品。

我俯看著郁永河早已不在的硫穴，想起他描寫此處的文句：「白氣五十餘道，皆從地底騰激而出，沸珠噴濺，出地尺許。攬衣立於穴旁，則如怒雷震蕩地底，驚濤沸頂。」如今景物依稀，刺鼻的硫氣仍從地底噴濺激出，好像也不在意，三百年前，有沒有個叫郁永河的人來過這裡。

嘿，如果福州火藥庫沒有發生那場大火，郁永河不會奉派渡過黑水溝，來北投留下採硫的事蹟，也就不會寫下《裨海紀遊》。世世代代的臺灣人，不再能靠此書啟蒙，開始對土地的探索，我讀國中時不會聽過他的名字。連串的骨牌效應，在已注定寫就的歷史裡，似乎已不大可能，卻又極有可能發生。歷史裡，「可能」和「不可能」其實常僅有一髮之隔。

國中時的歷史老師，那年才剛從師大畢業，在歷史課上常引導我們思考，如果某個事件沒有發生，或是不曾發生的卻發生了，歷史會產生什麼樣的變化？我總覺得這種思考法，有助於揭露歷史變化的法則，遠比現在歷史課，要學生死記年代、時間、人物、條約，更能讓我們感受到歷史學的意義。——把馬關條約背得滾瓜爛熟，還不如問個有趣的問題：「如果李鴻章在下關沒有挨那記冷槍，對臺灣造成何種影響？」——如果乾隆皇答應外國人通商條件，近代的中國會不會完全改觀？——如果毛澤東在北大圖書館得到加薪，他會不會出來搞共產黨？

「如果不……」（What If Not）是西方歷史學界常使用的教學方法，可以在悠悠的歷史長河裡淘金。臺灣的歷史教學，常借用法國的觀念，一九七七年法國官方就指出「歷史的學習是對時間的一種反省。」一九八五年，將第六學級，等於臺灣國小六年級起的歷史教學目標訂為「讓學生熟悉歷史種種時間：事件與世代的短時間，經濟循環的較長時間，文明的長時段是適合的。」當然，這還是記誦階段，但到了國中一年級和二年級後，則須讓學生了解到，「事件間或者文明史實間的聯繫，不應被表達為歷史時間的一種線性概念。」這個階段，就要教導學生學習從事件史進入到心態史了。遙遠年代的故事，人們行過的路，所以還能讓我們低徊沉吟，就在我們同樣是人，同樣面對自然與命運的挑戰和考驗。今日歷史課本上的必然，其實在當年是有可能不發生的。歷史所以是偶然變必然，而人生則是巧合變宿命。

如果福州不發生大火，郁永河從未來過臺灣，我站在龍鳳谷的十字路口，木麻黃樹下，我就不會讀到這塊黑石碑文，興起思古幽情。會有另一名探險家重複走過郁永河的路嗎？我無法得知，郁永河這個「老師」，給我上了這麼一堂歷史課。

【導讀】

作者因看見龍鳳谷十字路口上一塊「郁永河採硫處」的黑碑，而想起國中求學階段讀到郁永河來臺採辦硫磺的歷史，並藉由「如果不」（What If Not）反思歷史的必然與偶然。其實，郁永河正是在臺南上岸，《裨海紀遊》記載其由鹿耳門，至「安平城下，復橫渡至赤崁城」，後「買小舟登岸，近岸水益淺，小舟復不進，易牛車，從淺水中牽挽達岸」，在臺郡購買、製作與備妥各項器具後，再乘牛車北上。衆所皆知，郁永河因福州火藥庫大火，損失硫磺五十餘萬斤，故千里迢迢來臺採硫，唯郁永河從來沒有到過臺灣，其究竟從何得知「臺灣之雞龍、淡水，實產石硫磺」（當時或其個人「世界觀」或地理知識為何？）？又，火藥為中國三大發明之一（另兩項為指南針與印刷術；或再加入造紙術為四大發明），而硫磺係製作火藥的重要原料，顯示中土原本就出產硫磺，若然，他為何還要不遠千里冒險渡海來臺？凡此，都值得進一步探索與推敲。

【作品出處】

呂政達，〈郁永河的歷史課〉，《長大前的練習曲：給少年的五十堂人生成長課》（臺北市：九歌，2007），頁 149-152。

周靜佳

故事

【作者簡介】周靜佳（1963-）

臺北人遷居臺南市，曾任教師。

故事

周靜佳

故事說完了。

每晚都要聽故事的女兒，這才揉揉眼睛，伸個懶腰，然後側個身，在忍不住張口呵欠的同時，把頭深埋進軟軟的枕頭裡。她今天太累了，累得沒辦法像平常一樣，閃著眼睛問東問西，只能像隻慵懶的小貓，扭扭身體把自己躺擺舒適，不一會兒勻勻的鼻息就和著胸口的起伏，任黑夜溫柔的拍子搖盪，緩緩渡過星月的柔波，渡向夢的邊境去了，而那微張的小嘴彷彿仍向夢裡繼續探問世界的驚奇。這時我小心地起身，要像往常一樣為她蓋上被子，卻發現她蜷著手指抓住被角，一邊還無意識地揉搓著呢！平常，她總是套一件爸爸的舊T恤，一躍上床，像久別重逢的情人，直奔向她的寶貝枕頭，頭上枕一個，手裡抱一個，把床當成一片溪湖，縮起腿打水一般的晃著雙腳，小時候等的是奶瓶，現在等的是故事，至於被子，早就當成糾纏礙事的水草，一腳踢開，遠遠的，討不了她的歡心。而今晚，什麼時候她小手一勾，一吋一吋不動聲色，把被子拉進懷中，言歸於好呢？那小小的手指此刻還輕輕摩娑著被角，像一席情意款款的晤談，在沉默的撫觸中進行。

是因為今晚的故事？今晚我們說的是波拉寇《傳家寶被》的故事。

那一條在家族中代代相傳的被子，是一條合眾人之力完成的百納被。無論是用作生日聚會的桌布，猶太婚禮的遮蓬，或是歡迎新生兒溫暖的包巾，甚至用來遮蓋老人已然離世的身軀，一條被子從未在家族的悲歡哀樂中缺席。這條百納被是裁剪許多人的舊衣縫製而成的，親人的舊衣被剪成各式各樣動物和花朵的圖案，一針一線縫綴在被面上，好讓家族的成員代代傳說每一朵花、每一隻動物的故事。繪本的畫面是黑白的鉛筆素描，像一幀一幀的老照片，氤氳在斜暉裡冉冉輕揚又復沉落的歲月塵灰中。只有第一代移民小女孩身上的洋裝，和她跳舞時喜歡在空中揮舞的頭巾，是故事開端唯一的色彩。小女孩長大了，洋裝變小了，這唯一的色彩卻因為百納被的完成，更加鮮明富麗，一頁跨過一頁，小女孩也跨越人妻、人母、祖母、曾祖母的經歷，在故事中安然辭世，然而當年的洋裝和頭巾還縫織在百納被上，隨著一代一代新的生命，傳述再傳述……。

我關上女兒的房門走回臥室，卻關不了滿腦子跳躍的影像——故事裡那條綴滿家族歷史的傳家寶被。啊！我多麼希望我也有一條可以摩娑回憶的百納被，把歲月的酸甜苦澀，人世的離合聚散，一絲一縷繡成繽紛的色彩，好將那挽不住的流光，留成一襲溫暖，擁進懷裡。可是我家沒有傳下這樣的一條被子，我也沒有一雙巧手來拼綴縫補，被我收藏在衣櫃角落的，是一箱沒有隨著祖母火化的衣服。

故事裡小女孩的母親提議縫製一條百納被，好讓大家永遠記得家鄉，她說：「那就好像老家的親人在夜晚圍繞著我們跳舞一樣。」而我打開祖母的衣箱，一件一件的長衫：錦緞的平滑涼如水，絲綢的細軟輕如紗，鐵灰藏青，赭紅茄紫，還有撒金蔥、繡團花，就好像回到當年祖母的臥房，房間裡淡淡飄著旁氏冷霜的味道，祖母正對鏡塗抹這難得的舶來品，耐不住我一臉欣羨，點一粒豆大的面霜在我額頭，我趕緊學著搓揉，常塗的是一臉未勻的白霜，和油得反光的面頰。另一邊床上平鋪著待會兒要穿的衣服，多半是她所謂的「長衫」，長大後我才知道，臺語的長衫，其實就像是稍寬的旗袍，有沿著右側腰身一路上行的拉鍊，直拉到腋下，再將右胸前開襟的暗扣逐一按上，還有硬挺的立領圍著頸子，用小細勾扣住。我常用一雙小手幫祖母扣上領口的細勾，祖母身材嬌小，九歲的我可以很輕易搆到領口的高度。那年祖母五十五，結束市場賣菜的生意，搬來和我們同住。爸爸是獨子，經營一家小店鋪，退休的祖母仍舊精神奕奕，穿著她的一襲長衫往店裡坐著，那時雜貨店上門的是左鄰右舍的熟客人，一聲「老頭家娘」的招呼，就開始熱絡的寒喧。祖母總是越聊越有興頭，即使出門買菜，一路上也會有熟人拉著往路邊一站，悠閒地談天說地，而我則是躲在她的傘影下，或擠進騎樓裡，聽她結珠成串滔滔說起話來。祖母非常善於表達，鄰里們都說，如果讓她讀書識字可不得了。祖母一生最引以為憾的是她「青暝牛」的命運，每回話題一帶到此，我就會在她眼中看見痛苦的神色，我不懂她的痛苦，直到我從親友嘴裡拼湊出她身世的秘密：原來她出生大戶人家，卻因當時的習俗被送到爺爺家當童養媳，五歲開始跟著曾祖母到河邊洗衣，墊著板凳用大灶燒飯，而其他的姊妹卻留在豪宅，幸福的讀書受教，安享華服美食，這命運的真相讓祖母別過頭去，如何也不肯再認她親生的父母。從此祖母好勝爭強，雖不識字，卻絕不輸人，辛苦一輩子，靠著洗衣賣菜，為獨生子掙來一間店舖，現在終於可以享點清福，不用操勞了。她給自己的報償，就是一件件華美的長衫，她要走到人前，接受欣羨和讚美。的確，在我眼裡，她經常是穿著雍容，神采飛揚的高貴婦人，我喜歡看她一絲不苟的打點自己，像她每次走出房門前，臨鏡一瞥，最後的整裝。當然她也裝扮我這唯一的孫女，童年的彩衣，我藉著照片指認，喜慶婚宴，遊山玩水，不同的場景，有祖母的長衫和我翩翩欲飛的裙襬。

而母親呢？我幾乎記不得母親當年的穿著。店裡秤斤論兩，細瑣繁雜的貨品；一家人待洗的衣物，被時間催趕的三餐，母親忙得無暇抬頭。印象最深的是母親的圍裙，她常常在後頭的水槽洗碗洗菜，前面店裡喊一聲，她甩甩濕漉漉的手，往圍裙上抹乾，就奔了出去。有時趕著出去採買，也要急著回家看店，她急促的步伐，我往往要小跑步才跟得上。趕回店裡，迎面的老顧客等著結帳，一邊說廚房的爐火沒熄，忙著回去把下鍋的魚翻面；一邊說老闆娘命真好，有這麼年輕的婆婆幫著打點家裡。微喘的母親陪著笑沒有答話，那個鐵製的收銀盒卻鐺—鐺—鐺響得特別賣力。

記憶裡和母親相連的聲響，還有黎明洗衣的聲音。我的臥窗緊鄰洗衣的後廊，五點鐘母親就開始和一籃髒衣服奮鬥，水龍頭轉開嘩啦啦的水聲，刷子在洗衣板上刷刷作響，加上晾衣時移動竹竿的碰撞，是我習慣的清晨序曲。不用上學的假日，我總是翻身再睡，睡到日上三竿，母親一早洗好的衣服已經曬出陽光的香氣了。只是這清晨的序曲偶爾也會變調，大盆大盆的水傾覆狂瀉，刷子和洗衣板是冤家相逢，竹竿也震得格格作響，此時我瑟縮在床角不敢起身，不敢傾聽母親無言但刺耳的咆哮，通常那是父親酒醉夜歸的隔日。那一整天我會躲進祖母的房裡，祖母出門前照例在鏡前抿一抿唇，回身撂一句：「你媽就是不愛打扮，好好的衣服送她也不穿。」

我從敞開的房門看過去是母親緊掩的門扉，那是採光較差的一間，白天沒點燈就昏暗著。母親工作忙碌之餘，會掩起門待在房裡，大人都說她在睡覺，我也不敢近前。但我記得母親房裡的衣櫃、五斗櫥和床組，是她出嫁的嫁妝。衣櫥裡掛著各形各色不同的衣衫，卻很少見母親穿上；母親身形瘦高，穿上祖母買來的衣服，袖口短了一吋，縮在手腕上截，看起來很彆扭，於是衣服就一件件被掛進櫥子的深處。只有我一逮著機會還是會去打開櫥門，用手來回拂弄，好像和這些沉默的衣物對話，貪婪的想像著一個亮麗的母親。有一回我在衣櫥的底部翻出一本相簿，裡頭是母親較早時的照片：母親出嫁的婚照，有雙哭紅的眼睛；讀書時的照片，有一身的土氣；但其中有一張照片吸引了我，雖然黑白照看不出服裝的色彩，卻看得出簡單素樸的風格，母親微側著臉，盈盈的笑容散發著欣喜的光采，那是我很少在母親臉上看到的神采。後來才知道，這張照片是母親訂婚前，在任教的小學無意間被拍下的，不多久，外婆因為女兒成群，希望長女先嫁，就許了母親的婚事，婚後婆婆一句「以家庭為重」，新媳婦辭去了教職，回到家裡，成了三個孩子的母親，一間雜貨店的老闆娘……。

中學以後，母親的房門多半還是緊掩著，祖母那裡我卻有意躲開，我把自己躲進課業裡，升學的壓力讓我名正言順關起門來，把祖母的憾恨、母親的哀愁，家裡緊張的氣氛，和我不知如何面對的一切，都留在門外。

己，卻錯過太多。上次回去看母親，她要我指認她身上的外套，說是祖母當年買給她的，母親指著袖口笑說：「妳看，這袖子短，做起事來好方便。」我陪她讚賞衣服的布料耐穿，心裡卻百感交集，多年來母親和祖母的緊張衝突，原來早已悄悄畫下句點。母親現在當了祖母，有較多時間走出家庭，與老同學聚會，參加社區活動，重拾學習的樂趣。但更多時候，她披上黑色的海青，手持佛珠，垂目喃喃低誦佛經，和諧平靜的梵音送走昔日的悲苦，白髮黑衣，微駝的身影，遠遠望去像一尊安詳的菩薩……。

我把祖母的長衫一件件收回箱裡，今晚我被家族的回憶緊緊環繞。雖然沒有一條傳家的被子，但是祖母、母親和我真實走過的生命歷程，也就是我們家三代女性歷史的傳承。那條忽流逝的時光，是生命的無奈，祖母走了，母親老了，新的一代不一定能懂得過往歲月的苦痛，面對流光逝水，我編織記憶，為家族的喜樂哀愁，尋找一條情義相繫的道路。我沒有能力縫製一條百納被，卻有一個祖母的衣箱，那只箱子保存了祖母、母親曾經哭過、笑過、怨過、愛過的往事。我只希望讓女兒知道她曾祖母、祖母，一代一代，連綿相結的感情；然後還會有我的、女兒的，還有更新的、更多的生命故事……。

燈下我攤開紙筆，故事才要開始呢！

【導讀】

「故事說完了」，真正的故事才正要開始。當她聽完派翠西亞．波拉寇（Patricia Polacco, 1944-）《傳家寶被》的故事，拉著被角潛入夢鄉之際，正是她藉由開啓祖母的衣箱重新追溯並講述祖母、母親與自己三代女性家族史的時刻。她們不僅各自都有「自己的房間」，而且也各自擁有屬於她們獨特的衣飾，舉凡：祖母（鐵灰藏青、赭紅茄紫、撒青花、繡團花……）的「長衫」、「運動服」，母親的「外套」、「海青」，我的「綠衣黑裙」及女兒平常睡前總是套上一件「爸爸的舊T恤」……，這是她們在不同時空、場合與人生階段所展現的不同裝束。她是善操現代女紅者，也是一位善於「說故事的人」：她從波拉寇的家族故事裡出走，走入屬於自己的家族故事，來來回回穿梭在她們不同的生命裡，從而以極細膩的情思，一針一線織就了一條家族百衲被：「面對流光逝水，我編織記憶，為家族的喜樂哀愁，尋找一條情意相繫的道路」。這篇雋詠的散文，也不禁令人想起張愛玲〈更衣記〉開頭的一段話：「如果當初世代相傳的衣服沒有大批賣給收舊貨的，一年一度六月裏晒衣裳，該是一件輝煌熱鬧的事罷。你在竹竿與竹竿之間走過，兩邊攔著綾羅綢緞的牆——那是埋在地底下的古代宮室裏發掘出的甬道」。

【作品出處】

周靜佳，〈故事〉，收錄於溫彩棠總編輯，《第六屆府城文學獎得獎作品集》（臺南市：臺南市立藝術中心，2000），頁66-72。

連泰宗

稻米香

【作者簡介】連泰宗（1965-）

臺南市柳營區人。嘉義師專、臺中師院進修部、南華大學文學研究所畢業。現為臺南市國小教師。作品曾獲南瀛文學獎、臺南文學獎、臺中文學獎、吳濁流文學獎。

稻米香

連泰宗

父母親在討論，下一季要種什麼稻子。

「人家說香米有芋頭的味道，吃起來卡Q卡好吃。」母親說。

講好了，就決定種香米。

我想，這有什麼好討論的，白米飯吃起來索然無味，哪有香味和Q感。種稻只是應付著不要讓田地空著而已，種什麼品種還不都一樣。

事實上，我討厭稻米。

稻子是有味道的，但是，不是我喜歡的那種。

父親秤著穀種的重量，叫我過去幫忙抬起。一分地要幾斤重的穀種，在他頭腦裡清楚得很，這只是一個簡單的計算公式，可是我不願問，一點也不想知道，我只想趕快幫他將穀種倒入大塑膠桶裡，然後一溜煙的逃離現場。我是要逃離稻穀的味道，那種像是陳放在老舊衣櫥裡的冬衣，混著急水溪邊黃土的味道。

父親在大塑膠桶裡加入大量的水，浸過穀種約十公分，這是催芽的過程。幾天後，水由清澈透明變為紅褐色，像烏龍老茶泡出來的精華液，味道也有點像，只是它是又加入了大半瓶的醋。

插秧後不久，我被叫去拔草。父母親佝僂著身子，膝蓋微曲，緩緩的前進，那樣子看來不像是地球上的動物。我學著他們的「標準姿勢」，沒多久腰痠、腿痠，兩手手肘要輪流靠在膝蓋上，以減輕腰的負重。再不久痠痛加劇，我被迫謙卑的跪在水田裡，如探路般摸索著前進，膝蓋深深的陷入爛泥裡，直到大腿。沒有泥土的芳香，只有爛泥的腐臭。

收割的季節，一年二次，空氣中隨處瀰漫著稻穀特有的味道。父親開著免照的農用搬運車，將稻穀載入家裡，傾倒庭院中，藉著輸送帶送入烘穀機，接著啟動柴油馬達，機器便如怪獸般呼呼怒吼，火在內部燒，濕穀來回輸送。稻穀的味道被濕氣壓住，空氣分子也顯得沈重，令人呼吸困難。

二三天後，怪獸停了，稻穀乾了。我和父母親合力出穀、裝袋、秤重，每袋百來斤，總共五六十袋。工作不輕鬆，父親的擔頭卻鬆了不少，輕快的數著幾袋、能賣多少錢。擔頭與我無關，我只注意空氣中味道濃度的微妙變化，並配合著調整我的呼吸，味道濃時憋氣，感覺新鮮時趕緊深深的吸氣。剛烘乾的稻穀，味道像是曬過冬陽的棉被，灑上一瓶稀釋過的醬油。

這味道其實不怪，反正就是稻穀的味。最怪的是搬運稻穀的工人，裸著上身，肩披一條大墊布，你看他彎身，肩頂著穀包，雙手從下方環抱著，大喝一聲「嘿！」百斤的稻穀上了他的肩，走上板梯上了車，將穀包丟在車斗上。如此來回數十人次，直到穀包全部上車為止。汗水從額頭而臉而肩，往下四處縱流。黝黑的皮膚上，滿佈著黃豆大小的汗珠，和一條條如溝渠般的汗水道。汗味、體味、稻穀味三味合一，味道之嗆之刺，讓我必須退避十公尺之外。

等到穀包和工人都上了車，我揮手驅散空氣中的怪味，大大鬆了一口氣。終於，這一季惱人的稻穀味，就此畫下句點。

家裡有碾米機，父母親把稻穀碾成白米，那味道不令人厭。白米煮成白米飯，我知道那是充饑果腹的東西，吃了幾十年，談不上喜歡，純粹是習慣。鍋蓋掀開，熱氣上騰，和白開水的蒸氣一樣，毫無味道。

有時候我想，辛苦了一季大約四五個月，父母親流了多少汗水，我的鼻子要忍受多少怪味，最後，換來這一鍋索然無味的白米飯，值得嗎？

南方人吃飯，北方人吃麵，義大利人吃義大利麵，美國人吃漢堡炸雞。

對啊，白米飯不是唯一的主食，我們還有其他的選擇，為什麼我們不改種其他的作物呢？

國小五年級時……

「爸爸，我們為什麼一直種稻子，為什麼不種其他的作物？」

「我們這裡都是種稻子啊，你阿祖，你阿公都種稻子，我從小就跟著他們種稻子。」

國中一年級時……

「爸爸，地理課本說北方人都吃麵，長得很高大，我們可以跟他們一樣，種高粱，改吃麵。」

「要種高粱也要有技術，我們這裡沒有人種高粱，沒有那種技術。」

國中三年級時……

「爸，畢業旅行我們經過學甲，那裡的田都種高粱，他們有技術，我們可以問他們怎麼種高粱，不要再種稻子了。」

「你以為代誌這麼簡單，人家會教你嗎？而且離學甲這麼遠，你有時間常常跑去問人家？」

五專時……

「我同學家裡種蘭花耶，算一算收入比種稻子好。」

「種蘭花要搭棚子，成本花多少錢你知道嗎？種稻子是我們的老本行，雖然賺不多，可是自己種自己吃，保證餓不死。古人不是說嗎：『脹不飽，餓不死。』」

不管怎麼說，父親是絕對守著他的老本行，除了稻子，不種別的。

我想起很小的時候，父親接受政府輔導參加乳農培訓班，臨行前他低著頭對我說：「說不定我受訓回來，就抱幾隻小牛回來養了。」

我滿心期待，幾隻小牛牛在家裡走來走去一定很有趣（其實牛是要養在牛寮的），我還可以像牧童一樣騎在牠的背上（其實牧童騎的是水牛），更重要的是，我可以喝到牛ㄋㄟㄋㄟ，味道香香濃濃的。

幾天後，父親空手而回，小牛牛呢？

「不能養牛了啦，別人都會擠牛奶，可是我怎麼擠都擠不出來。」

這算什麼理由？

同批受訓的人員，後來造就了柳營鄉成為全國最大的酪農區。幾間牛寮點綴在沃疇千里的稻田中，嗚聲哞哞，經過會聞到陣陣的糞臭。可是我寧願牛糞臭，也不要稻穀的味道。

嘉南平原，千里水路萬頃良田，開發之初就被設定在種植甘蔗和水稻，八田與一開鑿嘉南大圳，水田面積一下子增加了三十倍，水稻一年可以三熟。我暗想，幾輩子以前，八田與一一定和我有仇，否則他不會這樣折磨我。不論走到哪裡，眼中所見，農夫播種插秧、除草噴藥、收割曬穀、糶穀存糧，稻子的氣味如影隨形。

我實在受夠了，決定離開稻穀味瀰漫的嘉南平原。

學校畢業後，我選擇到臺中工作。

這裡道路寬廣、屋舍儼然，人來人往匆匆忙忙，沒有幾人認識，車子飛奔呼嘯而過，生活忙碌、步調緊湊，完全擺脫了嘉南平原鄉村的風貌，重要的是，這裡沒有討厭的稻穀味。

我在這裡成家立業，認定這裡是我第二個故鄉，幾年過去，感覺上我已經完全融入這裡的生活，或許，我就在這裡落地生根。不過，世事難料，遭逢幾件大事後，有時會有極度空虛感，生活中似乎少了什麼味。

幾處未開發的田地也種植水稻，綠色稻浪隨風層層起伏，沙沙作響，外形看來依稀相識，內心頓時生出親切感。這是一種奇妙的感覺，在家鄉，令我望之生畏的稻田，如此看來也並不那麼可惡。

我指著稻田告訴孩子：「這是稻子，阿公也有種。」

「種。」一歲的她只會學著人家說最後一字。

「對呀，妳喜不喜歡？」

「歡。」

幾天後，稻子收割了，我特別帶孩子散步過去。那是一幅奇怪的圖，怎麼看，總不大對味。印象中家鄉的收割圖，農夫是穿汗衫（有的還打赤膊）、打赤腳、戴斗笠，可是這裡來來往往幾個人，沒有符合行頭的人，看不出哪個是農夫。加上背景的公寓、工廠，怎麼看都不是農村圖。

孩子稍大，晚上我們共讀，孩子指著書上的圖片興奮的說：「稻子。」

「對呀，這是稻子。」

「阿公家也有種。」

「對呀，妳好聰明哦。」

我突發奇想，問她：「妳知道稻子裡躲著什麼嗎？」

孩子眼裡閃著黠慧的光芒，「兔子？」我說不是，「老鷹？」不是，「老虎？」太離譜了……

「到底是什麼？快說。」她催促著。

「妳想不想聽『稻子』的故事？」我故意賣關子。

「想聽，想聽。」孩子拍手笑著回答。

我開始說故事，有關稻子的故事，記憶的長河往回倒流，我彷彿回到嘉南平原，在層層起伏的稻浪中翻滾……

稻子裡躲著青蛙。第一場春雨，讓牠們從土地裡甦醒，然後牠們喝稻田的水，吃稻田裡的蟲，長大、繁殖。我最期待假日，跟哥哥挖蚯蚓，到稻田裡捉青蛙。黃昏時設下「四腳釣仔」，晚上伴著星光在田埂間巡視，隔天清晨收成果。爺爺將大部分的青蛙拿到市場賣，其餘的當作晚餐的佳餚。這工作繁複而不輕鬆，但我寧可天天捉青蛙，不去上學。

稻子割完，稻田就是小孩子的遊樂場。四捆稻草當壘包，人數湊一湊就可以打棒球，偌大的田野，沒有全壘打牆，自己訂規則，一場打完還有下一場，打到天昏地暗，爸媽拿棍子到田裡來叫人。

如果不玩棒球，或人數不齊，還可以丟稻頭。十公分長的稻頭，緊緊的連根扎入土裡，趁著土還軟，出一點力就可以拔起，喊一聲：「丟！」三五個人一齊奮力往天空丟去，我們抬頭注視著稻頭在空中劃出的弧線，驚叫著搗頭四處逃竄，到最後每人臉上多多少少被K到幾下，甚至烏青破皮，大家盡興而回。

等到入冬土乾，又到了焢窯的季節。大家拿出木柴和蕃薯，有時甚至才剛從附近甘薯田偷挖來的。有的人挖土塊，有的人疊窯炕，點柴燒窯，然後丟入蕃薯，破窯掩埋。等待的時刻，我們玩棒球，或是捉迷藏，有時則到圳溝裡捉魚蝦，反正不曾閒著。煨熟的蕃薯，看了讓人口水直流，薯肉黃澄澄，白煙熱騰騰，大家不怕熱，每個人吃得手上臉上都是黑黑的碳灰。

稻子的故事，一時三刻是說不完的，我們曾在稻田裡鬥水蛇、捉蝌蚪、在稻草堆裡捉迷藏……

孩子聽得入迷，直說：「好好玩！」不過難敵睡蟲，睡著了。我安撫了她睡覺，走出臥房。

孩子安靜的睡著，我的內心一時卻平靜不下來。過去那麼厭惡稻子，今天和孩子做了一場重新認識稻子的深度之旅，翻開心靈記憶簿，一頁頁快樂童年的畫面大半都和稻子有關，觸動了內心深處的鄉情，並賦予稻子全新的風味。

有二隻飛蛾沒頭沒腦的亂飛亂撞，最後停在餐桌燈光旁的白牆壁。我知道那是米桶裡的米蛾。米是父親碾好，託貨運寄來的，我在異地臺中，一住十年，米是最道地的家鄉味了，即使放到長米蟲、化蛹成蛾，也捨不得丟，彷彿還聞得到嘉南平原的氣味。

可是，什麼是嘉南平原的氣味？不就是稻穀的氣味？不正是我厭惡的氣味？不就是我逃離到臺中的主要原因嗎？

如今，我說不上來對稻穀是愛是恨，不過似乎有一種召喚的聲音，來自內心底，來自家鄉，來自嘉南平原，而歸根究底，就是稻米的味道。

十年後，我終於回到家鄉，嘉南平原米之鄉。

這幾年來，父母漸漸衰老，將插秧機賣了，也不再自己播種，載稻草的鐵牛仔即將退役。一個種稻人家，現在剩下多少工作？不外噴藥、巡田水而已，其他的都雇工處理。過去曾經厭惡的味道，現在不復得聞，只有當父親啟動烘穀機，在轟隆巨響的機械聲中，才聞得到熟悉的稻穀味，並且摻合了捉青蛙、打棒球與烤地瓜的童趣味。

「爸，我們家種的稻子是在萊米還是蓬萊米？」我問父親。

「現在大家都種蓬萊米，比較軟，比較Q，好吃。過去都種在萊米，比較不好吃，現在還是有人在種，不過都拿來做鹹粿。」父親詳細的解說，眼神中似乎有一點疑惑，不知道這個兒子怎麼會問這問題。

「那，你知道為什麼叫蓬萊米嗎？」

父親說不知道，於是我開始說故事。

日本人佔領臺灣，吃不慣臺灣的在萊米，便從日本國運來當地的稻米種，結果種出又軟又Q的品種。因為這稻米來自有如海外蓬萊仙島的日本國，所以稱為蓬萊米。這是我在一本農業雜誌上看到的。

稻子種了六十幾年，父親一定是第一次聽到這故事，感到很有興趣，不過令他更感興趣的，應該是眼前這個兒子，怎麼會突然間關心起稻子的品種呢？

我也說不出為什麼，過去聞稻色變的我，居然會注意稻米的報導，甚至還去參加有機稻米的說明會。有時我不禁懷疑，是否有一天我會和父親一樣，戴著斗笠下田種稻。

有一天，晚餐時，我掀開電子鍋，熱騰騰的白煙衝著我滾滾而起，我透過霧霧的眼鏡看鍋中的白煙，彷彿竟看到了層層起伏的稻浪，那畫面一瞬而逝，忽然我聞到一股味道，淡淡的芋頭香。

是我恍神了？我再次深吸了一口，白煙竄入鼻孔，觸發了敏感的嗅覺神經，將訊息確確實實的傳達給我的大腦，沒錯，是芋頭的香味。

「爸，今天的米有芋頭的香味耶。」我像是發現了新大陸。

父親看著我笑了笑，「你到今天才知道！」

是啊，我到今天才知道。過去父母說稻米會香，我以為是他們的錯覺，甚至以為他們騙人，如今，我真的聞到了稻米的香味。

二個孩子從椅子上跳起來，跑過來湊熱鬧，墊高腳尖，猛吸米飯的白煙。

「沒有香味啊。」

「對啊，我也沒有聞到。」

我和父親相視而笑，對孩子說：「以後你們就會聞到了。」

【導讀】

這是一篇「聞『稻』有先後」的故事：全文前半篇幅幾乎依著「我」極富敏感的嗅覺而展開：「稻子是有味道的，但是，不是我喜歡的那種」、「稻穀的味道被濕氣壓住，空氣分子也顯得沈重，令人呼吸困難」、「剛烘乾的稻穀，味道像是曬過冬陽的棉被，灑上一瓶稀釋過的醬油」、「汗味、體味、稻穀味三味合一，味道之嗆之刺，讓我必須退避十公尺之外」、「我寧願牛糞臭，也不要稻穀的味道」……等只想逃離稻穀的味道，雖然期間短暫離開故鄉，最後仍不敵稻米味道的召喚，重返原鄉：「過去曾經厭惡的味道，現在不復得聞，只有當父親啓動烘穀機，在轟隆巨響的機械聲中，才聞得到熟悉的稻穀味，並且摻合了捉青蟲、打棒球與烤地瓜的童趣味」。「今天的米有芋頭的香味耶」——撲鼻的米飯香，不是一家人是聞不到的，那是故鄉裡才有的味道。嘉南平原上，一片片金黃油綠的稻田，原來承載著這麼動人的故事與味道……

【作品出處】

連泰宗，〈稻米香〉，收錄於葉澤山編，《南瀛作家作品輯125．第十八屆南瀛文學獎專輯》（新營市：臺南縣政府，2010），頁16-24。

林美琴

老街紀事

【作者簡介】林美琴（1966-）

臺灣師範大學國文系學士，美國南加州大學東亞語言與文化研究所碩士。早年從事文學創作及臺灣文學研究，曾任職國立臺灣文學館、聯合報「好讀」週報及中華日報「生活美學」專欄主筆。現職寫作、讀寫教學研究，也受邀教師培訓與大眾閱讀講座，期能培養更多讀者，延續讀寫好風景。曾獲教育部文藝創作獎、府城文學獎、臺灣新聞局優良作品獎、民生報〈少年書城好書大家讀〉等，作品包括《繪本有什麼了不起》、《一個人的寫作教室》……等十餘種。

老街紀事

林美琴

1.

飽藏近五百年的繁華與滄桑，臺灣第一街——臺南延平街——滿身古典的風韻佈滿塵埃。居民監督著怪手拆開舊宅老態龍鍾的關節，將數百年興衰悲喜的歷史印記和生世輪迴的無常交替一併送終。斑駁的樑柱被怪手致命搏擊，搖搖欲墜卻不倒地，彷彿仍想為擎天砥柱，強拉過往的繁華回頭。怪手司機看著似倒非倒的樑柱仍然堅韌剛毅，頻頻讚美：「這材質真好，都幾百年了，仍沒腐朽！」

這是殘酷的事實：經歷幾百年歲月的老木蒼勁厚實，可是外表頹圮剝落，掩蓋了內在的好材質，蔽身現代角落的老街含藏歲月的深沉內涵，卻與現代聲色犬馬喧嘩取寵背道而馳，只好默默獨酌光陰流逝的悲涼。

樑柱屋瓦終究不支倒地，居民將四散的殘瓦碎片掃成一堆，老街跨過古典和現代的樊籬，結束它的風華，留待後人在破碎的記憶中重新拼湊完整的歲月。

2.

延平老街熱鬧起來了，一批批訪客尋著媒體的思古悠情而來，一探臨終的老街，打破老街風燭殘年以來的蕭條與寂寞，迴光返照曾經十里洋場的風光歲月。遊客在老舊的街道逡巡，好奇窺探幽深巷道中的破落空屋與散落的磚瓦，有如參加百年人瑞的告別式，沒有黯然神傷，卻欽佩難能可貴的長壽哀榮，他們來不及參與老街的繁華歲月，在自己身上也找不到老街的過去，只是傳播媒體娓娓訴說的——這是古蹟。

3.

老街婉約曲折的紅磚道掀起歷史的舞臺帷幕，通往沒有汽車呼嘯的年代，穿著小巧繡花鞋的閨秀婦女拖曳著長裙，步步蓮花是美；來來往往的行人擦肩走過狹窄的街道，互相問候一家老小，溫煦人情是美；街道兩旁櫛比鱗次的老屋門面敞開，每家的活動作息都坦盪盪在世人眼前，守望相助，里仁是美；門楣上掛著「賜降禎祥」的匾額，一眼望進客廳中的祖先神龕，保佑全家子孫，也關照來往路人平安順遂，這種虔誠與慈悲也是美；老街像一張舊時代的黑白照片，在歲月的流光餘影中殘留著舊時代的生活美學。

4.

老街不斷逝去的原味令人欷歔，一個年關除舊佈新的藉口，一座老宅被夷平了；一個古董商人前來，低價買走了居民視之如蔽屣的古董傢俱；一條條粗大的電線桿架著四處交錯的電線，在老街橫行霸道；一家家新式樓房在狹窄的空間裡往上求生，舊宅在高樓霸氣的龐大陰影覆蓋下終年不見陽光；而街上賣著麥芽糖膏和各色蜜餞的老式糕餅鋪前，留下老婦閒坐店口，昔日的生計已經成了現今生活的消遣，孤寂在歲月風化；一間間瓦斯行、新式店面逐漸在現代化的老街落腳，老街主調早已瘖啞變奏，正在緩慢逝去。

5.

歷史上的今天，許多學者專家在傳播媒體上仲裁延平街的未來命運，娓述它過去的輝煌。他們說老街起始於明朝嘉靖年間，當時不過是不斷開發成街的無數街道之一，但是隨著明、清、民國改朝換代，年高德劭的老街看遍人世的生老病死、時代的存亡絕續，留下歷史的見證，而今碩果僅存，卻晚景堪憂。

學者專家為面臨拆除噩運的老街請命，他們說安平是臺灣最早的部落，保存老街可以記錄歷史發展的紋理；透過規劃建立文化專區，可以再現古聚落的風貌，供子孫飲水思源。

6.

延平老街夾在高樓大廈的縫隙中，漸漸像是一條小巷弄，對於習慣以鋼筋水泥和鐵窗撫慰危機意識的現代人而言，無法承受老舊古屋隨時倒塌的危機，也害怕宵小歹徒輕易闖入的恐慌，居民看著周遭一棟棟高樓分割有限的天空，不停聽著反對拆除舊宅老街的聲浪，而現實是殘酷的，老街不合時宜，居民無法維生，只好摧毀老街悠閒養老的福份，另尋謀生的出路。政府當局面對早已失去原貌的老街，質疑古蹟保存的正當性遲遲未決，對於討生活的老街居民而言，現實民生問題擺在眼前，無福消受他們擁有的豐富文化遺產，所有文化人眼中的寶貝卻遠不及一粒米來的實在，老街的存廢爭議其來有自。

7.

夕陽餘暉中，走訪老街的人群依舊絡繹不絕，老街如昔日過著它的平凡浮生。瓦斯行的老闆扛著瓦斯，騎著摩托車正要出去送貨；新式洋樓中走出衣著入時的少婦；蛛網塵垢將幾戶老厝大門深掩，久已不食人間煙火；愈來愈多的老宅癱成殘磚破瓦，支解四分五裂的老街；只有幾戶還住人的老宅如昔日敞開大門，幾位老嫗坐在門口懶懶搖著竹扇，不解地看著突然喧鬧的人群；以往慘淡經營的老式糖果糕餅店託遊客之福，生意又見好轉，也勾引眼明手快的老街住戶因勢利導，開了同樣的老店與之競爭，謀取剩餘的價值利益，老街在新舊交替逆轉的尷尬中，如飽含智慧的耆老，無言凝視粗大電線桿及到處張貼的買賣廣告，任憑拆與不拆爭議的布條、標語在一向清悠的老街中喧嘩，又默默望向殘磚破瓦中冒出的一株新嫩綠芽，露出意味深遠的笑容，隨即在這場非正式的告別式中，向來訪的遊客一一答禮致意。

原載於一九九五年八月三十一日《自立早報》副刊

【導讀】

延平街是一條歷史的記憶，也是一道歷史的鞭傷。在現代化急遽快速發展的過程中，住民權益、經濟發展與古蹟保存，似乎永遠是天平的兩端。當下怪手司機的頻頻讚嘆：「這材質真好，都幾百年了，仍沒腐朽！」，儼然一記「黑色幽默」，而這未嘗不也是歷史的一抹訕笑——一記「當頭棒喝」。「逝者已矣，來者可追」，拆除延平街是老臺南人忘不了的記憶，似乎也是新世代臺南人應該記得的往事。

【作品出處】

林美琴，〈老街紀事〉，《南臺灣文學作品集四：情人果》（臺南市：臺南市立文化中心，1998），頁103-108。

賴香吟

舊書

【作者簡介】賴香吟（1969-）

臺南市人，畢業於臺灣大學、東京大學。曾任職誠品書店、國家臺灣文學館籌備處、成功大學臺灣文學系。曾獲聯合文學小說新人獎、臺灣文學獎、吳濁流文藝獎、九歌年度小說獎、臺灣文學金典獎等。著有《翻譯者》、《文青之死》、《其後それから》、《史前生活》、《霧中風景》等書。

舊書

賴香吟

南方秋天來得遲，遲來的秋天讀了留在故鄉的舊書，幾隻孤獨的蠹蟲，字字句句，似曾相識，卻又彷彿過去從來沒有讀懂過。

每天晚上九點半，穿過馬路，走進醫院停車場，繁煙散盡，一片空盪，夢與夢的交界，殘酷現實與內在情感的轉換地帶。身後白色醫院，如同沒柴添的爐火，乏力地靜黯了，怎樣的惡氣苦痛，也只能忍耐等候黎明到來。

停車場對面是大學，有著大榕樹的園子，高中時候經常在那兒騎單車打轉，不是為了喜歡，是知道自己不久之後必然將離開這個地方。留下來幾張照片。坐在草地上的少女，骨架、神情都是侷促的，乾巴巴地生長著。

「我的心分外的寂寞」，過去不可能留神的字句，如今卻一下子捕捉了我。一直以為熟悉重要的魯迅啟蒙，吶喊的、活著的粗暴力氣，如今翻著書頁，竟是很快很快地過去了，反倒是那些夾在文字縫隙裡的懷疑，故作無事的幾句謂嘆，使人驚心動魄。

彷徨，野草，忽然充滿了季節的溫度，顏色，花葉樹影，以及那不斷吹來的，吹來的風。

大學校門已經關上，我沒有辦法在這深夜裡到那園子裡去看看我的過去。曾經以為我再不會回到這個地方，以為我會在他處長大成人。誰知真正使我長大成人的是，我又回到了這裡。物是人非，歸鄉，竟是為了別鄉而來。那些幻滅，絕望的反抗，萌芽太早如陰影般亦步亦趨的悲哀，我們走過的，即將走上的道路，竟然全已在過去的書裡寫下了。

可幸或可嘆，年少時光，我沒讀見這些，但也因此今日重逢，掩卷大哭。文學竟是死者留給生者最溫柔的手心。捻花示意。隻身穿越停車場，各樣的青春在眼前一一馳去了，眼前摯愛的人，受著折磨，生離死別，爭不到什麼道理，之於萬物芻狗，這或又是一件小事，一個被寫好結局的故事，一級一級走向那沒有光的所在。

歧路窮途，必須要走下去的是我也不是我，雖生之日，猶死之時，有些武器根本是派不上用場的，有些小事，若非真正臨到自我肉身，怎樣也不會領受的。故鄉夜街，空寂無人的紅綠燈口等待，是的，我長大成人了，我的心堅韌而不倒下了，那又怎樣，過去朋友想必不會認我了。那是魯迅小說裡魏連殳的來信：「忘記我罷，我已經『好』了。」

秋風高，暗夜危，故鄉的舊書，留著年少的讀痕，那些榕樹下盛夏日月，幻想與破壞，我通通都記得，或將很快地忘掉。可當我迴身，那雙埋在字句深底，與夜鬼對話的眼睛，無論如何，我不會認不出來，淡淡的血痕，謄在白紙上。

【導讀】

這是一篇關於「我」返抵南方故鄉，重讀文學經典的心路歷程。我和我再度相遇，且重新展開一場與少時舊書的對晤。主題圍繞著舊書展開，唯在舊書這頭的世界，卻也潛藏著親人飽受病痛折磨的熬煎，而這一切苦痛似乎在讀見魯迅的字字珠璣後逐漸緩解，甚或覓得指引當下困境的出路——「我們走過的，即將走上的道路，竟然全已在過去的書裡寫下了（中略）文學竟是死者留給生者最溫柔的手心，捻花示意」。文學是秋夜裡的一盞爐火，溫暖了讀者的心。

【作品出處】

賴香吟，〈舊書〉，《史前生活》（臺北市：印刻出版社，2007），頁 103-108。

楊富閔

我們現代怎樣當兒子

【作者簡介】楊富閔（1987-）

臺南市人，目前為臺灣大學臺灣文學研究所博士候選人。曾獲「二〇一〇博客來年度新秀作家」、「二〇一三臺灣文學年鑑焦點人物」；入圍二〇一一、二〇一四年臺北國際書展大獎。部分作品譯有英、日、法文版本。撰寫《中國時報》「三少四壯」、《自由時報》「鬥鬧熱」、《聯合報》「節拍器」、《印刻文學生活誌》「好野人誌」、《幼獅少年》「播音中」等專欄。著有小說《花甲男孩》、散文《解嚴後臺灣囝仔心靈小史》（共二冊）、《休書——我的臺南戶外寫作生活》、《書店本事：在你心中的那些書店》。編有《那朵迷路的雲：李渝文集》（與梅家玲、鍾秩維合編）。

我們現代怎樣當兒子

楊富閔

我正在替父親把風。

我趕緊拉上顯示為「治療中」的帷幕，好讓以下一切事宜不輕易被發現。

這裡是低溫冷凍的加護病房，約莫半鐘頭前，父親從住家後方的媽祖廟求來了一杯水，倒進社區活動中心贈送的隨身杯，令我拿著，他開車，出大內，途經省道官田六甲路段，讓南國藍天陽光通過車窗向我們團團送來；半小時後，抵收費停車場，早已算準了探訪時間到醫院——

這間搭設於鐵枝路邊、鄰近林鳳營與柳營火車兩站之間的附設醫院，病患多數來自農業縣臺南，並以老歲人居多。我們都至少有個親戚正看診於此，常在院間走道認起了人——唉呦，你也來喔？來拿藥啦！啊誰載你啊？我自己坐接駁車啊。生病是公公開開家務事，我心底這一件卻要懇請閱讀的你保密了。

帷幕內，父親緩緩從褲袋變出了一根自備的棉花棒，沾溼、戴上口罩的他眼神專注在阿嬤佈滿針頭管線的臉部、手面，輕輕點了一下。我是一邊忙著擔心小心別細菌感染、一邊忙著分散護士的注意力。半顆頭探出了「治療中」的綠系布簾，眼睛掃射護理站、無菌衣更換處、規格化隔間，空靜的加護病房內大家都忙碌著。

二〇一二年春天，阿嬤因急性肺炎再轉發敗血症，送入柳營奇美，很多老人都這樣去的：先輕感冒、轉成肺炎、痰中有菌絲、抽痰、抽痰……洗腎與敗血。醫生宣布阿嬤活不過七天，當晚，父親隨即率領我們一家七口在媽祖廟跪掉半個時辰。

二〇一二年也是臺灣的宗教年，從初春到秋末，全臺四地都在燒王船、慶祝媽祖誕辰、各路神祇千秋建醮，鏗鏗鏘鏘，臉書上不斷傳來遶境現場照片，我的中國朋友學臺灣人跪在地上鑽轎腳，並以此姿勢拍下系列照片，臉書獲得數百個讚。

二〇一二年，我家不遠那棟重蓋了十年的朝天宮媽祖廟，終於要開廟門了。

挑燈的籌畫、緊密的流程，村民視之為吾鄉自兩百年前開基以來最重要的盛事，讓許多遷出數十年的外地遊子、也推著坐輪椅的老父老母回村赴會。

位在朝天宮廟後的楊家，其家族發展史即是一部媽祖進香史，我的父親、祖父、伯公甚至家族女性長輩都有一部媽祖經，我也是。

父親擔任要角，可說是二〇一二年開廟門的風雲人物。他能管理宋江隊、理解廟宇文化與在地發展間多重鏈結，更重要是他對故鄉文化傳承極具使命感。

廟會前十天，鄉里內的鬧熱氣息十分濃厚，大家都期待著，而醫生宣布我們得做心理準備，父親日日自夜晚操練宋江陣的現場抽身至奇美。

阿嬤隨時會走，事情一旦發生，父親及我們一家將因守喪關係不得參與廟務，這是小學生也知曉的常識，媽祖都要傷腦筋。

蓋了十年的大廟，十年內多少人未及看它落成即撒手，我也在這十年長成一個臺灣文學研究生。十年可以發生多少事情？姆婆伯公都不在，姑婆也不在了。一座廟如何定錨一鄉鎮的情感結構，再沒有比住廟後的我們更能述說這份心緒。開廟門大家都期待，若父親因守喪缺席，媽祖香勢必失色，慌亂廟務工作，潰散宋江隊伍，可以說少了父親奔走，進度難以推動，那次廟會不能沒有父親——

大家難為情呢。

大家只能等待。等待的日子，我們做了很多事情：聯繫葬儀社待命、通知阿嬤的外家，姨婆在前往病房上的電梯抱我痛哭一場；我們也跟隨廟會遶境，去北港朝天宮買綠豆口味的大餅、土豆、蒜頭，開心吃了有名的當歸鴨肉羹，大哥還用 line 上傳了小圖。

等待的幾天，父親與我一到探訪時間，便重新上演這齣搶救阿嬤的戲碼，父親正在為阿嬤做傻事：棉花棒，沾水，全身從頭到腳點一下，彼時阿嬤已輕微變形，本有大象體態的她瘦成四十公斤，全身水腫，氧氣罩、呼吸器、鼻胃管、抽痰機……大姑看到就說不要了、母親好幾次跑錯病床，搞烏龍：每個阿婆都長得很像呢。

我的把風功夫則越發深厚，有一次突然遇到護士闖入，父親緊急撤了手，我腦筋一轉，立刻向護士解釋：看、阿嬤有反應耶！我指著阿嬤眼角的水漬，說阿嬤很像在哭。

現在細想，說不定彼時阿嬤看到父親為她勞心苦命，冒著被趕出醫院的風險，確實滴下了眼淚。

阿嬤與父親關係十分緊張。當我年幼，一次放學在樓上聽聞醉歸的父親同阿嬤怨嘆，內容模糊，情緒該是反應長期受到阿嬤忽略，父親像說了我在外面出事妳會擔心嗎的句子。

在樓上貼著木板牆偷聽的我喘不過氣，沒有心理準備，剛烈的父親原來也是個孩子。

阿嬤因早年喪夫，三十歲開始女人當男人用，嫁在千人大家族，她是如何養大三個孩子？她還要面對妯娌的言語，死了尪、連傷心時間攏無，政府給予的賠償金阿嬤說她一毛沒拿到，唯一具體的喪偶反應是，阿嬤說她什麼都忘了、連最擅長的算術都弄不來。

父親彼時四歲，夾在得以協助家事的大姑以及剛出生的幼子小叔之間，成了他自己口中最不被關愛的孩子。

父親是體育長才，這點遺傳自祖父：田徑、足球、棒壘賽，國中老師都建議他要去念彼時專收體育生的南英工商；說、這囝仔沒好好栽培，會太可惜。實則父親並非怨怪阿嬤無錢財供她練體育，是在同一個時間點，二爺爺抵達了我家客廳，並順勢帶來一嗷嗷待哺的小食客，才三歲不到。

很多年後，我曾偷偷問過阿嬤，妳後悔無？我還用相當現代的說法告訴她——妳怎麼把自己搞成這樣呢？

阿嬤勞碌一輩子，哪裡生時間沉澱悲傷、思考出路？張眼即賺錢、工作、三餐，家務事亂成一團。日日出沒二爺爺的田，增加雙倍農事，為此不被子女理解，然後遭逢鄰里側目，那也是災難的根由，不知情的人還以為阿嬤拿了什麼好處哩！怎會有好處，我小時候天天都在當她的定心丸，陪她去西藥房借錢、去農藥行還錢。

我也想起國中，日日在跟父親吵架、打架，阿嬤總會一個人吃力爬到三樓，來到我的房間，好言相勸要我同父親道歉，甚至連臺詞都幫我想好了，什麼爸爸失禮，我卡袂曉想——我聽了搖頭、心想真是荒唐。

直至很多年後才驚覺，我與父親關係緊張，阿嬤是覺得她也有責任；才驚覺母愛太少，又未曾享受過父愛的父親，他如何能扮演好父親的角色。

我太難為父親了。

再說明明父親未曾冷落過我。

小學六年級畢業，拿不到縣長獎，他仍是典禮前一小時即到現場，隔著教室窗戶我看他在樹下逢人問路，心頭竟替他感到羞赧。本只是以家長身分出席的他，因是優秀畢業生楊富閔的爸爸，又被請去頒獎，那天他換下平日的工作服，改穿休閒皮鞋西裝褲，現在才明白牛頭班出身的父親，是如何以會念書的我為傲。我得到林榮三文學獎，他四處稟報，說我們家這小尾仔，真了不起。

我念私立的、昂貴的黎明六年，天天都在裝病，中午別人放飯，我請假回家。父親那時剛辦手機，會立刻驅車前來護駕。他接送我十幾年：補習下課、北上南返的火車站、麻豆統聯站、高鐵歸仁站，都有他等候我的身影，這樣盛大的寵愛來自一個自小無父的父親，他才是我最了不起的爸爸。對他來說學習當父親如何困難，我曾在三樓倉庫翻出一整套親子教育的錄音帶，猜想是父親的自修教材。

我讀東海四年，他出差路過臺中，鐵定過來看我，或順路把我載回臺南。好幾年的中秋，我因疏於提前購票，被困在大度山，一人據守在宿舍。我不以為意，父親倒緊張起來，半夜三點自行驅車到校門口，隔著山嵐霧氣的中港路向我揮手，回程在清晨古坑收費站買營養早餐，那日冷氣團剛報到，他怕我受風寒要我躲起來，躲起來？我不解其意，邊走邊傻笑，該躲到哪裡？心頭卻溫燙如安裝一臺迷你暖氣機。

我出版《花甲男孩》，他自己手繪表格，拿到公司叫賣，要大家填好名字，還自備零錢袋。《花甲男孩》在他的紡織公司賣出五十本，我覺得很驚人。有一次，父親的客戶告訴他：我讀到你兒子的文章，常寫你的壞話。不久傳到我耳裡，我心底後悔極了，趕緊修掉所有文字。

最近騎摩托車載他去看醫生，他一手搭在我的肩，我發現從前載他車身搖搖晃晃，現下卻平穩多了。父親失眠長達三十年，近五年因阿嬤的病，他瘦了不少。

二〇一二年春天，媽祖繞境圓滿順利，阿嬤病情穩定，是熬過來了。當晚廟方舉行平安晚宴，全鄉居民都聚集到了廟口吃辦桌。我看到許多離鄉十幾年的親戚、鄰居、老面孔都有回來，問候聲是這邊那邊：從前在我家斜對面賣自助餐的淑枝阿姨就坐隔壁，看到小叔即問：「您母仔最近好沒？我今嘛有時住高雄，有閒才來去看伊。」、「攏不知您阿伯仔、阿姆仔攏往生啊，這遍轉來才聽人講起。」廟事即是家事，這是在地人的共識。

席間，我四處張望，遲遲不見父親的身影。他的宋江隊員已就坐，不斷向我問教練人呢？

教練身體不舒服在家裡。

我有點擔心，在康樂隊搖滾聲響中離了廟口，走回只有幾步路遠的家、上樓。

父親兩眼瞪大躺床上，索然看著電視。我說你怎麼不去、大家都在等你。

父親漸漸失去言語能力，父親沉默無法表達心中情緒於萬分之一，只因阿嬤五年前病時，父親就跟著病了。

三十年來的失眠，終在高壓工作環境以及阿嬤照養事宜積累下一夜爆發。

決定辦理退休，太早了，才五十七歲，大家都有充足的理由反對，經濟重擔一下掉在母親身上，我心底也反對，卻是第一個舉手同意。

為了迎接他的退休，找來無數退休專著猛K，我甚至覺得自己應該回南部工作，陪他規劃五十七歲後的人生，我沒有勇氣告訴他——你提早退休，我的壓力立刻來了，明明你說讓我毫無掛慮的讀書與升學。

開始思考能做點什麼，他一人在家，中午有吃嗎？父親向來怕麻煩，該不會煮煮泡麵過一餐吧？我不斷快遞各地美食，水餃料理最是方便；我不斷加強心理建設，承認我們家現在有兩個病人。

陪父親四處看身心科，上網了解關於中年男人心理病症，打電話給他的時候要先列點筆記，他的生活如此空乏，對話容易冷場；也開始幫他處理許多文件，初始我常以他的名義代簽，通常是阿嬤申請外籍看護的物事、養護中心費用的交涉、甚至住院表單，病危通知、放棄急救書，無數的表格，最後乾脆由我一人經手負責。父親有個挺別緻的名字，叫做戊癸，天干地支內的戊癸，據說是我家後院早前一位漢文老師的美意，我很喜歡這個名字。

媽祖祈福遶境過後，阿嬤健康奇蹟似好轉，我們開始討論是否拆下阿嬤的維生器材，我們對阿嬤健康有信心，阿嬤能自己學習呼吸、恢復意識、直至醒過來。

何止醒過來，誰相信阿嬤幾天後可以講話、認人（第一個認出我）、快速出院並且精神地在養護中心丟軟球、玩積木呢！

父親不斷說我們媽祖真「興」，我則為了顧及醫師的尊嚴與專業，趕緊讚揚奇美實在高明，彎身鞠躬答謝之心情就像夜市販售的擊鼓兔，心底在開 party。

遶境過後，媽祖廟成了新興景點，至今一年過去，香客絡繹不絕。我常獨自一人來看廟，我並不喜歡傳統廟宇炫富式的建築，但廟前廟後，直至每一尊神偶都有我的記憶：開漳聖王、保生大帝、楊大使公、田都元帥、媽祖婆，我來這裡像拜會老朋友。

二〇一三年六月二十三日早上十點，我又在替父親把風。

我趕緊拉上顯示為「治療中」的帷幕，好讓以下一切事宜不輕易被發現——

這裡是低溫冷凍加護病房，六月二十三日早上七點半，父親接到來自養護中心的電話，說明阿嬤在送往醫院途中已然休克，隨後經搶救恢復意識，人已送到急診室。

八點，父親與我抵達柳營，提早到達的養護中心護士箭步向父親說明，急診室醫師也過來解釋將展開的急救步驟，我一人躡手躡腳登入冰冷光亮的診間，老遠看到阿嬤沒蓋棉被平躺床上，我問收拾中的護士：能過去看嗎？沒人阻擋我，我即刻欠身喊她、阿嬤！

發現瞳孔放大，兩眼瞪向天花板，其實我有被嚇到，我知道阿嬤根本已經死了。

九點半，父親與我在帷幕內等待救護車人員前來，我們即將陪送阿嬤回到大內的老家，距離阿嬤上次宣布無效剛好一年整。

等待的時候，護士用無痕膠帶在阿嬤胸口別上一臺迷你收音機，唱起阿彌陀佛經；等待的時候阿嬤嘴角一直溢出紅色的唾液，我不斷抽取衛生紙細心擦拭，我不敢問護士，這是血嗎？等待的時候父親愣在床頭無助掉眼淚，我告訴自己冷靜，我甚至沒有哭泣，拉了兩把椅子指揮父親陪我挨坐在床沿。

我俯身向阿嬤輕語、攏好啊，咱等一下欲轉來大內。

我還說，阿嬤、妳看，我爸爸為了妳拚成這樣、他真是了不起！握緊阿嬤的手，沒有溫度，開始冷了。

這才激動哭了起來，我是多久沒公開稱讚父親了呢。

面對中年退休，將長期在家的父親，我所能給他的只剩大量的肯定，逼自己要大量的鎮定。

我將父親摟住，密閉的帷幕內，想起他偷偷摸摸以棉花棒替阿嬤治病，才意識到治療旅程已經結束，才發現父親滿頭大汗、雙手也是冷的。

阿嬤死了。自一九六一年祖父在曾文溪水中溺斃，五十多年過去，單親媽媽楊林蘭人生旅途正式結束，五十幾年來厝內發生這麼多事，陪坐在救護車上時，我怕阿嬤沒有跟回來，我緊緊握她更加冰冷的手——阿嬤妳真正辛苦了！

阿嬤後事圓滿結束，一個晚上，我們再度回到朝天宮，備了祭品來向媽祖叩謝。

等待香過的時間，空靜的、挑高的廟殿，光明燈牆，裊裊檀香，給出了舞臺。一家八口在廟腹打發時間。做什麼呢？妹妹在神桌下捉迷藏、母親在側邊的接待室看「風水世家」，父親小叔到外面抽菸，我抱著遊戲的心情，拿起了杯筊打算求籤。

心底邊盤算求什麼，邊從籤筒抽出一支編號五十的籤枝。

隨後媽祖婆連許三次聖筊，出奇地順利。

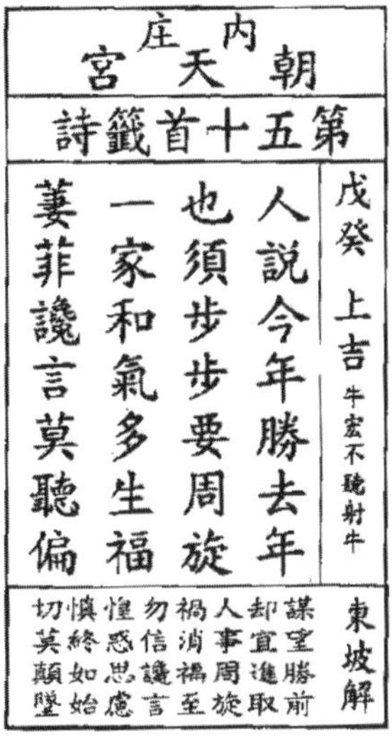
內庄朝天宮

第五十首籤詩

戊癸 上吉 牛宏不聽射牛

人說今年勝去年
也須步步要周旋
一家和氣多生福
萋菲讒言莫聽偏

東坡解

謀望勝前
卻宜進取
人事周旋
禍消福至
勿信讒言
惶惑思慮
慎終如始
切莫顛墜

我向來最怕抽籤拖拖拉拉，我們的媽祖阿莎力。

蹲在籤櫃前，從籤櫃拈出了編號第五十支籤。

凝神我讀了籤文，立即發現異狀。

我叫大哥過來看籤，我說非常有問題、遞上去——

大哥細細朗讀著籤詩內容：人說今年勝去年／也須步步要周旋／一家和氣多生福……被我這樣呼攏，他也緊張了起來。

我安撫他說是一支好籤，你看清楚，籤詩版面這麼豐富，籤詩學問很大哩。

大哥順著我的手勢，重新檢視起了籤詩，可惜他似乎敏銳度不足。

他問是求什麼？我驕傲地答覆——求父親鬱症快好！

第五十支籤的籤序為戊癸籤，是支上上籤，籤曰戊癸上吉。

是的，父親的名字即是戊癸。

原載於二〇一三年八月二十七、二十八日《聯合報》副刊

【導讀】

全文從「阿嬤與父親關係」寫到「我與父親關係」，由父子聯手悉心照顧病危的阿嬤開始，到父親的憂鬱症得到開示而結束。當中，不僅觸及老年阿嬤與中年父親一生如何辛苦撐持起這個家的點點滴滴，也著墨父親自幼缺乏關愛卻把這一生的愛一股腦兒全給了兒子，上下三代親情倫理交織，有歡笑，也有淚水，有憂心，也有溫暖。一路插科打諢，極具詼諧戲謔的效果（笑果），從而也化解了不少親子之間的緊張尷尬與生離死別的沉痛心情。

【作品出處】

楊富閔，〈我們現代怎樣當兒子〉，《為阿嬤做傻事——解嚴後臺灣囝仔心靈小史1》（臺北市：九歌出版有限公司，2013），頁21-32。

國家圖書館出版品預行編目（CIP）資料

臺南青少年文學讀本 散文卷 / 王建國主編 .
-- 初版 . -- 臺北市 : 蔚藍文化 , 2018.07
面； 公分
ISBN 978-986-95814-6-2（平裝）

863.55 107008232

臺南青少年文學讀本 散文卷

主　　編／王建國
顧　　問／陳益源
召 集 人／陳昌明
社　　長／林宜澐
總　　監／葉澤山
行政編輯／何宜芳、申國艷
總 編 輯／廖志墭
編輯協力／林月先、潘翰德、林韋聿
書籍設計／黃子欽
內文排版／藍天圖物宣字社

出　　版／臺南市政府文化局
地址：永華市政中心：70801臺南市安平區永華路2段6號13樓
民治市政中心：73049臺南市新營區中正路23號
電話：（06）6324453
網址：http：// culture.tainan.gov.tw

蔚藍文化出版股份有限公司
地址：10667臺北市大安區復興南路二段237號13樓
電話：02-7710-7864　傳真：02-7710-7868
臉書：https://www.facebook.com/AZUREPUBLISH/
讀者服務信箱：azurebks@gmail.com

總 經 銷／大和書報圖書股份有限公司
地址：24890新北市新莊市五工五路2號
電話：02-8990-2588

法律顧問／眾律國際法律事務所　著作權律師／范國華律師
電話：02-2759-5585　網站：www.zoomlaw.net

印　　刷／世和印製企業有限公司
定　　價／新台幣380元

初版一刷／2018年7月
ISBN 978-986-95814-6-2

GPN 1010700900
臺南文學叢書L101 2018-430